ULLSTEIN

Das Buch

Josef Maria Baumgarten ist ein Bild von einem Mann: gut gebaut, mit wunderschönen strahlend blauen Augen mit Lachfältchen und unglaublich lässig. Ein harter Kerl und doch sensibel. Keine Frau, die ihn nicht unwiderstehlich findet. Der Star-Schauspieler ist beliebt und begehrt, hat auch mal eine Affäre mit einer seiner zahlreichen Verehrerinnen, aber eine dauerhafte Beziehung ist ihm nicht möglich. Denn Josef hat ein Geheimnis: Er führt ein Doppelleben, verkleidet sich gerne als Frau und tanzt als solche in einem Nachtclub. So muß Josef Maria ständig in der Angst leben, entdeckt zu werden ...

Die Autorin

Evelyn Holst hat dreizehn Jahre für den *Stern* gearbeitet, davon fünf in New York als Korrespondentin. Seit fast zehn Jahren schreibt sie vorwiegend Romane und Drehbücher. Sie ist verheiratet, hat zwei Kinder und lebt in Hamburg.

In unserem Hause sind von Evelyn Holst bereits erschienen:

Dann geh doch
Der Mann auf der Bettkante
Ein Mann für gewisse Sekunden

Evelyn Holst

Ein Mann aus Samt und Seide

Roman

Ullstein

Besuchen Sie uns im Internet:
www.ullstein-taschenbuch.de

Umwelthinweis:
Dieses Buch wurde auf chlor- und säurefreiem Papier gedruckt.

Ullstein Verlag
Ullstein ist ein Verlag der Ullstein Buchverlage GmbH.
1. Auflage Juni 2004

Dieses Werk wurde vermittelt durch die Literarische Agentur
Thomas Schlück GmbH, Garbsen.
Umschlaggestaltung: Cordula Schmidt, Hamburg
Titelabbildung: Getty Images
Druck und Bindearbeiten: Ebner & Spiegel. Ulm
Printed in Germany
ISBN 3-548-25852-2

PROLOG

Das winzige, marzipanschweinchenrosa Wesen im Kinderwagen war so schnuckelig, daß seine stolze Mutter ständig stehenbleiben und schrille Entzückungsschreie über sich und das Baby ergehen lassen mußte.

»Zum Reinbeißen«, flüsterte eine ältere Dame mit gespitztem Mündchen und zupfte am rosa Mützenband, »wie heißt denn das kleine Schätzchen?«

»Maria«, flüsterte die Mutter zurück, um das Baby nicht zu wecken.

»Da wird mal ein wunderschönes Mädchen draus«, sagte die ältere Dame, »eine richtige Prinzessin.«

»Das hoffe ich sehr«, lächelte die Mutter und ging weiter.

1

»Der Mann ist einfach zu schön, um wahr zu sein«, flüsterte Gina Bohm, die junge Maskenbildnerin, ihrem Kollegen Raimund Riesig zu, der gerade der Nachtclubsängerin Dorothee die Lippen blutrot konturierte. »Warum nur sind alle schönen Männer schwul oder nicht zu haben?«

Raimund lächelte geschmeichelt. »Wahrscheinlich ist der liebe Gott auch schwul«, sagte er und griff zum Lip gloss. »Zu haben ist er jedenfalls nicht.«

»Zu witzig«, murmelte Gina. Als wenn sie das nicht längst wüßte. Als hätte sie sich ernsthaft, außer jede Nacht in ihren Träumen, eine Chance bei IHM ausgerechnet. Sie ließ ihren Blick über die Wohnzimmerkulissen schweifen, in denen heute und in den nächsten Wochen das Psychodrama *Nur meine Liebe zählt* fürs Fernsehen gedreht wurde.

ER saß auf einem knallroten Sofa in Herzform und studierte das Drehbuch. Wie jedesmal, wenn sie seinen Anblick ganz ungestört in sich einsaugen durfte, durchfuhr sie eine kleine, heiße Stichflamme. Von den Augen bis in die Kniekehlen. Josef Maria Baumgarten war Männlichkeit pur. Was nicht nur an seinem stattlichen, breitschultrigen Körper, an seinen dichten blonden Haaren mit grauen Sprenkeln drin und an den blauen, von Lachfältchen umkränzten Augen lag, die wie der Ozean je nach Stimmung die Farbe wechselten, sondern vielmehr an der unglaublichen Lässigkeit, mit der er diese Schönheit durchs Leben trug. Es schien, als sei sie ihm gleichgültig, fast lästig, und das machte den 46jährigen Josef Maria Baumgarten nur noch unwiderstehlicher.

»Was ist das denn wieder für ein Schwachsinnstext?« rief er

jetzt und kritzelte wütend im Drehbuch. »Kommt mal her, ihr Blindköpfe!«
Peter Bäder, der Regisseur, und Elmar Hügel, der geplagte Drehbuchschreiber, eilten ahnungsvoll ans rote Sofa. Zorniges Gemurmel, angstvoll beantwortet, denn mit Baumgarten, das wußten alle, stand und fiel diese TV-Produktion.
Er spielte darin einen verheirateten Geschäftsmann namens Klaus Bertelsmann, der sich in eine Nachtclubsängerin verliebt und seiner unbändigen Liebe zu ihr Ehe und Ehre opfert. Eine Idiotenrolle, hatte Baumgarten noch vor dem Drehbeginn verkündet, aber sein Manager Kai Kuschel (kein Künstlername) war hart geblieben. »Darf ich dir deine Kontoauszüge unterbreiten, Chef?« hatte er maliziös gefragt, »und eine Aufstellung deiner monatlichen Kosten? Allein die Champagnertrüffelrechnung für deine Mutter rechtfertigt diese Rolle.«
Also saß Josef Maria jetzt auf dem roten Sofa und ärgerte sich. Elmar Hügel hatte ihm eine Figur auf den Leib geschrieben, wie es so schrecklich hieß, die er absolut bescheuert fand. Die Rolle des liebeskranken Fabrikanten war so gefühlvoll angelegt, so weinerlich, daß er nach Drehschluß fast alle Dialoge umformulierte.
»Meine Liebe zu dir ist der Quell, aus dem sich meine Kraft speist«, las er jetzt vor und machte einen dicken Strich durch den Satz.
Hügel zuckte zusammen. »Was wollen Sie denn statt dessen sagen, Herr Baumgarten?« fragte er. »Ich schreibe, was Sie wollen. Diktieren Sie.«
Natürlich tust du das, du Trottel, dachte Josef Maria, das ist schließlich dein erstes wichtiges Drehbuch und du willst im Geschäft bleiben. »Bertelsmann ist ein richtiger Mann, ein Satansbraten, ein Höllenkerl«, sagte er streng, »der quatscht

nicht von Kraftquellen. Der redet übers Ficken, wenn überhaupt.«
Hügel griff nach einem Taschentuch und wischte sich die Stirn. »Aber selbstverständlich«, keuchte er ins Taschentuch, »wenn einer etwas von richtigen Männern versteht, dann ganz sicher Sie. Wie also soll Bertelsmann der Sängerin seine Liebe gestehen?«
Ach, seufzte Gina sehnsüchtig, ach du lieber Gott.
Baumgarten mußte eine kleine, heiße Sekunde lang einen geradezu aberwitzigen Lachreiz unterdrücken. Ach, wie gut, dachte er, daß niemand weiß.
Da er spürte, daß aller Augen bewundernd auf ihm ruhten, stand er auf. Sie wollten ganz offensichtlich eine Gratisvorstellung, also gut. Er drückte sich ein kleines Runzeln in die Stirn, das Nachdenklichkeit und tiefes Gefühl signalisieren sollte. Als er aufsah, fiel sein Blick auf ein junges, sehr hübsches Mädchen, das mit aufgeschraubtem Lippenstift vor der Garderobe stand. »Komm mal her, Mädel«, sagte er, und mit wild pochendem Herzen ging Gina auf ihn zu. Josef Maria legte ihr die Hände auf die Schultern und sah ihr tief in die Augen: »Ich habe mich lange gegen dieses Gefühl gewehrt«, sagte er, und seine angerauhte, sehr tiefe Stimme ließ alle anwesenden Frauen, und natürlich Raimund, innerlich erschauern, »aber ich liebe dich. Ich liebe dich so sehr, daß ich dir alles opfern werde. Meine Ehe, meine Firma, sogar die Liebe meiner Kinder. Du bist mir alles wert.«
Abrupt ließ er Ginas Schultern los und drehte sich um. »So redet Bertelsmann«, sagte er nur. »Haben Sie mitgeschrieben, Hügel?«
Dann verschwand er in der Kulisse, während Gina wie betäubt zu den Schminktischen ging. Eigentlich mußte ihr Pullover dringen in die Reinigung. Aber das ging nun nicht mehr. Er hatte ihn schließlich berührt.

2

Ächzend ließ er sich auf die Massageliege fallen, die, so stand es in jedem seiner Verträge, neben der Couch in seiner Garderobe stehen mußte. Josef Maria Baumgarten war massagesüchtig. Am liebsten zweimal täglich, zuzüglich einer ausführlichen Fußreflexzonenbehandlung. Dafür war Joe zuständig, ein Wunderknabe aus Jamaica, der mit seinen kräftigen dunklen Händen so genau die Knoten und Ablagerungen in Josefs Körper traf, daß der jedesmal wohlig aufjaulte.

»Mach mich fertig, Joe«, sagte er und ließ sich auf den Bauch fallen. »Ich bin völlig verspannt, diese Rolle schafft mich.«

Die nächsten Minuten grunzte er nur, während seine Gedanken, lässig und träge, zu dem vor ihm liegenden Abend spazierten. Eine Preisverleihung im *Vier Jahreszeiten* stand an, irgendeine Fernsehzeitschrift hatte ihn zum beliebtesten männlichen (ha!) Schauspieler des Jahres erkoren. Die Veranstaltung langweilte ihn, noch bevor sie begonnen hatte. Es war immer dasselbe. Ein riesiges Büfett mit den üblichen arterienverengenden Leckerbissen wie Aal, Hummer und Mousse au chocolat. Wogende Dekolletés, die sich scheinbar unabsichtlich an ihn preßten, während er einem der zahlreichen Schmarotzerjournalisten zum hundertstenmal auf die Frage: »Wie kommt es, daß ein so attraktiver Mann wie Sie noch nicht verheiratet ist?« mit einem seiner dafür zurechtgelegten Bonmots antwortete.

Da müssen Sie meine Mutter fragen.

Attraktiv? Sie haben mich noch nie morgens nach dem Aufwachen gesehen.

Haben Sie jemanden für mich?
Ich warte, bis ich siebzig bin, und dann heirate ich eine Krankenschwester.
Dann lachten sie meistens, diese kümmerlichen Schreiberlinge. Bis sie bei Durchsicht des Archivs feststellten, daß er diese Antworten seit zwanzig Jahren gab.
»Was macht dein Sexualleben, Joe?« fragte er jetzt den Masseur. Nicht, weil es ihn wirklich interessierte, aber Joe massierte besser, wenn er sich nicht langweilte. Wie zum Beweis drückte Joe einmal kräftig zu. »Da ist diese Ehefrau aus Düsseldorf«, fing er an und walkte tief zwischen Josefs Schulterblättern. »Ein Body zum Küssen, einfach unersättlich, diese Frau, und von meiner Vermieterin hab ich dir ja schon erzählt, bei der massier ich meine Mieterhöhung ab, falls du verstehst, was ich meine, und dann ist da noch ...«
»Hör auf, du Angeber«, sagte Josef, aber er wußte, daß Joe keineswegs angab. Er lebte seit fünfzehn Jahren in Deutschland, und die Frauen waren verrückt nach seinem zimtfarbenen Körper, seinen erfahrenen Massagehänden und seinem vom lieben Gott sehr großzügig geformten Fortpflanzungsorgan. Er hätte schon zigmal heiraten können, besonders bei Ehefrauen war sein Zuspruch riesig, aber sein Spaß am Leben war zu groß. Außerdem fürchtete er die Wut der von ihm gehörnten Ehemänner. Und die mittelalterliche Sachbearbeiterin von der Ausländerbehörde lief sowieso jedesmal rosarot an, wenn er wegen einer Verlängerung seiner Aufenthaltsgenehmigung, immer in hautengen Jeans, vor ihrem Schreibtisch Platz nahm.
»Finished«, rief er jetzt und gab Josef einen leichten Klaps auf den Po, kniff spielerisch hinein. »Hier wirst du ein bißchen weich, Josef. Kocht die Mami zu gut?«
MAMI! Mit einem Ruck löste sich Deutschlands beliebtester Schauspieler von der Massageliege.

»Scheiße, ich muß los!« sagte er und stürmte davon, während er im Laufen sein Hemd zuknöpfte. Wenn's um Preisverleihungen ging, war mit Bertha Baumgarten nicht zu spaßen. Bestimmt war sie längst angezogen, aufgerüscht bis zu den Augenbrauen, sein Smoking hing tadellos gebügelt in seinem Ankleidezimmer, genauso faltenfrei wie seine Unterwäsche. Genauso faltenfrei wie sein gesamtes Privatleben. Bis auf diese eine samtdunkle, seidenweiche Ecke. Ob sie einen Verdacht hatte? Schließlich hatten sie sein ganzes bisheriges Leben zusammengewohnt. Er war nie aus dem Elternhaus ausgezogen. Sein Vater, ein nach den vorsichtigen Beschreibungen von Bertha eher ungehobelter, wenn auch sehr reicher Mann, war unter ungeklärten Umständen – man munkelte etwas von Mafia-Rache – frühzeitig verstorben. Egal! Er war tot, Mami Alleinerbin, die schöne Jugendstilvilla am Stadtpark gehörte ihnen.
Josef Maria bewohnte die beiden oberen Stockwerke, Bertha Baumgarten residierte im Parterre, das auf einen großen Garten mit altem Baumbestand hinausführte. Marittel, die blutjung vor über vierzig Jahren als Kindermädchen angefangen hatte, war inzwischen eine gestandene Frau, gottlob ohne Anhang und deshalb zur Haushälterin avanciert. Das würde sie bleiben, so verkündete sie gern, bis sie mit den Füßen voran aus ihrer kuscheligen Einliegerwohnung getragen würde.
Es war also ein gutversorgtes, gemütliches Zuhause, in das Josef Maria Baumgarten nach seiner Massage zurückkehrte. Eins, in dem eine anspruchsvolle Ehefrau und womöglich schreiende Babys eher gestört hätten.
Es war einfach besser so.
Er parkte seinen Jeep in der Auffahrt und riß die Haustür auf.
Bertha Baumgarten stand am Fuß der Treppe, die in die

oberen beiden Stockwerke führte und sah ihn grimmig an. »Es ist sieben vorbei, Maria.« Ihr Mund war vorwurfsvoll gespitzt. »Bist du wieder beim Massieren eingeschlafen?«
Josef seufzte. »Nenn mich bitte Josef«, sagte er in dem Wissen, daß es nutzlos war. »Ich bin schließlich ein, nun ja, also ich bin schließlich ein Mann.«
Jetzt seufzte Bertha tief auf. »Das bist du leider, Maria. Dein Smoking liegt bereit. Der Fernsehsender schickt eine Limousine, die in einer halben Stunde da sein wird. Schaffst du das?«
Josef gab ihr im Vorübergehen einen Kuß. »Mach dir nichts draus, Mami«, sagte er und stieg die Treppe hinauf. »In jedem Mann steckt eine schöne Frau. Aber nur bei ganz wenigen kommt sie heraus.«
Kopfschüttelnd sah Bertha Baumgarten ihm nach. Ach, Maria, dachte sie, du warst ein so entzückendes Baby. Und jetzt bist du so ein großer haariger Mann geworden. Aber es gibt Schlimmeres. Es gibt häßliche, große haarige Männer.
»Bring Maria den Karottensaft«, sagte sie zu Marittel, die bereits mit einem Tablett im Flur stand, »und achte drauf, daß er nicht wieder trödelt.«
Josef Maria stand nackt vor seinem mannshohen Spiegel und zog den Bauch ein, als Marittel wortlos das Tablett auf dem Fensterbrett abstellte.
»Bin ich dicker geworden, was meinst du?« fragte er, sich besorgt musternd. Marittel trat hinter ihn und schaute ebenfalls in den Spiegel. Sie kannte ihn als Baby, statt Bertha hatte sie seine Windeln gewechselt, bis er mit knapp drei Jahren endlich stubenrein war, sein nackter Körper war ihr also seit Jahrzehnten bis in jede Pore, in jede Speckfalte zutiefst vertraut.
»Tja«, meinte sie und reichte ihm sein Glas mit Karottensaft, »ein bißchen schon. Hier um die Hüften herum bist du weicher geworden.«

Ärgerlich nahm Josef Maria ihr das Glas ab, leerte es in einem Zug. »Schon gut, Marittel, so genau wollte ich es nun auch nicht wissen. Laß mich jetzt allein.«
»Wenn du die Wahrheit nicht vertragen kannst«, meinte diese nur ungerührt und wandte sich zum Gehen. In der Tür drehte sie sich noch einmal um. »Du hast übrigens Stoppeln auf der Brust, Josef. Probier's mal mit Enthaarungswachs. Das hält länger als diese Cremes.«
Verdammt, dachte Josef und fühlte nach. Sie hatte recht. Für seine vorletzte Rolle als Zuhälter hatte er sich die Brusthaare abrasieren müssen und sich danach so sehr an eine haarlose, weiche Brust gewöhnt, daß er sie sich seitdem regelmäßig enthaarte. Was mühsam war, denn sein Schöpfer hatte ihn, ausgerechnet ihn, mit einer so dichten Körperbehaarung bedacht, daß er schon als 15jähriger in einer Schüleraufführung einen Orang-Utan ganz ohne Kostüm spielen konnte.
Seufzend ging er in seine Kleiderkammer und zog sich an.

3

Ich unterscheide meine Mitmenschen in Wesen, die es mit mir treiben, und solche, die es nicht tun«, dozierte Raimund und hackte mit flinken Fingern die Schalotten für die Spaghettisauce in dünne Streifen.

Gina lachte. »Dann unterteilst du also die Menschheit in eine winzig kleine und in eine riesengroße Gruppe«, neckte sie und drückte ihm zum Trost einen feuchten Kuß in den Nacken. »Und welche Konsequenzen ziehst du aus dieser Unterscheidung?«

Raimund schob die Schalotten in die Pfanne und drehte sich um. »Daß der Großteil der Menschheit total bescheuert ist und nicht weiß, was ihr entgeht. In meinem Falle natürlich – was *ihm* entgeht. Wo ist übrigens dein ungezogenes Gör?«

Gina, die inzwischen den Küchentisch deckte, wies mit dem Kopf in Richtung Wohnzimmer, aus dem undeutliches Gemurmel drang. »Wenn du damit meine vorbildlich, wenn auch ohne männliche Bezugsperson erzogene Tochter Jennifer meinst, die spielt mit ihren Barbies.«

»Hat sie wenigstens einen Ken?« fragte Raimund.

»Wozu braucht eine gestandene Frau denn einen Mann?« fragte Gina zurück. »Im Ernstfall ist doch eh keiner da.«

»Und was ist mit mir, du undankbare Ziege?« Raimunds Stimme klang beleidigt. »Wer steht hier an deinem Herd und kocht für dich und deine Göre nach einem langen Arbeitstag ein schmackhaftes Mahl, damit ihr nicht schon wieder zu diesem schottischen Spezialitätenlokal gehen müßt?«

»Wir lieben McDonald's, Jenny und ich«, protestierte Gina

sofort, aber er hatte einen wunden Punkt angesprochen. Allzu viele Abende, wenn sie erschöpft von irgendwelchen Dreharbeiten nach Hause kam, wo sie als Maskenbildnerin die Schönen noch schöner und die Älteren auf so jung wie irgend möglich schminken mußte, landeten sie und Jenny bei Pizza oder Junior-Tüten. Raimund, der ein exzellenter Koch war, sorgte als einziger für eine gelegentliche Vitaminzufuhr.

»Du bist da, aber du bist kein richtiger Mann«, sagte sie und fügte schnell, als sie seinen Gesichtsausdruck sah, hinzu: »Das ist ein großes Kompliment, du Idiot, also mach jetzt kein beleidigtes Gesicht. Willst du einen richtig schön männerfeindlichen Witz hören?«

Raimund lächelte und schnitt die Tomaten klein. »Nur zu«, sagte er.

»Warum haben Männer Beine?«

Raimund zuckte die Achseln.

»Damit sie nicht sackhüpfen müssen«, prustete Gina los. »Und warum haben sie eine Gehirnwindung mehr als 'ne Kuh?«

»Du wirst es mir gleich sagen.«

»Damit sie nicht in ihre Büros scheißen. Noch einer?«

Raimund seufzte. »Aber dann ist Schluß.«

»Zwei alte Frauen gehen spazieren. Ein Exi kommt ihnen entgegen, öffnet seinen Mantel. Sagt die eine: ›Machen Sie bitte den Mantel wieder zu, junger Mann. Wir haben im Krieg genug Elend gesehen.‹« Gina lachte schallend, fast widerstrebend fiel Raimund mit ein.

Sie kannten sich aus der Schule, seit sie beide die siebte Klasse wiederholen mußten. Gina war verzweifelt in ihren Sportlehrer verliebt gewesen, einen glücklichen Familienvater, auf dessen erotischer Richterskala sie noch nicht einmal ansatzweise auftauchte. Raimund war gerade bewußt geworden, daß er schwul war, und er hatte so seine Probleme damit. Damals, vor fünfzehn unendlichen Jahren, kannte er keinen einzigen Jungen, der so empfand wie er. Das hatte sich inzwischen gründlich geändert. Zu gründlich, wie sein Vater Erwin Riesig, der als verwitweter Pastor im Ruhestand lebte, manchmal vorsichtig anmerkte, wenn sein einziger Sohn bei einem seiner Besuche wieder mal einen anderen Verlobten mitbrachte, der seine Nacht im Gästezimmer begann und sie im Bett seines Sohnes fortsetzte. Aber er war lernfähig. Und er liebte seinen Sohn. Trotzdem bezog er jetzt nur noch das schmale Kinderbett in Raimunds Jugendzimmer. Das sehr eng war. »Meinst du nicht, wir könnten ins Ehebett?« hatte ein Verlobter mal gefragt. »Die eine Hälfte ist doch sowieso immer leer. Und dein Vater hätte hier genug Platz.« Er wurde nicht wieder eingeladen.

»Erinnerst du dich noch an unseren Sportlehrer Hartmut Gosau?« fragte Raimund.

»Klar«, sagte Gina und rief: »Jenny, komm zum Essen, es gibt Nudeln und Tomatensauce von Onkel Raimund. – Warst du eigentlich auch in ihn verknallt?«

»Der war nie mein Typ«, lachte er, »zu klein, zu dünn, zu ...«

»Nicht Baumgarten genug, meinst du sicher.« Gina hatte Jenny auf den Hochstuhl gesetzt und ihr ein Lätzchen umgebunden. »Womit wir wieder bei deinem Lieblingsthema wären«, seufzte Raimund. »Klar, der Mann sieht klasse aus, aber verrenn dich nicht. Der lebt nicht nur in einer anderen Welt, der existiert auf einem anderen Planeten. Hör also endlich auf mit dieser Schulmädchenschwärmerei.«

Gina stellte ihrer Tochter eine Schüssel mit Spaghetti hin, drückte ihr einen Löffel in die Hand. Obwohl erst vier Jahre alt, war Jenny schon eine sehr appetitliche Esserin. »Mami,

Sajette«, rief sie fordernd, und Gina drückte ihr eine Serviette in die Hand. Jenny wischte sich vorsichtig die Sauce quer übers Gesicht und aß weiter.
Auch Raimund war tief über seinen Teller gebeugt. Gefräßige Stille breitete sich aus.
Draußen wurde es langsam dunkel, auf der Straße hupten Autos, ihre Scheinwerfer leuchteten wie große Glühwürmchen. Drinnen, in Ginas kleiner Wohnküche, war es warm und gemütlich.
»Ich weiß ja, daß ich total bescheuert bin«, gestand Gina in die Stille hinein, »aber gestern nacht hab ich geträumt, daß ich ihn heiraten werde. Es war ein merkwürdiger Traum. Die Trauung fand in der Petrikirche statt, alle waren da, seine und meine Kollegen. Dein Vater war unser Pastor. Wir gingen durch das große Kirchenschiff, Jenny und ihre Freundinnen haben Blumen gestreut. Nur eins war komisch ...« Sie blickte auf. Jenny hatte ihren Teller in beide Hände genommen und leckte ihn ab, Raimund wickelte sehr konzentriert die Spaghetti um seine Gabel, sah nicht hoch. Zu oft hatte er sich Ginas diesbezügliche Träumereien anhören müssen. »Während wir also zum Altar schritten, schaute ich an mir herunter. Und konnte es kaum fassen: Ich trug einen Smoking, und er hatte mein Brautkleid an.« Jennys Teller war leergeleckt. »Noch mehr Nudeln«, forderte sie.
Auch Raimund war von Ginas Traum nicht sonderlich beeindruckt. »Dein Schwarm als Fummeltrine? Das werd ich ihm morgen beim Schminken erzählen. Er wird sich totlachen.«

4

Er wachte auf, als sich Angoras rauhe Katzenzunge an seinen Augenlidern zu schaffen machte. Verdammt! Er haßte dieses Vieh, aber seine Mutter hatte sie ihm vor drei Jahren zum Geburtstag geschenkt, mit den anzüglichen Worten: »Damit du was zum Kuscheln hast, Maria. Der Traum von Enkelkindern hat sich ja wohl langsam ausgeträumt.« Und obwohl Katzen ja eigentlich stolze Tiere sind, war es Angora völlig egal, daß Josef Maria Baumgarten sie jedesmal, wenn sie allein waren, auf den Balkon sperrte, sie erst wieder reinließ, wenn Frauenschritte auf der Treppe zu hören waren.

Sie liebte ihr Herrchen abgöttisch, schleckte und leckte es mit Hingabe. Am liebsten im Schlaf, wenn er es nicht merkte, denn der liebe Gott hatte Angora als Sofarolle geschaffen, frische, kalte Luft war ihr deshalb zutiefst zuwider. Sie hatte die Nacht an Herrchens Bettende verbracht, was er zum Glück nicht registrierte, weil er wieder mal so betrunken nach Hause gekommen war, daß er Sekunden nach Matratzenberührung bereits zu schnarchen anfing. Angora, die geduldig unterm Bett gewartet hatte, war blitzschnell aufs Bett gesprungen und hatte sich zu seinen Füßen zusammengerollt. Ihr rechtes Ohr lag neben seinem linken großen Zeh. Beglückt schnupperte sie an seinem Nagel, kaute vorsichtig, ganz vorsichtig, daran herum, wandte sich dann aber angewidert ab. Ein beißender, unangenehmer Geschmack brannte auf ihrer Katzenzunge. Der Geschmack von Nagellack! Sie war in den äußersten Winkel gerückt und eingeschlafen.

Als sie jetzt, im Morgengrauen, aufgewacht war, rutschte sie

pfötchensanft nach vorn und leckte zur Begrüßung zärtlich sein Gesicht. Seine große Nase, an den Flügeln etwas zerfurcht, das Grübchen an seinem Kinn, die breite Stirn mit den senkrechten Nasenwurzelfalten. Schlabber, schleck. Gerade ließ sie die Zunge über Herrchens Augenlidern schweben, als diese aufklappten und ein Ausdruck angeekelter Überraschung in seine Augen stieg.
»Scheiße, Mistvieh!« Mit brutalem Schwung warf Josef Maria Baumgarten das Fellbündel von sich. Unsanft landete Angora auf seinem zerknüllten Kleiderhaufen. Seine rotgeränderten Augen streiften den Wecker auf dem Nachttisch. Halb neun! In zehn Minuten mußte er in der Maske, in einer Stunde der erfolgreiche, superattraktive Klaus Bertelsmann sein!
Er stemmte sich schwungvoll aus dem Bett, als eine Welle der Übelkeit ihn zurücktaumeln ließ. Es waren gestern bei dieser grauenvollen Preisverleihung wohl doch ein paar Prosecco mehr geworden.
»Trink, Maria!« Lautlos hatte Bertha Baumgarten sein Zimmer betreten und stand jetzt mit einem Glas Wasser, in dem sie vier Aspirin aufgelöst hatte, vor seinem Bett. »Der Fahrer wartet schon. Deine Sachen liegen im Ankleidezimmer. Die siehst übrigens verheerend aus, mein Sohn. Dein Maskenbildner wird sich freuen.«

Da hatte Bertha ausnahmsweise recht. Das kann ja wohl bitte jetzt nicht wahr sein, dachte Raimund, als sich der beste deutsche Schauspieler, einer der wenigen, die eine Tagesgage von 15 000 Mark bekamen, stöhnend in den Stuhl vor dem Schminkspiegel fallen ließ und seine dunkle Sonnenbrille abnahm.
»Ich will nichts hören, Raimund«, grunzte er nur. »Ich weiß selbst, wie ich aussehe.«

Wie ein ausgekotzter Männerarsch, Mr. Superstar. Aber Raimund verkniff sich jede Bemerkung und griff zur Grundierung. Behutsam, man nannte ihn nicht umsonst »die Samtpfote aus Blankenese«, tupfte er Josef Marias tiefe Augenschatten weg, die kleinen Krater auf den Nasenflügeln, die scharfen Furchen in den Mundwinkeln.
»'ne lange Nacht gehabt, Herr Baumgarten?« fragte er, nicht aus Höflichkeit, sondern damit der Wäschesack vor ihm nicht wieder einschlief. Befehl von Peter Bäder, der mit der Produktionsfirma, die diese Fernsehproduktion vorfinanzierte, keine Überstunden abrechnen konnte und dem deshalb sehr daran lag, seinen männlichen Star wieder funktionsfähig zu machen.
Durch dessen ständige Drehbuchänderungen waren sie sowieso drei Drehtage im Verzug – Kosten, die er als Regisseur anderweitig wieder einsparen mußte. Bäder, in einer Ecke über Dispositionen gebeugt, seufzte tief. Baumgarten war einer der besten Schauspieler, mit denen er je gearbeitet hatte. Ein echter Vollblutmime, ein bißchen früher Emil Jannings oder Heinrich George. Raumfüllend, platzverdrängend. Leider gab es in der heutigen Zeit immer weniger Rollen für Schauspieler wie ihn. Sollte er Doktörchen spielen in einer dieser hirnverbrannten Krankenhausserien? Den Liebhaber mimen in einem Schwarzwaldschwachsinn, für eine dieser blutleeren, talentlosen Blondinen, die sich neuerdings für die deutsche Antwort auf Julia Roberts hielten? Wenn überhaupt, dann wäre eine Vollblutfrau wie die Loren eine passende Partnerin für ihn. Leider auch schon über sechzig. Bäder schüttelte den Kopf, um ihn freizumachen von trübsinnigen Gedanken, die ihm auch nicht weiterhalfen. Hier und jetzt mußte er seinen männlichen Hauptdarsteller so weit in Form bringen, daß er fähig war, die Schlüsselszene dieses peinlichen Melodrams *Nur meine Liebe zählt* hinzulegen.

Klaus Bertelsmann, der mächtige Tycoon, dem die Liebe zur Nachtclubsängerin Dorothee den Verstand vernebelt hatte, mußte seiner schwerkranken Frau Alicia alles gestehen. Eine sehr schwierige Szene, weil der Zuschauer diese Figur weiterhin sympathisch finden sollte. Noch schwieriger, wenn die schwerkranke Frau von Loni Gassmann verkörpert wurde, der beliebten Volksschauspielerin, die mit Mann und drei adoptierten Kindern fest im deutschen Zuschauerherzen verankert war. Da half es wenig, daß Bertelsmanns große Liebe Dorothee von Cleo Blume gespielt wurde, einer vierfach geschiedenen Mimin, deren riesengroßer Busen in umgekehrtem Verhältnis zu ihren schauspielerischen Mitteln stand. Sie war jedoch deutlich anderer Meinung und deshalb sehr anspruchsvoll auf dem Set. In ihrer Garderobe stand eine große Vase mit Lilien, die alle drei Tage erneuert werden mußten. Wenn auch nur ein Blatt heruntergefallen war, weigerte Cleo sich, ihre Garderobe zu verlassen. »Ihr denkt wohl, weil ich eine schwache, junge Frau bin, könnt ihr alles mit mir machen. Aber da habt ihr euch leider, leider getäuscht.«
Magenschleimhautzerfressende Arbeitsverhältnisse also, und er, Peter Bäder, war der Ringmeister. Er sollte die Peitsche schwingen, damit der Zirkus in Bewegung blieb. Wo zum Donnerwetter steckte der verdammte Baumgarten? Mit schnellen Schritten, mühsam beherrscht, ging er in die Maske, wo Loni Gassmann, auf leichenblaß geschminkt, eine Zigarette rauchte. Zwei ihrer Kinder, eine kleine Koreanerin, ein noch kleinerer Brasilianer, kauerten zu ihren Füßen und spielten mit ausrangierten Schminkutensilien.
»Hallo, Peti«, grüßte Loni, sie war immer fröhlich, die Gute. »Sag mir, wenn ich mich ins Krankenbett legen soll, dann mach ich die Lulle aus.«
Bäder lächelte, obwohl er es haßte, wenn man ihn Peti

nannte. »Du kannst ins Bett, wenn dein Ehemann sich imstande sieht, seine Beichte abzulegen«, sagte er, während er sich dem Stuhl am Ende des langen Schminktisches näherte, auf dem Baumgarten noch immer mit geschlossenen Augen saß. »Na, mien Jung, wie geht es uns?« Er stand jetzt neben ihm. Keine Antwort.
Bäder sah Raimund an. Der zuckte ratlos mit den Schultern. »Er redet heute morgen nicht mit uns«, meinte er nur, »ich tu mein Bestes.«
In der Tat sah Baumgarten immer noch wie eine Leiche aus, aber immerhin wie eine gut geschminkte. »Leg noch ein bißchen Rot auf die Wangen«, sagte Bäder resigniert und verschwand. Baumgarten grunzte nur.
Raimund griff nach hinten und schraubte das Rougetöpfchen auf. Er wußte blind, wo seine Sachen lagen, und vergriff sich nie. Privat schon, nie hier. Er tupfte seinen Mittelfinger ins Rote, fuhr dann sanft an Baumgartens Wangenknochen hoch.
»Meine Freundin hat übrigens vorige Nacht von Ihnen geträumt«, sagte er leise. »Ein sehr merkwürdiger Traum.«
Jetzt hob sich ein Augenlid. »Sie haben eine Freundin?« knurrte Josef Maria. »Wie man sich täuschen kann.« Das Lid klappte wieder runter.
Raimund ärgerte sich. Er war gern schwul, das war nicht das Problem, trotzdem haßte er es, wenn Leute ihn dafür hielten. Sah er so tuntig aus, wirkte er so weich? Da er selbst auf Heteromänner stand, wollte er im Tiefsten, Allertiefsten seiner Seele auch für hetero gehalten werden. Nur von schwulen Männern natürlich, nicht von Frauen. Irgendwie bescheuert, aber so war's halt.
»Ich meine Gina, meine Kollegin«, besserte er nach, »die jetzt gerade Ihre große Liebe schminkt.«
»Und?« Baumgartens Stimme klang unendlich gelangweilt.

»Was hat die werte Kollegin so geträumt? Haben wir zusammen auf der Bühne gestanden, und ich hab meinen Text vergessen?« Seine Stimme klang amüsiert und eine Spur überheblich.
»Nicht ganz«, meinte Raimund und puderte die glänzenden Stellen weg. »Sie hat von einer Riesenhochzeit geträumt. In einer Kirche.«
»Davon träumen alle Frauen, mein Lieber«, meinte Baumgarten belehrend. »Tuschen Sie meine Wimpern noch ein bißchen nach, meine Augen wirken sonst zu blaß.«
Raimund schraubte die Wimperntusche auf. »Mag sein«, gab er zu und tuschte, »nur war in diesem Traum das Ganze seitenverkehrt. Die Braut trug Smoking, und Sie, der Bräutigam, steckten in einem wunderschönen Spitzenkleid. Ganz in Weiß«, jetzt summte er, »mit einem Blumenstrauß, so siehst du in meinen schönsten Träu. . .«
Ruckartig setzte sich Baumgarten auf, starrte den Maskenbildner an, der ganz verwirrt zurückblinzelte. Was wußte dieses Männchen? Wollte er ihn erpressen, sich über ihn lustig machen?
». . .men . . .« Raimunds Stimme versickerte unter den bösen, harten Augen der schlagartig auferstandenen Leiche. »Ist irgend was, Herr Baumgarten?« fragte er vorsichtig. »Es war doch nur Ginas Traum. Für Träume kann man doch nichts.«
»Wer ist Gina?« fragte Josef Maria streng.
Raimund zeigte auf die andere Seite des langen Schminktisches. »Die Rotgelockte am vorletzten Tisch«, sagte er, und ungewollt kroch Stolz in seine Stimme. »Meine beste Freundin. Ein tolles Mädchen.«
Baumgarten folgte seinem Blick. Natürlich. Jetzt fiel sie ihm wieder ein. Gestern hatte er ihr eine Liebeserklärung gemacht. Er hatte nicht weiter auf sie geachtet, sie war eins der

vielen gesichtslosen Wesen, die auf dem Set herumwuselten, auf ihn einredeten, an ihm herumzupften, ihm im Grunde lästig waren. Doch der schwule Pinsel hatte ausnahmsweise recht. Warum war ihm diese junge Frau nicht schon früher aufgefallen? Wie sie so dastand und konzentriert die üppigen Augenbrauen von Dorothee zu einem weichen Bogen zupfte, sah sie, klein, zart, mit feuerroten, durch ein gelbes Gummiband mühsam gebändigten Locken, wie ein Engel aus. Oder wie ein kleines Teufelchen. Wieso träumte dieses Mädchen von ihm? Und derart ungehörige Träume!
Raimund hatte den bewundernden Blick bemerkt und entschloß sich, einen kleinen Liebespfeil abzuschicken. Er verkuppelte nur zu gern, selten erfolgreich, aber mit Begeisterung. »Gina schwärmt übrigens sehr für Sie«, flüsterte er und beobachtete sein Opfer scharf, »obwohl sie im Grunde mit Männern nichts am Hut hat. Der Vater ihrer Tochter hat sie sitzenlassen, seitdem verkriecht sie sich. Im Grunde sind Männer richtige Schweine, sagt sie. Anwesende natürlich ausgenommen, Herr Baumgarten.«
Der lächelte. Plötzlich fand er die ganze Situation höchst amüsant. »Woher wollen Sie wissen, daß ich kein Schwein bin?« fragte er. »Vielleicht bin ich nur vorsichtiger als andere Männer.«
Raimund lachte. »Sie nicht, Herr Baumgarten. So was können Sie sich doch gar nicht erlauben.«
Da hast du leider recht, mein Lieber, dachte Baumgarten. Wie unbewußt wanderte sein Blick wieder zu Gina. Die sich genau in der Sekunde umdrehte, weil sie etwas Intensives, Kribbelndes im Rücken spürte. Ihre Augen, schwarz wie Brikett, verhakten sich mit seinen gletscherkühlen. Sekundenlang. Dann zog Baumgarten, so als erkenne er plötzlich einen kleinen, peinlichen Irrtum, die Augenbrauen hoch und wandte sich ab.

Schade, dachte er flüchtig, es wäre möglicherweise nett gewesen. Aber zu kompliziert wohl auch.
»Bin ich soweit?« fragte er Raimund, dem der Blickwechsel nicht entgangen war, und erhob sich. Ohne eine Antwort abzuwarten, verschwand er in der Kulisse.
»Hallo, Mädel, fürs Tagträumen wirst du nicht bezahlt.« Cleo Blumes Stimme drang durch Ginas Versunkenheit wie eine besonders fiese Kreissäge. »Mal mir ein Kim-Basinger-Gesicht, und zwar hoppla, wenn ich bitten darf.«
Lieber Gott, betete Gina stumm aus dem Fenster, zu den kleinen Schäfchenwolken am blitzeblauen Sommerhimmel, nur eine einzige Nacht mit ihm, dann will ich auch nie wieder was von dir. Nur eine einzige Nacht.
Oder wenn dir das zu unverschämt ist, dann wenigstens ein Kuß.
Ein einziger Kuß.
Hörst du überhaupt zu, lieber Gott?

5

Wir können«, sagte Baumgarten nur und ging ins Schlafzimmer, wo Alicia, auf Kissen gestützt, in ihrer Ehebetthälfte lag. Die andere Hälfte war demonstrativ verwaist, auf die setzte sich Klaus Bertelsmann und nahm die Hände seiner schwerkranken Ehefrau in beide Hände.
Kameramann und Beleuchter gingen in Position. »Ton ab«, rief Bäder.
»Kamera läuft ...«
Ein ganz leichter Ruck ging durch Josef Maria Baumgarten, wie eine kleine, feine Welle von oben nach unten. Die Schultern sackten ab, die Stirn furchte sich, die Mundwinkel gingen nach unten. Ein von seinem schlechten Gewissen schwergeplagter Mann saß da auf dem Bett, so traurig wirkte er, so reuevoll, daß er das Mitleid aller Zuschauer auf sich zog.
»Du weißt, warum ich hier bin, Alicia?« Seine Stimme vibrierte tief und männlich. »Du weißt, was ich dir sagen muß?«
Loni alias Alicia lächelte schmerzlich. Ein großes Lächeln war es, dem Tode geweiht, alles verzeihend. »Du willst mir sagen, daß du mich nicht mehr liebst«, flüsterte sie, hob die Hand und streichelte seine Wange.
»Ich liebe dich, Alicia, aber ich liebe dich als Freund. Als Freund, der dir auf deinem schweren Weg beistehen wird. Ich werde immer für dich dasein, bis zum Tod. Wenn sie alle gegangen sind, dann werde ich auf diesem Bett sitzen, deine Hand halten und dich in die Ewigkeit begleiten.«
Wie die robuste, kerngesunde Loni Gassmann es schaffte,

ihrer Alicia dieses herzerweichend jenseitige Lächeln zu geben, war allen ein Rätsel.
Schminkkunst war eben nur die Grundlage, der Rest war Schauspielkunst.
»Ich danke dir, mein Freund. Und – ich verzeihe dir. Sei glücklich, wenn ich einmal nicht mehr bin. Ich werde auf meiner Wolke sitzen und dir zuwinken.«
Mit einer wunderschön rollenden Träne, die Loni mühelos auf ihre mehlweiße Wange gezaubert hatte, wandte sie sich ab. »Geh, mein Liebster. Geh – und mach die andere glücklich. So glücklich, wie du mich zwanzig Jahre lang gemacht hast.«
Und Bertelsmann, der eisenharte Tycoon, der bereits zum Frühstück die Leichen seiner Gegner verspeiste, schluchzte ein trockenes Schluchzen, so männlich zurückhaltend, dabei so tief empfunden, daß alle Zuschauer, vom Regisseur bis zum Catering-Fräulein, das gerade mit einer leckeren Aufschnittplatte die Halle betreten hatte, feuchte Augen bekamen.
Der alte Bock hat's wieder hingekriegt, dachte Bäder bewundernd. Dann löste er sich aus der Erstarrung und rief: »Cut. Das war's.« Neben ihm stand Elmar Hügel und starrte mit fassungsloser Wut ins Drehbuch. Die Schlüsselszene, auf die er so stolz war, an der er nächtelang liebevoll herumgefeilt hatte, alles, alles hatte dieser Baumgarten verändert. Hügel fühlte sich leer, wie ausgeweidet. Starrten ihn nicht alle voller Mitleid an? Wahrscheinlich war er in diesem Business erledigt, blitzschnell würde es sich herumsprechen, daß seine Dialoge so schlecht waren, daß der Hauptdarsteller sie völlig neu schreiben mußte. War wohl am besten, wenn er wieder als Fernsehredakteur anfing, kleine Brötchen backte. Sein Haß auf Baumgarten, der ihm diese Schmach angetan hatte, war so abgrundtief, daß er das

spitze Obstmesser, das neben dem kunstvollen Früchtearrangement auf einer Platte lag, am liebsten ergriffen und in Baumgartens Brust gedrückt hätte. Ganz tief hinein. Das hast du von deinen Scheißänderungen, du Drehbuchschänder, du!

Bäder hatte Hügels Blick bemerkt. Er wußte, was in ihm vorging. Kannte seinen Abschiedsschmerz. Jeder Schreiber war so. Alle glaubten sie, ihre Worte seien in Gold gegossen. In Platin. Aber das Leben, es war nicht so. Ein Drehbuch war eine Arbeitsvorlage, ein Entwurf, mehr nicht. Am liebsten waren Bäder Autoren, die ihr Werk ablieferten und sich dann in Luft auflösten. Aber Hügel war noch jung und ehrgeizig. Klebte am Set, verfolgte alles mit Argusaugen. Und nun dies.

»Die Änderungen waren doch marginal«, flüsterte er ihm beruhigend zu, »der große, dramatische Bogen ist erhalten geblieben. Und die Szene ist toll so, die schmückt dich. Auch wenn du sie nicht ganz genauso geschrieben hast.«

Aber meine war viel besser, schrie es in Hügel, aber er sagte nichts.

Josef Maria Baumgarten tauchte auf wie aus einem tiefen Traum. Die ehrfurchtsvollen Blicke der Umstehenden, das begeisterte Schulterklopfen des Regisseurs nahm er gar nicht wahr. Er brauchte seine Zeit, um die Hüllen zu wechseln, die Figur über Bord zu werfen, wieder er selbst zu werden. Ein intensiver, fast schmerzlich-süßer Prozeß. Wer bin ich eigentlich? dachte er plötzlich. Und die Antwort, die er sich, ganz im stillen, ganz heimlich, geben mußte, war so ungeheuerlich, daß er fast laut losgelacht hätte. Aber nur fast.

Sein Blick fiel auf das Tablett mit den Sandwiches, und mit schnellen Schritten bahnte er sich einen Weg durch die Menge.

»Ich will alles mit Räucheraal«, grinste er. »Den Rest könnt ihr euch teilen.«
Dann registrierte er Elmar Hügel, der sich wortlos an ihm vorbeidrücken wollte. »Na, Hügelchen, ordentlich was gelernt heute?« Er klopfte ihm herzhaft auf den Rücken, der Autor sackte leicht zusammen. »Sehen Sie, SO schreibt man gute Dialoge.«
»Vielen Dank, Herr Baumgarten«, sagte Hügel sanft. »Ich werde in Zukunft daran denken.«
Hügel häufte sich drei Aalbrötchen auf seinen Teller und verschwand um die Ecke. Dort warf er sie in den Papierkorb, denn er war allergisch gegen Fisch.

Die Sonne tauchte gerade tieforange und riesenrund in den warmen Abendhimmel, als Josef Maria Baumgarten über den Parkplatz ging. Er war hundemüde, aber seltsam aufgekratzt. Wo, verdammt, hatte er seinen Jeep geparkt? Die Produktionsfirma hatte ihm natürlich einen Parkplatz reserviert, aber heute morgen war er so kaputt gewesen, daß er seinen Wagen irgendwo abgestellt hatte.
Plötzlich hörte er ein Kinderlachen. »Mami, laß, das kitzelt.«
»Komm jetzt runter, das ist nicht unser Auto«, drängte eine Frauenstimme.
Unbestimmt neugierig folgte Baumgarten den Stimmen. Was machte ein kleines Kind um diese Zeit auf dem Gelände? Er bog um eine Parkuhr, da sah er seinen Jeep, und auf der Kühlerhaube hockte ein kleines Mädchen und hämmerte vergnügt mit den Hacken aufs Motorblech.
»Laß das sofort sein, Jenny.« Die Frauenstimme klang gehetzt und ängstlich. »Wenn da Dellen reinkommen, muß Mama sie bezahlen. Und dann haben wir kein Geld mehr für Eis und Pommes.«

Baumgarten lächelte. Bestechung. Der älteste Müttertrick der Welt. »Bleib ruhig sitzen, meine Kleine«, sagte er, und mit einem spitzen Aufschrei fuhr die Frau herum. Ihre feuerroten Locken, jetzt ungebändigt, leuchteten in der Dämmerung wie glühende Flammen.

»Sie haben mich zu Tode erschreckt, Herr Baumgarten«, keuchte sie, »ich wollte Jenny nur die Schuhe zubinden, und da hab ich sie kurz auf Ihren Wagen gesetzt, es tut mir schrecklich leid ...«

Gina lächelte mühsam ein Rumpelstilzchenlächeln. Ach, wie gut, daß er nicht weiß, daß ich noch vor einer Minute durch sein Autofenster gespäht habe wie ein Hardcore-Groupie.

»Das ist doch überhaupt kein Problem, Frau ... äh, also ...«

Diese Frau hat also von mir geträumt, dachte er, während er seinen Autoschlüssel herausholen wollte. Er langte in seine Hosentasche, wo er immer lag, griff ins Leere. Er tastete die anderen Taschen ab. Wo war sein Autoschlüssel, verdammt?

»Ich heiße Gina. Gina Bohm«, sagte die Rothaarige und hob ihre Tochter vom Auto, »und das ist meine Tochter Jenny. Sag hallo, Jenny.«

Das kleine Mädchen mit genauso feuerroten Haaren reichte ihm eine winzige, verschmierte Kinderpfote. »Tag, Opa«, sagte es freundlich.

Baumgarten spürte Ärger in sich aufwallen. Opa! Wirkte er so betagt auf diese kleine Rotzgöre? »Tag, Jenny«, sagte er etwas steif. »Ich heiße Josef Maria.«

Das Mädchen kicherte. »Dann heißt du ja wie ’ne Oma, Maria.«

Er machte ein ernstes Gesicht. »Da hast du eigentlich recht, Jenny, wenn du willst, kannst du mich Oma Mia nennen. Ich hab nichts dagegen.« Er sah Ginas fassungslosen Blick und

mußte plötzlich schallend lachen. »Ich kann ja auch nichts dafür, daß meine Mutter mich so genannt hat. Sie kommt halt aus Bayern, da ist das normal.«
Normal, was ist das schon? durchfuhr es ihn wie aus heiterer Hölle, und seine gute Laune war wie weggewischt. »Kann ich Sie ein Stück mitnehmen?« fragte er, aber seine Stimme klang so kühl, so förmlich, daß Gina den Kopf schüttelte. »Danke, aber ich muß mein Auto von der Werkstatt abholen.«
Sie nahm Jenny an die Hand. Im Weggehen drehte sie sich noch einmal um. »Sie haben Ihren Autoschlüssel übrigens im Zündschloß steckenlassen.« Ihre Stimme klang genauso kühl wie seine. »Nicht so besonders schlau von Ihnen.«
»Danke«, antwortete er, vage beschämt, und stieg in sein Auto. Und stutzte. Waren seine Lederhandschuhe und die Tennisschläger nicht auf dem Rücksitz gewesen? Jetzt lagen sie auf der Ablage. Komisch. Er fuhr los, und als er an Mutter und Kind vorbeikam, kurbelte er seine Scheibe herunter. »Ein ganz entzückender Traum übrigens, den Sie da von uns geträumt haben.« Ehe sie etwas erwidern konnte, hatte ihn die Dunkelheit verschluckt.

Pussibärchen, was kann ich für dich tun?
Bist du wahnsinnig geworden?
Wovon redest du eigentlich?
Du hast Baumgarten von meinem Traum erzählt, du Schwein.
Wie kommst du denn auf diese absurde Idee?
Er hat mich darauf angesprochen. Damit hast du wohl nicht gerechnet.
Erzähl! Was hat er gesagt? Los, nun sag schon.
Er fand den Traum entzückend.
Entzückend! Das ist doch super. Wahrscheinlich träumt er jetzt von dir.

Wahrscheinlich hält er mich für das schwachsinnigste Groupie, das je in seinem Auto herumgeschnüffelt ...
Du hast in seinem Auto geschnüffelt?
Das war nur so ein Beispiel. Auf jeden Fall bin ich jetzt total sauer auf dich, und zur Strafe werde ich dir nie wieder was Privates erzählen.
Auch nicht, wenn ich dir meine ganz private Aprikosentorte backe?
Die mit Marzipan und Mandelkruste?
Dieselbe.
Raimi?
Ich hasse es, wenn du mich Raimi nennst.
Raimund?
Ich höre.
Jenny darf ihn Oma Mia nennen.
Spinnst du jetzt total?
Küßchen. Bis morgen.

6

Langsam, ganz langsam kroch das Kribbeln in ihm hoch, während er vom Parkplatz auf die Straße bog. Gina und Jenny hatte er bereits vergessen, als er durch die Industrievororte fuhr, wie immer mit überhöhter Geschwindigkeit, wie immer mit lauter Reggae-Musik. Er liebte diese »Negertöne«, wie seine Mutter sie nannte, und hattc es aufgegeben, sie darauf hinzuweisen, daß man sehr stark pigmentierte Mitmenschen nicht Neger nannte. »Ich hab Neger immer Neger genannt«, beharrte sie, »dieses neumodische Gedöns mit schwarz oder farbig, das ist doch lächerlich.«

Eigentlich hatte sie recht, trotzdem störte ihn dieser Ausdruck, genauso wie er bei dem Wort »schwul« innerlich zusammenzuckte. Klang wie schwül, wie schwülstig, wie ...

Wie immer, wenn seine Gedanken in diese Richtung abtauchten, drückte er sie weg, nahm Taucherkappe und Brille ab und schwamm wieder ans Ufer. In den ganz normalen Wahnsinn. In die ganz alltägliche Zwangsjacke, in der er seine Seele und seinen Körper gefangenhielt. Bis auf die wenigen Momente, wo er sie losließ.

An diesem Abend blieb das Kribbeln, verstärkte sich, langsam, wurde so intensiv wie ein dicker Mückenstich. Pochte, pochte ... Er ließ alle Fenster herunter, ließ die kühle Luft ins Auto, dachte an all das, was in seinem Leben wichtig war und zerstört würde, wenn ... Dachte an seine letzte, ganz große Liebe und ihre entsetzt aufgerissenen Augen, als sie ihn sah, wie ihn noch niemand gesehen hatte. Hörte ihren gellenden Schrei, ihre hohen Absätze, die hektisch über die Terrasse zu ihrem Auto klapperten, das Knallen der Autotür.

Er hatte sie nie wieder gesehen, und der Schock über den Ekel in ihren Augen hatte seinen Ekel vor sich selbst so verstärkt, daß er wochenlang auf alles verzichtet hatte, was ihm eigentlich so viel bedeutete. Doch dann war diese süße Unruhe in ihm stärker und drängender geworden, bis er es wieder getan hatte.

Er durchfuhr jetzt die grünen Vororte, jedes Grundstück mit Zaun, jedes alarmgesichert. Wohlstand. Wohlleben. Reiche Spießer unter sich. Nicht ganz.

In einer kleinen Seitenstraße stand ein kleines, frei stehendes Haus aus rotem Klinker, auf das eine gußeiserne Laterne ihr gelbes Licht warf.

»T. C.« stand auf dem Türschild. Sonst nichts.

Josef Maria parkte seinen Jeep vor der Garage und klingelte. Die Tür wurde geöffnet, eine ältere, sehr gepflegte Dame stand vor ihm.

»Hallo, Maria, willkommen im Tiffany-Club«, sagte die Dame mit tiefer Baßstimme und trat zurück, um ihn einzulassen. »Wie schön, daß du mal wieder vorbeischaust. Hast du nichts dabei?«

Josef Maria zuckte lächelnd mit den Schultern. »Ich komm direkt vom Dreh, Daphne.«

»Und da ist nichts in der Requisite, was du dir ausleihen könntest?« Sie zwinkerte ihm zu. »Nichts kleines Feines für den Mann von Welt?«

»Jedenfalls nichts in meiner Größe«, lächelte Josef Maria und holte tief Luft. »Es ist schön, mal wieder hierzusein, Daphne. Habt ihr den Club renoviert?«

Er schaute sich um. Die lachsfarben gestrichenen, sehr gepflegten Räume. Überall Kerzen und blumengefüllte Vasen. Ein mit hellgelber Seide bespanntes Biedermeiersofa stand vor einem Kamin, in dem trotz des nicht sehr kühlen Abends ein paar Holzscheite knisterten. Ein sehr – nun ja –

weibliches Ambiente. Endlich wieder daheim, dachte er etwas sentimental, aber Gedanken waren schließlich frei, und folgte Daphne über den weißen Teppichboden, dem Stimmengemurmel nach, das aus dem angrenzenden Zimmer drang.
Schwungvoll öffnete Daphne die Flügeltür. »Ta, ta!« rief sie, und es raschelte und knisterte in Samt und Seide, als die Damen wie auf Kommando im Gespräch innehielten. Es waren einundvierzig Personen im Raum, und zweiundachtzig Augen leuchteten vor Freude, als Josef Maria etwas verlegen die Hand zum Gruße hob. »Ich grüße euch, Ladies«, sagte er, und wie immer, wenn er den Tiffany-Club besuchte, fuhren seine Augen blitzschnell über die anwesenden Gäste. War jemand Fremdes dabei? Womöglich jemand von der Presse? Die Luft schien rein.
»Grüß dich, Maria«, schallte es zurück, aus einundvierzig Männerkehlen. Denn die Stimme war – fast – das einzige, das sie immer wieder verriet. Ansonsten gingen sie, zumindest in diesen Räumen, in dieser sanften Kerzenbeleuchtung, fast für das durch, das die einen immer, die anderen nur manchmal sein wollten – für Frauen oder zumindest für Männer in Frauenkleidern. Aus Rüschenblusen ragten breite, meist rasierte Handgelenke und Schaufelhände mit bunt lackierten Fingernägeln. Die Perücken saßen perfekt. Der liebe Gott – oder war es eine Göttin? – hatte die meisten von ihnen zwar eher als Charlies Tante denn als Schiffers Claudia gedacht, aber in dieser Umgebung fanden sie sich alle schön. Der Tiffany-Club war ein sehr diskreter Treff für Damen, die in ihrem anderen Leben wichtige Männer waren. Wirtschaftsbosse, Professoren, Ärzte, fast alle verheiratet mit Ehefrauen, die natürlich keine Ahnung hatten von den heimlichen Sehnsüchten ihrer Männer. Wie sollte auch eine Frau diese unausrottbare Sehnsucht eines Mannes ver-

stehen, nicht immer, aber immer öfter in ihre Haut zu schlüpfen, sich ganz als Frau zu fühlen? Hier bei Daphne – in ihrem Paß stand leider noch Karl-Heinz – waren sie ganz unter sich.

»Du siehst ja wie ein Kerl aus, Maria«, rief Jürgen vorwurfsvoll, der als Bauingenieur eine sechsköpfige Familie ernährte und seine Abende als Marlene mit »Dienstbesprechungen, die Bauherren können nur abends, Gerda« erklären mußte. »Wo ist dein roter Fummel, um den wir dich beim letztenmal so beneidet haben?«

Josef Maria grinste. Das rote Damastkleid war ein Cocktailkleid seiner Mutter aus den fünfziger Jahren, er war heimlich auf den Dachboden geschlichen und hatte es aus einem völlig zugestaubten Koffer geholt. Sie mußte schon damals ziemlich korpulent gewesen sein, denn es paßte ihm wie angegossen.

»Im Gegensatz zu euch muß ich für meinen Lebensunterhalt arbeiten«, scherzte er und griff zum Weinglas, das ihm Daphne hinhielt. »Auf uns«, sagte er und trank einen Schluck. Normalerweise hätte er es nie gewagt, in Jeans und verschwitztem T-Shirt im Tiffany-Club aufzutauchen, aber es war eine ganz spontane Idee gewesen.

»Auf dich«, sagte Daphne und sah ihn liebevoll an. Sie wußte, wie sehr er sich quälte, wie ambivalent er seine Neigung empfand, wie ihn seine Lust beschämte – und die Tatsache, daß er ihr immer wieder nachgeben mußte. Dabei war er ein ausgesprochen »leichter« Fall. Es kribbelte ihn höchstens einmal im Monat. Er war nur brust- und höchstens gelegentlich beinrasiert, und wenn er Nagellack benutzte, dann nur farblosen. Er schlief auch fast immer nackt, so hatte er Daphne einmal gestanden, fast nie im Negligé. Ein harmloser Fetischist eigentlich, keine Besessenheit wie bei Melissa, im bürgerlichen Eheleben Horst Rehse, der seiner Frau, die sich in den Wechseljahren befand, die Hormonpillen klaute, damit ihm der Bartwuchs wegblieb und sich seine sanften, kleinen Altmännertitten noch ein bißchen mehr rundeten.

Josef Maria war, leider Gottes, ein richtiger Mann. Er liebte Frauen, er liebte Sex mit Frauen – und er liebte es, sich als Frau zu verkleiden. Für Daphne eine Bereicherung, für Josef Maria ständiger Selbstzweifel.

»Hast du nie Schwierigkeiten mit dir?« hatte er Daphne einmal gefragt, als sie ihm die Falten mit Hämorrhoidencreme wegstrich, den heißen Tip eines Transis aus Argentinien befolgend. »Bist du sicher, daß das was nützt? Das Zeug stinkt bestialisch.«

»Evita hat immer recht«, wies ihn Daphne zurecht. »Und, nein, ich hab überhaupt keine Probleme mit mir. Andere mögen sie haben, aber das ist ihr Problem. Das Leben ist kurz und will genossen werden. Soll ich dir die Bartstoppeln überpudern?«

Josef Maria beneidete Daphne um ihr Selbstbewußtsein. Aber sie war auch kein so ausgesprochen männlicher Mann wie er. Sie war klein und zierlich mit Trichterbrust und dünnen Beinen und sah als Frau einfach besser aus. Bei ihm war's umgekehrt. Für ihn Segen und Fluch zugleich, denn er war auch als gelegentliche Frau eitel. »Als Mann bist du die absolute Sahneschnitte«, hatte Daphne mal bedauernd gesagt, »und obwohl ich dich als Frau emotional lieber mag, ins Bett gehen würde ich nur mit dir, wenn du Josef bist.«

Daphne hatte recht, wie immer. Aber sie war auch nur Clubchefin, kein deutscher Superstar. Sofort fing sein Herz an, schmerzhaft gegen die Rippen zu pochen. Ach, wie gut, daß niemand weiß! Und wenn doch?

»Hallo, Maria, Schätzchen!« rief Carlotta, eine üppige Blondine in knappstem Ledermini, der den Blick freigab auf

muskulöse, sehr behaarte Männerbeine. (»Rasieren kann ich Susi nicht antun!«). »Kann ich ein Autogramm kriegen für meine Schwiegermutter? Am besten gleich zehn. Dann kann sie den Rest im Skatclub verteilen.«
Josef Maria griff in seine Jeansjackentasche, holte einen leicht zerknautschten Stapel Karten heraus. »Ich dachte, ich hätt' Feierabend«, seufzte er. »Wie heißt deine Schwiegermutter?«
»Linda«, sagte Carlotta. »Schreib: ›Du bist die Beste, Linda.‹ Dann hab ich vielleicht ein paar Tage Ruhe vor ihrer spitzen Zunge.«
Josef Maria lachte: »Was würde deine Schwiegermutter sagen, wenn sie uns beide hier sehen würde?« fragte er und schrieb, ohne aufzublicken, die Karten voll. »Wäre sie dann immer noch ein Fan von mir?«
Carlotta machte ein ernstes Gesicht. »Es würde ihr das Herz brechen, Maria«, sagte er, »und das von Millionen deutscher Frauen ebenfalls.«
Millionen Frauen, dachte Josef Maria, und sein Herz wurde schwer.
Millionen und eins. Das seiner Mutter.
Er stellte sein Glas ab, wandte sich zum Gehen. »Ich muß morgen um fünf Uhr auf dem Set sein«, log er, hob grüßend die Hand zum Abschied. »Ciao, belle.«
»Ciao, bellissima«, rief es im Chor zurück.
Daphne begleitete ihn bis zur Haustür.
»Das war ja ein kurzer Besuch.« Ihre Stimme klang vorwurfsvoll. »Noch was Besseres vor?«
Josef Maria legte kurz seine Hand an ihre Wange, streichelte Daphnes weiche, feine Altmännerhaut. »Nur zu Mama«, lächelte er. »Bis bald.«
Er öffnete die Haustür und trat ins Freie. Er fühlte sich nicht besser als zuvor, die beruhigende Wirkung von Tiffany war

diesmal ausgeblieben. Brauch ich etwa eine stärkere Dosis? dachte er besorgt, als er zum Auto ging. Wo ist verflucht noch mal meine Brille? Nie war sie in der Tasche, in der er sie vermutete.

Er stand gebückt vor seinem Jeep und stocherte halbblind mit dem Autoschlüssel im Schloß herum, als hinter ihm jemand sagte: »Guten Abend, Herr Baumgarten, ich wußte gar nicht, daß wir Nachbarn sind.«

Wie von der Tarantel gestochen, drehte Josef Maria sich um und dankte seinem Schutzengel, daß Berthas rotes Damastkleid sicher in seinem Giftschrank zu Hause hing. »Oh, hallo, Elmar.« Er merkte selbst, wie schwach seine Stimme klang, wie klein und schuldbewußt. »Ich wohne nicht hier, ich habe nur, ähem, ich habe nur alte Nachbarn besucht.«

Elmar Hügel lächelte schmallippig. »Sie kennen Daphne?« fragte er freundlich. Er hielt einen Dackel an der Leine, der leinezerrend darauf aufmerksam machte, daß er jetzt Gassi gehen und nicht stillstehen wollte. »Platz, Lisa, gleich geht's los.«

Sekundenlang war Josef Maria fassungslos. »Daphne?« fragte er zurück und versuchte, seinen eisigen Schrecken hinter einer leicht süffisanten Miene zu verbergen. »Ich kenne viele Daphnes. Aber was machen Sie um diese Zeit noch auf der Straße? Sollten Sie nicht längst zu Hause sein? Das Drehbuch aufpolieren? Wäre ja weiß Gott dringend nötig, wie wir beide wissen, was?«

Er lächelte mit schmalen Lippen und beugte sich wieder zum Schlüsselloch. Wenn er jetzt nicht auf Anhieb das Schlüsselloch fand, würde er vor Anspannung eine Beule in den Kotflügel treten. Als hätte der Schlüssel seine Herzenspein geahnt, glitt er widerstandslos in den Schlitz, öffnete die Autotür.

Der Wunsch, loszufahren, war so unbändig, daß Josef Maria

das Fenster erst herunterkurbelte, als der Motor bereits lief und er neben Elmar Hügel in der schmalen Einfahrt stand. »Nichts für ungut, Elmar«, sagte er, um Versöhnung bemüht, »wir haben alle mal klein angefangen. Ich auch.«
Der Drehbuchautor lächelte gequält. Baumgarten konnte nicht wissen, WIE falsch die Worte waren, die er eben, gut gemeint, gewählt hatte. Elmar Hügel wollte nicht klein sein, schlimm genug, daß er es nur bis zu einer Körpergröße von eins achtundsechzig gebracht hatte. Er litt unter seinem Zwergenmaß, wie es seine Ehefrau Erika scherzhaft nannte, nur schreibend fühlte er sich riesig, als Schöpfer von Welten, in denen große Männer große Worte sagten – seine Worte, die er, Elmar Hügel, für sie ausgedacht hatte. Und wenn er es wollte, stand die Welt still, spie der Himmel Feuer. Darum litt er so, wenn jemand an seiner Schöpfung herumstümperte, selbst wenn es ein Superstar wie dieser aufgeblasene Baumgarten war.
Der jetzt sein Gardemaß von knapp zwei Metern hinters Lenkrad gefaltet hatte, so lässig, so unnahbar männlich, daß Elmar spürte, wie Wut und Mißgunst wie bittere Galle durch seinen Körper strömten. Diesen Mann einmal ganz klein zu sehen, am Boden zermatscht wie ein zertretener Regenwurm – was für eine Befreiung! Schade, daß Lisa nur ein harmloser Dackel und kein Bullterrier war. Wie gern hätte er leise ein »Faß, Shitface!« gezischt und dann händereibend danebengestanden.
»Danke für den Hinweis, Herr Baumgarten«, sagte er nur und wandte sich zum Gehen. Er sah den Scheinwerfern nach, die in die Dunkelheit eintauchten, als die Haustür des Tiffany-Clubs aufging und die Chefin in den Garten trat.
»Hallo, Daphne«, rief Elmar Hügel. Die beiden pflegten gute Nachbarschaft, seit die Hügel-Dackelin Lisa einmal ausgebüchst war und Daphne sie völlig verfroren in ihrem

Rosenbeet auflas und am Fußende ihres Himmelbettes schlafen ließ. Als sie Lisa, die unter ihrer liebevollen Pflege zur fetten Teewurst mutierte, schließlich an die dankbaren Hügels zurückgab, war es zu einer vorsichtig-freundschaftlichen Annäherung gekommen. Man grüßte sich, nahm Pakete an, schickte Weihnachtskarten. Gern, allzugern hätte Elmar genauer gewußt, welche Aktivitäten im Tiffany-Club stattfanden, aber Daphne war hart geblieben: »Tut mir leid, mien Seuten, aber hier verkehren nur spezielle Männer. Und das bist du nicht. Du bist ganz und gar unspeziell. Also kann ich dich nicht reinlassen.«
Und so war er bisher draußen geblieben.
»Hallo, Elmar«, grüßte Daphne freundlich zurück und streichelte den Dackel. »Willst du mir deine Sofarolle nicht mal wieder zur Fütterung überlassen? Sie sieht ja irrsinnig abgemagert aus.«
Elmar grinste. »Laß bloß die Finger von ihr, Daphne, sonst stirbt sie mir an Herzverfettung. Übrigens – war das nicht eben der Baumgarten, der da aus deinem Haus kam?«
Er legte so viel Beiläufigkeit wie möglich in seine Stimme, aber Daphne war schlauer. »Seit wann interessierst du dich für meine Gäste, Schätzchen?« fragte sie zurück.
»Solange es sich nur um transvestitische Lehrer oder Bankangestellte handelt, nicht, aber wenn ein so berühmter Mann wie Baumgarten bei dir rauskommt ... Nun sag schon, Daphne, ist Josef Maria Stammgast bei dir oder nicht? Meine Lippen sind versiegelt ...« Wie zur Bestätigung legte er seinen rechten Zeigefinger darüber. »Ich sag nichts.«
Daphne schüttelte nur lächelnd den Kopf. Sie mochte Elmar Hügel, aber das Tremolo seiner Stimme verriet ihn. Sie spürte, wie sehr er auf ihre Antwort lauerte, und machte dicht. »Du siehst Gespenster, mein Lieber«, sagte sie und

gab ihm einen kleinen Klaps auf die Wange. »Und nun sieh zu, daß du ins Bett kommst.«
Daphne log! Wie ein Blitz durchfuhr Elmar dieser Gedanke, erfüllte ihn mit Wut, aber auch mit Euphorie. Sie verbarg ihm etwas, und das hatte mit Josef Maria Baumgarten zu tun.
»Recherchiert er vielleicht für eine neue Rolle?« bohrte er nach. Es war bekannt, daß Josef Maria Baumgarten vor jedem neuen Stück ausführlich recherchierte. Vielleicht spielte er einen Nachtclubbesitzer. Oder einen eifersüchtigen Ehemann. Die Konkurrenz schlief leider nicht, und Baumgarten wurde mit Drehbüchern zugeschüttet. Jeder wollte ihn.
»Diese Frau kann schweigen, Elmar.« Daphne war schon in der Haustür, drehte sich noch einmal um. »Geh nach Haus und schreib was Schönes.« Es raschelte und knisterte, Daphne trug heute schwere Seide – dann war sie verschwunden.
Schreib was! Genau! Etwas entwickelte sich in den verschlungenen Tiefen seiner Phantasie, eine Idee, ein Plan ... Sein Herz hämmerte, sein Blut rauschte. Und das Allerschönste war: Es würde eine zarte, unmerkliche Rache sein, so zuckersüß, dabei so gnadenlos, so ...
Zu seinen Füßen kläffte Lisa energisch. Er beugte sich hinunter, tätschelte sie: »Du hast wirklich brav gewartet, meine Süße. Dafür gehen wir jetzt auch in den Stadtpark, und ich zeig dir meinen Lieblingsspanner. Genau, den mit der roten Schleife.«

7

Mist! Sie war noch wach! Das Licht in ihrem Schlafzimmer im Parterre brannte erwartungsvoll. Er fuhr den Jeep in die Garage, schloß seufzend die Haustür auf und ging über den Flur zu ihrem Zimmer. Er wollte Begrüßung, Kurzplaudern und Gutenachtkuß so schnell wie möglich hinter sich bringen. Bettbettbett! Wegdämmern, möglichst traumlos. Er öffnete die Tür. Anklopfen war im Hause Baumgarten leider nicht üblich.

»Du kommst spät, Maria.« Berthas Stimme klang sachlich, nicht vorwurfsvoll. Sie saß im Bett, einen Berg Kissen im Rücken, ein Tablett mit Wein, Zigaretten und einer Schüssel Champagnertrüffel auf dem Bauch. »Wo warst du denn so lange?« Sie lächelte, hielt ihm eine Wange hin. »Komm her, Maria, küß deine alte Mutter, auch wenn's schwerfällt.«

Er beugte sich über sie, streifte kurz ihre weiche Wange.

»Du riechst nach Parfüm«, lächelte Bertha. »Warst du bei einer Frau? Wenn ja, werde ich sie kennenlernen, wenn nein, warum nicht?«

Sein Gesicht war eine ausdruckslose Maske. »Du gibst nicht auf, Mutter.«

Bertha klopfte aufs Bett. Seufzend setzte er sich. Sie war leider noch hellwach, wollte Klatsch und Tratsch, dabei eine Zigarette mit ihm rauchen, ein Glas Wein trinken. Normalerweise liebte auch er diese nächtlichen Sitzungen. Sie war eine intelligente Frau mit messerscharfer Beobachtungsgabe und trockenem Humor, aber wenn er vom Tiffany-Club kam, brauchte er das Alleinsein.

Lange heißkalt duschen, geschrubbt ins Bett, im frischen,

von Marittel gebügelten Pyjama, vor allem den Duft und das Ambiente einer Frau nicht, auch wenn es nur seine Mutter war.
»Was war los am Set?« fragte Bertha und stopfte sich erwartungsvoll die Kissen zurecht. »Wie war deine große Szene? Wieviel Takes hast du gebraucht?« Sie liebte Fachausdrücke, verwendete so viel davon wie möglich, schließlich sollte jeder merken, daß sie, Bertha Baumgarten, nicht zufällig dieses unsterbliche Filmkind geboren hatte, noch dazu unter Schmerzen. »Die Disposition für morgen haben sie schon gefaxt. Bild 49a und b wird morgen gedreht. Aber jetzt erzähl. Alle Einzelheiten will ich wissen, laß nichts aus, ich erfahr es ja sowieso.«
»Ich war gut, Mutter, wie immer. Und die Szene hab ich umgeschrieben, auch wie immer.«
Bertha stopfte sich einen Champagnertrüffel in den Mund, stellte fest, daß ihre Zähne schäumend in einem Wasserglas auf dem Nachttisch lagen, stumm griff sie danach, legte den Trüffel aufs Tablett, legte die Zähne wieder ein, danach den Trüffel. Ein gewohntes Ritual, sie vergaß ständig, wo ihre Zähne waren. Bei der vorletzten Preisverleihung hatte sie einen Großteil des kalten Buffets mit unbezahntem Kiefer zermalmt und lächelnd den Raum verlassen wollen, als ein dünnlippiger Kellner ihr das in einer Serviette eingewickelte Gebiß nachtrug. Im Gegensatz zu allen, die diese kleine Szene beobachteten, war sie Bertha Baumgarten überhaupt nicht peinlich gewesen. Sie trug ihre frühen Dritten, die Folge einer Mangelernährung als Kind, wie sie gern erzählte, mit stolzem Gleichmut. Mit den Worten »Danke, junger Mann, sehr aufmerksam« hatte sie ihre Zähne ausgewickelt und wieder eingelegt.
Jetzt schmatzte sie den Trüffel weg, sah ihrem Sohn aufmerksam an. Er wirkte blaß und müde, irgendeine Laus

kroch ihm gerade über die Leber, welche es war, würde sie selbst herausfinden müssen. Wie alle männlichen Wesen war leider auch ihr Sohn in privaten Dingen nicht besonders auskunftsfreudig. Schade, schade, schade, dachte sie wie so oft, schade, daß du kein Mädchen geworden bist.
»Du hast die Szene umgeschrieben?« fragte sie. »Da wird sich ja dieser zwergwüchsige Schreiberjunge, wie hieß er noch ...«
»Elmar Hügel.«
»Genau, dieser Elmar Hügel mordsmäßig geärgert haben. Hast du mir nicht erzählt, daß es sein erstes Drehbuch ist?«
»Der Junge schreibt schon länger«, meinte Josef Maria und griff – vorschriftswidrig, er mußte strenge Diät halten – nun doch zu einem Trüffel. »Aber gefühlige Stoffe liegen ihm nicht. Er wirkt zwar ziemlich verkniffen, aber er hat das Zeug zu mehr. Komödien, Satiren, das wird er mal können.«
»Hast du ihm das gesagt, Maria?«
»Natürlich nicht. Der soll sich nicht zuviel einbilden.«
»Lob hat noch keinem geschadet«, sagte Bertha und nahm jetzt endgültig ihre Zähne raus, denn alle Trüffel waren vernichtet. »Nimm bitte meine Zähne mit und tu sie ins Badezimmer. Ich mag's nicht, wenn sie mich beim Schlaf beobachten.«
Er nahm das Glas in die Hand und verließ ihr Schlafzimmer.

Als dieser lange Tag endlich auch für ihn zu Ende ging und er sich langsam auszog, fiel sein Blick auf die feuerrote Hängegeranie, die ihm Marittel vors Fenster gehängt hatte. Und diese Farbe löste plötzlich ein Bild in ihm aus.
Das Bild von einer jungen Frau mit geranienroten Haaren. Sie trug einen Smoking und betrat eine Kirche. »Komm«, rief sie ihm zu. »Es ist alles in Ordnung.«
Energisch schüttelte er den Kopf, um dieses Bild zu vertrei-

ben. Im Halbdämmer spürte er etwas Weiches zu seinen Füßen, aber er war zu müde, um Angora vom Balkon zu schmeißen. »Dieses eine Mal«, murmelte er.
Und dann schlief er endlich ein.
Und schnarchte männlich.

8

Die Zeitung lag auf dem Tisch in der Garderobe, und Baumgartens Manager Kai Kuschel saß stumm daneben, als dieser am nächsten Morgen den Set betrat.

»Hast du den Scheiß schon gelesen?« fragte Kuschel und steckte sich eine Zigarette in den Mund, die er, da er das Rauchen aufgeben wollte, nicht anzündete. Daß Tabak lutschen fast genauso ungesund war wie Tabakrauchen, hielt er für Blödsinn. Er zeigte auf eine fette Überschrift: *»Warum ich nicht heirate – Deutschlands beliebtester Junggeselle erzählt aus seinem Liebesleben.«*

Baumgarten spürte, wie sich ein knochentiefer Überdruß in ihm breitmachte. Es hatte schon derart viele Stories über ihn gegeben, daß er sie blind und taub herunterbeten konnte. Die meisten waren erstunken und erlogen. Nur die dürren Fakten stimmten manchmal. Das Verhältnis zu seiner Mutter, der Tod seines Vaters, die geplatzte Verlobung mit einem Industriellentöchterlein aus Baden-Baden, seine erste Hauptrolle in einer Schüleraufführung von *Cyrano de Bergerac,* wo ihm im entscheidenden Augenblick die Nase abfiel, und öd und gähn und schnarch.

»Gib her«, sagte er deshalb gelangweilt und griff nach der Zeitung.

Eine Doppelseite hatten sie ihm gewidmet. Er saß in seinem Jeep, das Verdeck war offen, die Haare wehten im Wind. Gut sah er aus, sehr männlich, das war ihm das wichtigste.

»Die ersten Absätze kannst du dir sparen, ist der übliche Schmus«, Kuschel war hinter ihn getreten und blätterte mit angefeuchtetem Zeigefinger die Seiten um: »... bla bla

wohnt er mit seiner Mutter ... bla ... hier kommt es ...« Er sank in einen der beiden Sessel zurück und schloß die Augen.
Josef Maria las: »Obwohl Millionen deutscher Frauen froh darüber sind, daß ihr Lieblingsstar Josef Maria Baumgarten ihnen und seiner Mutter noch immer treu geblieben ist, wundern sie sich insgeheim doch. Ein so attraktiver, erfolgreicher Mann in den allerbesten Jahren – noch immer ganz allein? Ist er ein Muttersöhnchen? Zu verwöhnt und anspruchsvoll für deutsche Frauen? Mag er überhaupt – Frauen? Sein Manager, ein schlanker, sehr gepflegter Mittfünfziger, heißt Kai Kuschel. Er behauptet, das sei kein Künstlername. Dürfen wir ihm glauben? Wir wollen es nur allzugern, denn der Gedanke, daß sich unser Baumgarten mit einem Mann umgibt, der sich freiwillig einen derart unmännlichen Namen wie Kai Kuschel ...«
Krachend donnerte Kuschels Faust auf den Tisch. »Jetzt behaupten diese Schweine doch tatsächlich, ich sei schwul, und dabei bin ich seit einem Jahr Großvater«, schrie er aufgebracht. »Ich verklage dieses Mistblatt, zumindest bestehe ich auf einer Gegendarstellung. Die sollen Kuschel kennenlernen.«
Baumgarten grinste. »Und was soll in dieser Gegendarstellung stehen? Ich bin nicht schwul, sondern seit zwanzig Jahren unglücklich verheiratet? Laß die Sache ruhen, mein Guter. Wer sich verteidigt, klagt sich an. Das sagt meine Mutter immer.«
»Ha«, meinte Kuschel sarkastisch. »Mach dich nur lustig über mich. Dich haben sie auf dem Kieker, lieber Josef. Deine Karriere ist in Gefahr. Was ist, Peter?«
Der Regisseur steckte seinen Kopf in die Tür. »Heute ist Sterbeszene. Brauchst du Glyzerin, oder kannst du ohne heulen?«

»Mein Klient kann immer heulen«, sagte Kuschel streng, »dafür wird er bezahlt.«
»Ist ja gut, ist ja gut. In zehn Minuten ist Stellprobe.«
Er verschwand, Kuschel warf Baumgarten, der seelenruhig eine Banane schälte, einen sehr gereizten Blick zu. »Ich hasse es, wenn ich mich immer über alles allein aufrege. Also reg dich bitte mit mir auf, sonst reg ich mich noch mehr auf.«
»Dafür kassierst du schließlich 25 Prozent«, meinte Baumgarten ungerührt und biß kräftig in die Banane. »Also reg dich wieder ab.«
Kuschel, ein großer, fadendünner Mann, dessen überbreiter Scheitel in ein schmales Lagerfeld-Schwänzchen überging, nahm ihm die Banane aus der Hand und biß selbst hinein. »Die Leute reden über dich, Josef«, sagte er ernst und gab ihm die geköpfte Banane wieder. »Wer allzu lange ein sogenannter hartnäckiger Junggeselle bleibt, der verliert bei den Frauen als Mann an Glaubwürdigkeit. Du kannst in einen Puff gehen und dabei erwischt werden, du kannst saufen, huren, Frauen schlagen, alles kein Problem, aber wenn du in der Öffentlichkeit erst mal als schwul giltst, kannst du deine Liebhaberrollen vergessen. Und schwul, aber zu feige, es zuzugeben, das ist das allerschlimmste. Mich ärgert diese Schweinestory bloß als Privatmann, beruflich kann ein Manager so schwul sein, daß er mit der flachen Hand bügeln kann. Nur du, den die Hausfrau anschmachtet, während sie sich, am Küchenherd stehend, deine Scheißfilme reinzieht, du kannst dir blöde Gerüchte nicht erlauben. Du mußt in der Öffentlichkeit eindeutig Mann sein.« Kuschel holte tief Luft und sah seinen Klienten eindringlich an. »Deshalb mußt du dir eine Frau suchen, am besten heiraten. Am allerbesten Kinder kriegen. In deinem fortgeschrittenen Alter wären Drillinge perfekt.«

Baumgarten fand dieses Gespräch sehr komisch. »Mein fortgeschrittenes Alter? Auch Greise können noch Kinder zeugen. Selbst schwule Greise.« Er kicherte, Kuschel kicherte nicht mit, obwohl er sonst durchaus Sinn für Zoten hatte. Die Sache war zu ernst.
Ächzend erhob er sich und ging zur Tür. Die Klinke in der Hand, drehte er sich um und warf einen sorgenvollen Blick auf Baumgarten, der in die Zeitungslektüre vertieft war. »Vielleicht wäre es ganz gut, wenn du deine Besuche im Tiffany-Club etwas reduzieren könntest.«
Die Tür viel ins Schloß. Baumgarten ließ die Zeitung sinken. Ihm war heiß, rotglühend heiß. Kai Kuschel wußte also Bescheid.
»Deine tote Ehefrau wartet in der Stellprobe und verwest vor sich hin.« Bäder war hereingeplatzt und klang ungeduldig. »Bist du in Stimmung, richtig herzergreifend zu schluchzen?«
Josef Maria stand auf. »Das bin ich«, sagte er. »Mehr, als du ahnen kannst.«

9

Gina war verschnupft. Ihre Augen sahen rot und geschwollen aus, die Nase lief.
»Komm mir bloß nicht zu nahe, du wandelnde Bazillenträgerin«, kreischte Raimund und reichte ihr den hellbeigen Kontaktpuder. Den brauchte sie für Loni Gassmann, die eine möglichst dekorative Leiche abgeben sollte.
»Hatschi«, machte Gina und nieste über ihren Arm, nicht in die Hand, was hygienischer war, wie sie kürzlich gehört hatte.
»Habt ihr das gelesen, Kinderchen?« Cleo Blume schwenkte eine Zeitung und ließ sich, vor Mitteilungsbedürfnis fast platzend, in den Schminkstuhl vor Raimund fallen. »Unser aller Josef wird hier zerfetzt. Zu schön! Hier, hört mal zu ...«
»Guten Morgen, allerseits.« Das sonore Organ ließ alle fast schuldbewußt zusammenzucken.
»Hi, Josef.« Cleos Stimme klang schwach. »Eine Frechheit, was die Leute so über dich schreiben ...«
»Ja, nicht wahr.« Baumgarten nahm Platz neben seiner fast toten Ehefrau und streckte seine langen Beine aus. »So frech, daß du mich sofort öffentlich verteidigen mußt. Ich danke dir, mein Schatz.« Er sah sie spöttisch an. »Kein Wunder, daß ich mich so in dich verliebt habe.«
Die anderen kicherten. Es war kein Geheimnis, daß sich die im Film unsterblich Verliebten privat nicht ausstehen konnten. »Eitle Fönfrisur«, nannte sie ihn, was ihm längst hinterbracht worden war, und er sorgte dafür, daß sie sich über seine Reaktion – »Ihre Haare sind ja leider so dünn, daß sie

sich sogar ein Schamhaartoupet anfertigen ließ« – umgehend so richtig ärgern konnte. Jedes Dementi, das wußte sie, machte sie nur noch lächerlicher.
Gina glitt auf Samtpfoten an die Zeitung heran und warf einen schrägen Blick darauf.
»Darf ich?« Baumgarten hatte Ginas Verrenkung bemerkt und gab ihr die Zeitung. »Der letzte Absatz ist besonders spannend.«
Gina war es peinlich, die Zeitung in seiner Gegenwart zu lesen. Da er offensichtlich von keinem ihrer Kollegen geschminkt wurde, band sie ihm einen weißen Umhang um und steckte seine Haare zurück. Es war das erste Mal, daß sie ihn berühren durfte. Ihre Hände zitterten leicht, denn es war genauso aufregend, wie sie es sich erträumt hatte. Noch aufregender. Seine Haut fühlte sich warm und hart zugleich an. Männerhaut. Nur seine Wangen und die Kinnpartie waren erstaunlich weich. Offensichtlich rasierte er sich sehr gründlich. Sie puderte verträumt.
»Blauer Lidschatten auf die Wangen, ist das nicht etwas übertrieben?« Baumgarten rieb sich erstaunt übers Gesicht. O Gott, sie hatte vor Aufregung in die verkehrte Dose gegriffen. Hektisch rubbelte sie. Jetzt waren seine Wangen blaurot. Er hielt ihre Hand fest. »Stop. Sie tun mir weh.« Aber er sah nicht böse aus, nur belustigt.
»Seid ihr endlich soweit?« Bäder musterte die Schauspieler und fand, was sehr selten vorkam, nichts an ihnen auszusetzen. »Deine Farbe gefällt mir«, sagte er zu Josef, »dieser leichte Blaustich, der kommt gerade richtig. Gut gemacht, Gina.«
Josef Maria Baumgarten sah in den Spiegel. Gina auch. Ihre Blicke kreuzten sich. »Habe ich Sie verunsichert?« fragte er sanft.
»Ich bin nicht so leicht zu verunsichern«, gab sie ebenso

sanft zurück, und in ihrem Blick lag etwas, das ihn instinktiv zurückzucken ließ. Um gleich wieder hinzugucken.
Er stand auf und zog Loni an der Hand hoch: »Auf zum fröhlichen Sterben«, lachte er und war sich bewußt, daß aller Augen auf ihm ruhten, als er mit ihr in den Kulissen verschwand.
Gina nahm die Zeitung hoch und las. Mit wachsender Wut. Wie konnten die bloß? Wußten diese blöden Journalisten nicht, daß es keinen männlicheren Mann gab als Josef Maria Baumgarten? Auf der ganzen, weiten Welt nicht?
»Und Action«, schrie der Regisseur.
Und dann starb Loni Gassmann so wunderschön und herzergreifend, und Baumgarten sank so verzweifelt an ihrem Bett zusammen, daß kein Auge trocken blieb. Bis auf zwei.
»Hier nimm, du Heulsuse.« Raimund war hinter Gina getreten, die in völliger Auflösung begriffen war, und drückte ihr ein Taschentuch in die Hand. »So toll war's nun auch wieder nicht. Hast du nicht gesehen, wie er sich vor seinem großen Zusammenbruch schnell in den Handballen gebissen hat, damit er richtig schluchzen kann? Von selbst kommt dem auch nichts, das sag ich dir.«
Aber Gina hörte nicht hin.
Ich werde nie einen anderen Mann so lieben wie ihn, dachte sie in backfischhafter Sehnsucht, aber ich werde ihn nie bekommen. Ich bin eine Nummer zu klein für ihn. Aber auf dem Altar meines Herzens wird immer eine Kerze für ihn brennen. Das hatte sie irgendwo gelesen und fand es wunderschön.
»Hast du noch ein Zimtkaugummi für mich?« fragte sie Raimund und wischte sich die letzten Tränen ab. »Ich will was Süßes, aber nichts, was dick macht.«
»Du hast recht«, stimmte Raimund zu. Wie alle Männerfreunde war er absolut unbestechlich, was Frauenschönheit

anging, ein sowohl hilfreicher als auch extrem enervierender Charakterzug. »Du hast ein bißchen zugelegt in letzter Zeit.« Er sah ihren Blick. »Kennst du übrigens den Unterschied zwischen einem Handy und einem Tampon?«
Sie hatten beide Hügel nicht bemerkt, der gerade mit einem an die Ohrmuschel gepreßten Handy vorbeikam. »Handys sind für Arschlöcher«, kicherte Raimund, und Gina kicherte mit. Sie sahen Hügel an, der nur das letzte Wort mitgehört hatte. »Meint ihr etwa mich?« fragte er schrill, denn wie viele kleine, viertelhübsche Kerle war er immer leicht verunsichert, wenn in seiner Gegenwart gelacht wurde.
»Du meinst, weil wir Arschlöcher gesagt haben?« fragte Raimund scheinheilig zurück. »Wie könnten wir da dich meinen?«
Wie auf Stichwort klingelte Hügels Handy. »Ja? Ich verstehe. Die Friedhofsszene? Ganz gestri...« Mit dem Telefon in der Hand eilte er in die Kulisse. »Aber sie muß doch begraben werden, das könnt ihr mir doch nicht antun ...«
Er fühlte sich wie ein zum Tode Verurteilter, der die letzten Stufen zum Schafott hochstieg.
Aber in seinem Aktenkoffer schlummerte bereits ein neuer Drehbuchanfang. Einen Titel hatte er auch schon: *Ein Mann aus Samt und Seide.* Und einen Hauptdarsteller, der noch nichts von seinem Glück wußte.

10

Schon wieder?« Daphne öffnete die Tür. »Wir haben gerade unsere Make-up-Stunde. Du könntest auch ein paar Tips gebrauchen, liebe Maria.«

Sie trat zurück und ließ Josef Maria eintreten. Er hat's eilig gehabt, dachte sie, während sie diskret das weite, schwarzweiße Kleid, das nur flüchtig geschminkte Gesicht musterte. Maria sah erschöpft aus, müde, kaputt.

»Streß gehabt?« fragte Daphne fürsorglich, während sie auf den »Seminarraum«, wie sie das ganz in Gold gehaltene Eckzimmer gern nannte, zugingen. »Dein Make-up ist völlig verschmiert. Laß mich mal ...« Mit einem spitzen, rosarot lackierten Fingernagel, auf den sie in stundenlanger Feinarbeit ein Gänseblümchen gemalt hatte – die anderen Nägel zierten andere Blumen – fuhr sie Maria ins Gesicht, rieb Schwarzes aus den Augen, Rotes aus den Mundwinkeln. »So, jetzt geht's.«

Schwungvoll öffnete sie die Tür. Daphnes Gäste, diesmal nur zwölf Damen im besten Mannesmittelalter, saßen schon in Positur. »Jennifer hat gerade angefangen. Hock dich hinten aufs Sofa.«

Jennifer, eine zierliche Rothaarige im knappen türkisblauen Lederkostüm und so viel Goldschmuck, wie auf ihrem kleinen, kurzen Körper Platz hatte, räusperte sich energisch. »Ruhe jetzt, meine Damen. Ihr habt es alle nötig, also schließt eure roten Lippen und zückt die Notizblöcke. Wir fangen mit einem ganz schrecklichen Thema an – unserem Aussehen. Wie werde ich die Frau, als die ich mich fühle?«

Aufseufzen unisono. Nur Rosalind, mit 35 Jahren die aller-

allerjüngste Teilnehmerin, schüttelte den Kopf, blätterte gelangweilt in der *Vogue.* »Frau muß sich damit abfinden, daß sie langsam verknittert«, meinte sie und strich über ihr faltenfreies, gut rasiertes Gesicht. »Stellt euch nicht so an, Mädels, tragt eure Falten mit Würde.«
»Halt's, Maul«, riefen die anderen. »Du bist auch bald soweit.«
Jennifer blickte über die Runde. »Jennifers Fragestunde beginnt«, sagte sie.
Zwölf Perücken beugten sich eifrig über zwölf Schreibblöcke, aus Rüschenblusen und Kostümärmeln lugten rasierte Handgelenke. »Maria?«
Baumgarten räusperte sich. »Ich werde beruflich viel geschminkt, wie ihr wißt«, sagte er unter beifälligem Gelächter. »Ich weiß, ich weiß, da seid ihr alle neidisch drauf. Und da stört mich oft mein dunkler Schatten, wenn ich nachmittags zum zweitenmal geschminkt werde.«
Jennifer lauschte aufmerksam. Make-up war ihre Leidenschaft. Sie haßte es, wenn sie nicht ernst genommen wurde, die Damen sich über ihren missionarischen Eifer gar lustig machten. Denn nichts, absolut nichts störte und ekelte sie mehr als ein schlecht geschminkter Transvestit. Dann lieber unverfälschtes Männerelend.
»Gute Frage, Maria«, lobte sie jetzt. »Das beste wird sein, du enthaarst dich am Kinn mit Enthaarungscreme. Dann wird der Bart weicher, als wenn du ihn rasierst. Und wenn du ihn bleichen willst ...« Sie schaute in die Runde, traf auf volle Aufmerksamkeit. »Nichts ist ja scheußlicher als ein harter, schwarzer Bart, nicht wahr, meine Damen? Den sollen die Kerle behalten, für uns Ladies ist das nichts.«
In das rauschende Gelächter hinein klopfte Jennifer energisch auf den Tisch. »Das Bleichmittel am besten mit einem Q-Tip auftragen. Und was geschieht mit häßlich wuchern-

den Augenbrauen? Deine zum Beispiel, Rosalind, da wächst ja ein richtiger Urwald in deinem Gesicht. Also: Augenbrauen hochkämmen, dann abschneiden. Wer stellt sich zur Verfügung?«

Marlene stand auf und setzte sich auf den Stuhl, vor dem Jennifer ihre Utensilien ausgebreitet hatte. »Ich hab übrigens ein besonderes Problem«, meinte sie und klopfte auf ihren Hals. »Mein häßlicher Adamsapfel. Wie krieg ich den bloß weg?«

Jennifers Finger waren schon im Schminktopf. »Dunkle Grundierung«, erklärte sie, während sie das Make-up verteilte, »der Rest heller. Schaut her, der Apfel ist kaum noch zu sehen.«

Marlene reckte den Hals ins begeisterte Klatschen.

»Und jetzt zu unseren Falten«, rief Jennifer und hob eine Rolle Tesafilm hoch. »Der Instant-Facelift. Komm mal her, Maria, du hast es am nötigsten.«

Frechheit, dachte Josef Maria, aber er war neugierig und setzte sich auf den Stuhl, den Marlene geräumt hatte. »Mach mich jung und schön, Jennifer«, befahl er mit Stentorstimme. »Sonst kriegst du keine Autogrammpostkarte.«

»Das ist ’ne echte Drohung«, lachte Jennifer und machte sich ans Werk. Sie riß kleine Stücke Tesafilm ab. Dann zog sie vorsichtig die Haut über seinen Augen und Ohren hoch, klebte das Tesa über die so entstandenen kleinen Hautwülste und schob diese unter den Perückenansatz.

Danach sah sie beifallheischend in die Runde: »Wie gefällt sie euch?«

Sie schob Marias Kopf hin und her, hielt ihr dann einen Spiegel vor. »Wenn dir das zu stressig ist, mein Schatz, dann kannst du auch Hämorrhoidencreme nehmen. Die allerdings täglich, sonst nützt es nichts.«

»Weiß ich doch längst«, murmelte Josef Maria und musterte

sich im Spiegel. Nicht schlecht, dachte er, ob unsere Maske diesen Trick kennt? Dieser nette Schwuli, wie hieß er noch? Reinhold, Unhold? Plötzlich fiel ihm Gina ein. Er stellte sich ihr Gesicht vor, wenn sie ihn hier so sehen könnte, mit Berthas Perlenkette und im Gartenkleid seiner Mutter, in deren Kleider er bequem hineinpaßte, was ihm die Klamottenbeschaffung sehr erleichterte. Er mußte sich nicht, wie seine Tiffany-Freundinnen, mit dummen Ausreden herumschlagen – ein Geschenk für meine Mutter, ja, diese Übergröße braucht meine Frau leider, und so weiter. Was würde Gina tun? Würde sie sich voller Abscheu abwenden, vor ihm ausspucken wie beim letzten Mal, als eine Frau ihn als Frau sah?

Abrupt schob er den Stuhl beiseite und stand auf. »Ich muß los«, sagte er, hob die Hand zum Abschiedsgruß und verließ das Zimmer.

Daphne folgte ihm zur Haustür. »Du bist so ...« Sie suchte nach dem passenden Wort. »So zerrissen in letzter Zeit, so unleidlich. Mach doch endlich deinen Frieden mit dir«, mahnte sie leise und öffnete die Tür. »Du kannst doch nichts dafür, daß du so bist.« Josef Maria lächelte, während er gleichzeitig auf die Straße spähte. Seinen Jeep hatte er in der Einfahrt geparkt, damit er blitzschnell im dunklen Auto verschwinden konnte. Er wußte, wie groß das Risiko war, dem er sich aussetzte, aber an diesem Abend war ihm alles egal gewesen. Vielleicht war's die Todesszene, die ihn in diese Stimmung versetzt hatte. Dieses Das-Leben-ist-Schall-und-Rauch-Gefühl.

Oder waren es diese Mädchenaugen, die er während seiner Szene auf sich gespürt hatte wie Laserstrahlen?

»Ciao, Mädel.« Er beugte sich zu Daphne hin und küßte sie flüchtig. »Wir sehen uns, wenn ...«

»Wenn wir uns sehen«, vollendete sie seine bekannte Abschiedsfloskel. »Vergiß nicht, das Tesa rauszunehmen, wenn du dich abschminkst, sonst verklebt es im Haar, das tut sauweh.«

Die Haustür fiel ins Schloß.

Baumgarten griff sich ins Perückenhaar, während er ins Freie trat. Scheiße, das Tesa hatte sich doch bereits im Haar verfangen. Er zog die Perücke etwas hoch. Der Klebstreifen saß fest. Jetzt zog er ziemlich kräftig, während er die paar Schritte zu seinem Jeep ging. Da, endlich – der Streifen löste sich, zusammen mit den Haaren ...

»Guten Abend, Herr Baumgarten«, sagte jemand. Und während er panikartig seinen Arm hob, um das Unheil abzuwehren, blitzte es ein-, zwei-, dreimal. Es hörte gar nicht wieder auf und blendete so, daß er die dunkle Gestalt nicht erkennen konnte, die jetzt mit einem fast manischen »Vielen Dank, bis morgen« in die Nacht verschwand.

Mit wild klopfendem Herzen bückte er sich zu seinem Autoschlüssel, der klirrend heruntergefallen war. Da – etwas Schwarzes auf Daphnes Eingangsfliesen! *Eine Filmdose.* Jemand hatte ihn fotografiert!

Nicht mich, verbesserte er sich, als er durch die nachtdunklen Straßen nach Hause fuhr – Maria. Aber *er* war Maria. Und das war das allerschlimmste.

11

Noch im Auto rief er Kai Kuschel an. Krisenmanagement war angesagt. Angespannt lauschte er dem Freizeichen, fast hoffte er, nur der Anrufbeantworter würde dran sein.
»Hallo, wer stört?« Kuschels Stimme klang sehr ungehalten. Kein Wunder, er ging früh ins Bett, und es war bereits halb zwei.
»Ich bin's«, sagte Baumgarten nur. »Wir müssen reden.«
Ohne jede Vorwarnung peitschte eine derartige Ladung Adrenalin durch Kuschels schlafwarmen Körper, daß er fast schmerzhaft wach wurde. Rasend schnell ging sein Gehirn alle Möglichkeiten durch. Autounfall. Bertha tot. Krebsdiagnose. Aids. Sein Herz klopfte wie rasend. »Was ist passiert?« Er hatte Mühe, die Worte hervorzustoßen.
»Ich bin abgeschossen worden«, sagte Josef Maria.
»Was bist du? Angeschossen? Rufst du aus dem Krankenhaus an?« Gott sei Dank, offensichtlich nur eine harmlose Schußwunde. Es gab Schlimmeres – und wahrscheinlich morgen dramatische Schlagzeilen in der BILD-Zeitung: *»Baumgarten von Gangster angeschossen – Deutschlands beliebtester Schauspieler ringt mit dem Tod.«* Kostenlose Publicity – ein Gottesgeschenk!
Kuschel schmunzelte, legte Mitgefühl in seine Stimme. »Bist du ausgeraubt worden? Dagegen sind wir versichert, mach dir keine Gedanken.«
Baumgarten schwieg.
»Ein Drogensüchtiger?« bohrte Kuschel ängstlich weiter. »Du hattest doch keinen Ärger mit einem Zuhälter?«
»Schlimmer«, sagte Baumgarten nur, »viel schlimmer.«

Kuschel spürte ganz deutlich, wie sich eine Hand um seinen Hals legte und zudrückte. Die Luft blieb ihm weg, er sah rote Sterne, ihm wurde schwindelig. »Sag endlich, was los ist!« Er kreischte fast. »*Was ist los,* verdammt noch mal?«
»Ich bin nicht *an*geschossen worden«, erklärte Baumgarten, »sondern *ab*geschossen. Fotografiert. Und zwar vor dem Tiffany-Club.«
Kuschel fühlte irrsinnige, rotglühende Wut in sich aufsteigen. Dieser blöde Idiot! Er wußte doch genau, was für ihn auf dem Spiel stand. Erst vor ein paar Stunden hatte er ihn gewarnt. »Und wie ...« Er würgte richtig an den Worten. »Wie sahst du aus?«
Schweigen.
»Ich war verkleidet«, kam es leise und beschämt.
Kuschel schämte sich kurz mit, dann gewann der Praktiker die Oberhand. »Volle Kante?« bohrte er weiter.
»Halbvolle Kante.« Pause. »Zweidrittelvoll.«
»Hat dich der Fotograf erkannt?« Kuschel spürte eine zaghafte Hoffnung keimen.
»Er hat mich mit Namen begrüßt«, machte Baumgarten diese Hoffnung sofort wieder zunichte.
Doch Kuschel wurde nicht umsonst der Retter der Verrückten und Chaoten genannt. Inmitten von Wut und Panik tauchte ein Rest kühler Vernunft auf. Und eine Idee. Kuschel, alter Kumpel, dachte er stolz, du bist wirklich saugut. »Es gibt also ein Foto von dir als Frau. Hochpeinlich, aber nicht mehr zu ändern. Quatsch also, wenn wir abstreiten, daß du es bist. Wir gehen deshalb in die Offensive und behaupten einfach, du würdest für eine neue Rolle recherchieren.«
Baumgarten spürte die Erleichterung wie einen kalten Wasserstrahl im Höllenfeuer. »Eine tolle Idee, Kai.« Die Bewunderung in seiner leisen Stimme war nicht zu überhören,

und da er normalerweise mit Lob sehr sparsam umging, wußte Kuschel es um so höher zu schätzen.
»Fehlt nur noch ein Drehbuch«, meinte der pragmatische Manager, »aber so was läßt sich ja schnell zusammenschreiben. Also – wir warten erst mal ab, was passiert. Wenn irgend etwas an die Öffentlichkeit dringt, machen wir eine Pressekonferenz und verkünden unsere kleine, bislang geheimgehaltene Sensation – Josef Maria Baumgarten, der Mann, von dem die Frauen träumen, spielt einen Transvestiten!« Jetzt erwärmte er sich richtig für sein Thema. »Wie wär's, wenn Peter Alexander deine Tante spielt? Wir nennen sie Charlene, und er muß dieselben Klamotten tragen wie damals, als er Charley's Tante spielte. Und Evelyn Künnecke könnte deine Mutter sein.«
»O Gott«, meinte Baumgarten nur, »das wird ja ein richtiges Geronto-Festival. Wer soll denn so was sehen?«
Er war jetzt vor seinem Haus angelangt. Als er an den Fenstern hochblickte, sah er zu seiner abgrundtiefen Erleichterung, daß alles dunkel war.
»Ich danke dir, Kai«, sagte er schlicht. »Es gibt keinen besseren Manager als dich.«
»Das weiß ich«, meinte Kuschel nur und legte den Hörer auf.
»Wassissnlos?« Neben ihm war seine Ehefrau Angela aufgewacht. Und zum Glück gleich wieder eingeschlafen. Liebevoll betrachtete er ihr leicht verknittertes Gesicht, die vom Schlaf geröteten Wangen, die sorgsam in Form gezupften Augenbrauen, die Fältchen um Nase und Mund. So sah eine Frau aus. Lieb, knuffig, aber doch um Himmels willen nicht nachahmenswert. Er war heilfroh, daß er ein Mann war, um nichts in der Welt hätte er sich Brüste (die im Alter hingen), weibliche Hüften (die im Alter breiter wurden) oder ein bartloses Kinn gewünscht. Er liebte jedes Resthaar

an sich, und den Tarzan zwischen seinen Beinen ganz besonders. Okay, auch sein Körper hatte sich südwärts bewegt, ohne seine Einwilligung. Angela hatte ihn kürzlich beim Duschen beobachtet und gefragt: »Wie kommt es, Schatz, daß deine Hoden inzwischen fast in Kniehöhe pendeln? Sollten auch dich die Gesetze der Schwerkraft inzwischen eingeholt haben?« Er hatte eine Woche nicht mehr mit ihr gesprochen. Leider hatte sie recht.
Was bewegte einen so virilen Mann wie Josef Maria, diesem – wie er dachte, aber nie laut aussprach – perversen Bedürfnis nachzugeben? Wie weit ging er? Sie hatten nie darüber gesprochen, und Kuschel spürte einen inneren Widerstand in sich, dieses unangenehme Thema anzusprechen. Aber seit er vor fünf Jahren durch Zufall von den Tiffany-Besuchen seines Klienten erfahren hatte (sein Elektriker hatte im Club neue Leitungen gelegt und Josefs Foto auf Daphnes Klavier entdeckt), war er in ständiger Angst vor einer drohenden Katastrophe. Sein allerschlimmster Alptraum war eine Geschlechtsumwandlung, und wie er diese der Öffentlichkeit verkaufen sollte. Ein umoperierter Josef, der sich jetzt Maria nannte. Und er, Kai Kuschel, durfte sich die entsprechende Story dazu ausdenken. Eine, die womöglich die Karriere der neuen Maria retten sollte. *Ich bin schon immer eine Frau gewesen.* Unmöglich. Wenn er Baumgarten sah, dieses vor Männlichkeit nur so strotzende Kraftpaket, konnte er sich so etwas kaum vorstellen, aber wußte man's genauer? Heimlich hatte er Fachlektüre gelesen. Das Spektrum war groß: vom leichten Kleiderfetischisten – er hoffte inbrünstig, daß Josef dazu gehörte und es ihm genügte, sich ab und zu an Samt und Seide zu erregen, vielleicht etwas Make-up, das war's – bis zum Mann, der sich umoperieren ließ. Er schaute sich die entsprechenden Bilder an, und es schauderte ihn. Grausig sahen die meisten hinterher aus,

nicht Fisch, nicht Fleisch, nicht mehr Mann, aber noch lange nicht Frau. Es gab halt doch so etwas wie einen göttlichen Schöpfungsplan. In dem der Mensch nicht straflos herumpfuschen sollte.
Es sei denn, er hieß Josef Maria Baumgarten.
Er ging ins Badezimmer und holte sich eine Schlaftablette. Kehrte um und holte sich noch eine. 25 Prozent Beteiligung waren entschieden zu wenig. Nach diesem Abend würde er mehr verlangen.

Als Baumgarten die Haustür aufschloß, leise, ganz leise, um niemanden zu wecken, fand er auf der Eingangskonsole einen großen Zettel:

Liebe Maria,
weißt Du zufällig, wo mein schwarzweißes Gartenkleid ist? Und meine Perlenkette? Marittel hat sie nicht.
Schlaf gut und träum was Schönes,
Deine Mutter.

Er seufzte tief. Nun würde er sich in den Waschkeller schleichen, die Kleider waschen und trocknen lassen und sie dann – wie zufällig – irgendwo hinlegen. Bertha würde sie am nächsten Morgen finden und stirnrunzelnd sagen: »Das gibt's doch nicht, und ich hab gestern stundenlang gesucht. Ich werd wohl alt.«
Wirklich kein Leben für einen deutschen Superstar.
Wo war das Waschpulver?

12

Ich müßte wirklich ganz dringend mal ins Bad«, rief Erika Hügel und klopfte energisch an die Tür. »Was machst du denn so endlos lang da drin?«
»Bin gleich fertig, Schatz.« Elmars Stimme klang gedämpft. »Einen ganz kleinen Augenblick Geduld noch.«
Ungeduldig, mit voller Blase, ging Erika den Flur auf und ab. Seit ihr Mann sich im Badezimmer eine Dunkelkammer eingerichtet hatte, war ihr der ungestörte Zugriff auf Toilette und Badewanne nicht mehr möglich. Fotografieren und Entwickeln hatten sich vom harmlosen Hobby zur nervtötenden Leidenschaft gewandelt. Ständig war besetzt. Wenn er dann herauskam, mit roten Augenrändern, aber leuchtenden Augen, und ihr seine Siegestrophäen zeigte, konnte sie nur selten den erwarteten Enthusiasmus aufbringen.
Angefangen hatte es mit der für Anfänger üblichen Sonnenuntergangsphase. Orangerote Sonne, blutrote Sonne, Sonne weg. Als Erika keine Sonne mehr sehen konnte, kam die Blütenphase. So erotisch wie auf den Bildern von Georgia O'Keeffe sollten die Fotos aussehen, das war sein Anspruch, der die Hügels wochenlang auf Wiesen und Felder trieb. Als mißtrauische Ehefrau war Erika immer dabeigewesen – und hatte sich zu Tode gelangweilt. Im Augenblick nun war die Menschenphase dran. Am liebsten lichtete Elmar sie ab, wenn sie sich unbeobachtet glaubten, am Hintern kratzend, schnarchend auf der Parkbank, wutverzerrt im Ehestreit. Sein Lieblingsfoto hatte er im Park gemacht, wo ein Jogger, vermeintlich ganz allein, eine Stange Wasser in die Ecke stellte. Elmars Objektiv war so scharf eingestellt gewesen,

daß man sogar die kleinen Tröpfchen auf dem Harnstrahl erkennen konnte. Was er wohl jetzt wieder entwickelte?
Erika trommelte an die Tür. Endlich machte er auf. »Aber beeil dich.«
Das Badezimmer war verdunkelt, über der Badewanne hing eine Wäscheleine, auf der Schwarzweiß-Abzüge zum Trocknen festgeklemmt waren. Ohne die Fotos zu beachten, stürzte Erika zum Klo.
»Was für einen Coup hast du diesmal gelandet?« fragte sie uninteressiert, während sie erleichtert pinkelte. »Kannst du nicht mal einen Prominenten in flagranti ertappen? Dann erpressen wir ihn und können endlich nach Amerika fliegen.«
Hügel lächelte. »Eine gute Idee, Schatz«, meinte er nur. »Wisch bitte die Brille ab, bevor du gehst, ich hasse Pipitropfen auf der Toilette.«
Ach Gott, die Ehe, dachte Erika, als sie die Tür wieder schloß und Kaffee aufsetzte. Als wir uns kennenlernten, haben wir uns vor lauter Geilheit fast aufgefressen. Ständig haben wir's gemacht. Und jetzt, nach nur vier Jahren? Jetzt reden wir über meine Pipitropfen.
Während der Kaffee durchlief und sie den Frühstückstisch deckte, dachte sie an das Ehedrama ihrer besten Freundin Sarah, deren Mann Hartmut keine Frau auslassen konnte. Vor einer Woche hatte Sarah routinemäßig sein Jackett ausgeschüttelt und ein wirklich eindeutiges Polaroid von Hartmut mit einer anderen Frau gefunden. Als er fröhlich nach Hause kam, lag das Foto auf dem Küchentisch. Er warf einen Blick darauf und meinte: »Das bin ich nicht. Das ist ein Doppelgänger von mir. Ich hab das Foto nur aufgekauft, um dir Peinlichkeiten zu ersparen.«
Ob sie ihm das glauben solle, hatte Sarah ihre Freundin hoffnungsvoll gefragt. Erika schnitt ein Brötchen durch und

bestrich es mit Butter. Meiner regt sich wenigstens nur über meine Pipitropfen auf der Klobrille auf, dachte sie. Eine Ehefrau ist ja für Kleinigkeiten dankbar.

Elmar stand inzwischen in der Dunkelkammer und hatte fast einen kleinen Orgasmus. Die Fotos von Josef Maria Baumgarten waren so gestochen scharf, so unerbittlich gut, daß er es kaum abwarten konnte, sie ihm unter die Nase zu halten. Wie er wohl reagieren würde?

Endlich, endlich würde diese verdammte Überheblichkeit aus seinen Augen weichen und einer abgrundtiefen Angst Platz machen. Ich bin in Ihren Händen, Elmar, würde er stammeln, ich tu alles, was Sie von mir wollen. Nur bitte, bitte, vernichten Sie die Negative.

Entschlossen packte er die Fotos zusammen.

»Kein Frühstück für mich«, rief er in die Küche, »ich muß zum Set. Ohne mich wissen die doch gar nicht, was sie tun sollen.«

In der Tür drehte er sich noch mal um. »Wisch lieber zweimal über die Brille, Mäuschen, das ist hygienischer.«

Erika lächelte in ihre Kaffeetasse. Manchmal wäre mir ein Polaroid fast lieber, dachte sie.

13

Als er gegen sechs Uhr die Morgenzeitung in den Briefkasten fallen hörte, stürzte er fast die Treppe herunter. Zu spät. Bertha war ihm zuvorgekommen.

»Das gibt's doch wohl nicht«, sagte sie und sammelte ihr schwarzweißes Gartenkleid von der Treppe. »Danach hab ich gestern stundenlang gesucht.« Dann erst registrierte sie, wie früh es noch war. »Du bist schon auf, Maria? Ich sag Marittel Bescheid, daß sie Kaffee hochbringt.«

Sein Blick bohrte sich in die zusammengefaltete Zeitung. Vorne drauf war ein großes Bild, sein Herz verkrampfte sich. »Darf ich kurz, Mami?« fragte er, aber sie war schon in ihrem Zimmer.

»Gib mir mal die Lesebrille«, befahl sie kurz. »Hier schau mal, ein Mann in Frauenkleidern. Zu witzig.« Ohne auf ihren Protestschrei zu achten, riß er ihr die Zeitung aus der Hand. Sein Herz klopfte so preßlufthammerhart, daß es durch die Rippen zu explodieren drohte. *»Erfolgsmusical endlich in Hamburg«,* las er. *»Umjubelte Premiere von* Ein Käfig voller Narren.«

Vor Erleichterung wurde ihm ganz schwindelig. Noch einmal davongekommen! Dann fiel ihm ein, daß er ja erst vorige Nacht abgeschossen wurde, längst nach Redaktionsschluß.

»Maria, was machst du da?« Bertha nahm ihm die Cognac-Karaffe aus der Hand, aus der sie sich jeden Abend einen kleinen Schlummertrunk genehmigte. »Wenn du so früh am Tag schon Nervennahrung brauchst, trink Ovomaltine.«

Sie hatte recht. Er brauchte Nervennahrung. Er brauchte

einen Killer, der den Fotografen zusammenschlug und ihm dann die Negative aus der Tasche klaute, er brauchte ...

»Weißt du, was ich in letzter Zeit immer öfter denke?« Bertha war ihm in die Küche nachgegangen, nahm ihm die Ovomaltine aus der Hand und rührte sie in die Milch.

»Du wirst es mir sagen«, erwiderte Josef Maria und griff sich seinen Lieblingsbecher aus dem Küchenschrank, rosa mit Schweinchengriff.

»Du brauchst eine Frau, Maria«, sagte Bertha bestimmt. »Ich werde auch nicht jünger, Marittel schon gar nicht, und da du selbst leider keine Frau bist, besorgst du dir entweder selbst eine – oder Marittel und ich suchen dir eine. Was ist dir lieber?«

Sie reichte ihm den Kakaobecher. Folgsam nahm er einen Schluck. Und spuckte ihn gleich wieder aus. »Mami«, seine Stimme klang dreijährig, »wieder viel zu heiß.«

Bertha pustete. »Hab doch nur ein bißchen angewärmt«, beschwichtigte sie. »Also, was sagst du zu meinem Vorschlag?«

Ach, Mami, dachte er traurig, ich würd ja gern. Aber es geht einfach nicht. Und du bist nicht ganz unschuldig an meiner Misere. Du wolltest so gern ein kleines Mädchen haben, daß mich die Kinder im Kindergarten grausam gehänselt haben, weil ich der einzige Junge in Mädchenkleidern war. Verrüscht, verlackt, verschleift. Du hast mir Puppen geschenkt, weil du Autos und Eisenbahnen so langweilig fandest. Als ich, endlich, endlich, eine richtige Jungenhose kriegen sollte und es keine in Rosa gab, hast du auf Kanariengelb bestanden. Das ständige Schamgefühl, das er als Kind damals empfunden hatte, war selbst jetzt, vierzig Jahre später, noch jederzeit abrufbereit. Aber auch die verschämte Lust, wenn er in der Kiste herumwühlen durfte, in der Bertha ihre ausrangierten Kleider aufbewahrte. Seidige Kostüme, Hüte mit Schleier. Stundenlang hatte er damals mit seiner kleinen

Freundin Gisela in den Sachen herumgewühlt, alles anprobiert, sich im Spiegel bewundert, Theater gespielt. Das tat er ja heute noch. Nur nicht mehr heimlich. Nicht mehr nur heimlich, verbesserte er sich.

»Willst du selbst auf Brautschau gehen, oder sollen Marittel und ich es dir abnehmen?« Bertha stand mit einer Kaffeetasse in der Tür. Sie wollte das Thema abschließen, dann wieder ins Bett, dort genüßlich ihre erste Tasse Kaffee trinken und die Zeitung lesen.

»Weder noch, Mami«, sagte Josef Maria und ging an ihr vorbei in sein Zimmer.

»Ich habe dich verstanden«, sagte Bertha und stieg ins Bett. »Sieh zu, daß du nicht zu spät kommst.«

Wer käme denn in Betracht, sinnierte sie, während sie ihren ersten Schluck Kaffee nahm, Marittels Freundin hatte doch diese niedliche Tochter ...

Zehn Minuten später stand Josef Maria in Jeans und T-Shirt vor ihr. »Ich wünsch dir was.« Er beugte sich vor, küßte sie leicht auf die Stirn. »Und schmink dir bitte alle Kuppelversuche ab. Ich bin sehr gern Junggeselle. Du bist schließlich erst 69. Und wie alle Frauen, die Haare auf den Zähnen haben, wirst du uralt werden. Tschüs.«

Diese reizende Geschäftsführerin aus dem Blumengeschäft wäre auch nicht schlecht. Bertha nahm den Hörer des Haustelefons ab.

»Marittel? Ich weiß, wie früh es ist. Nur eine Frage: Ist die Tochter von deiner Freundin noch zu haben? Mit einem Türken? Schwanger? Schade.« Dann würde sie heute morgen eben Blumen kaufen.

Aufseufzend ließ er sich eine Stunde später in den Schminkstuhl fallen. Seine Augen brannten. So müde war er. Sicher sah er total beschissen aus.

»Sie sehen super aus, Josef Maria. Wie machen Sie das bloß?« Selten hatte eine Stimme so an seinen Nerven gezerrt wie heute morgen die von Raimund. Der wischte gerade mit einer so guten Laune, daß Josef es als nahezu penetrant empfand, an seinem Gesicht herum. »Mit den Augenschatten dürfte es ein bißchen länger dauern, bitte Augen zu und nicht zucken.«
Josef schloß die Augen, fast wäre er weggedämmert, als ihm plötzlich jemand etwas auf den Schoß legte. Und verschwand. Er blinzelte. »Nicht aufmachen«, Raimunds Stimme klang schrill, »sonst sehen Sie aus wie ein Waschbär.«
Also wartete er, bis der Maskenbildner fertig war. Das Drehbuch *Nur meine Liebe zählt* war's, mit einem Lesezeichen drin. Er schlug die Seite auf. Bild 51, innen, Nacht. Seine Selbstmordszene. Frau tot, Freundin weg, Klaus Bertelsmann hat keinen Lebenswillen mehr. So wollte es der Drehbuchschreiberling, so wollte es leider auch der Regisseur. Er selbst fand den Schluß albern, pathetisch. Der Zuschauer hatte ein Recht auf ein Happy-End. Aber Josef hatte sich nicht durchsetzen können. Beim nächsten Mal würde er auf *script approval* bestehen, wie es in Hollywood hieß.
»Änderungen« stand in Rot am Seitenrand. Er seufzte. Hügel hatte sich also wieder mal hinreißen lassen. Er las:

> Bild 51
> Villa – innen – Nacht.
> Bertelsmann sitzt auf seinem Bett und betrachtet sinnierend ein mit Wasser gefülltes Glas. Dann greift er zu einem Tablettenröhrchen und schüttelt den Inhalt ins Glas.

BERTELSMANN
– murmelnd –

Das Leben hat keinen Sinn mehr.

Er trinkt das Glas in einem Zug leer, legt sich aufs Bett, starrt mit Augen, die immer schwerer werden, an die Decke.

BERTELSMANN

Ich werde sterben, wie ich es verdiene. Allein. Ohne Freunde, ohne meine geliebte Alicia. Aber ich werde sie wiedersehen. Im Himmel, über den Wolken. Da, wo der Horizont grenzenlos ist. Und unsere Liebe auch.

Seine Augen schließen sich.

In der früheren Drehbuchfassung hatte Bertelsmann seinen Selbstmord stumm erledigt. Rein ins Zimmer, Tabletten ins Glas, runter damit. Dann Schnitt, Ende. Ein starker Abgang. Jetzt greinte er, auf dem Bett liegend, wie ein geisteskranker Hänfling. So doof starb kein Mensch, ein Bertelsmann schon gar nicht. »Hügel«, rief er in den Raum.
In Sekundenschnelle stand Elmar Hügel neben ihm. Wahrscheinlich hatte er mit angehaltenem Atem hinter seinem Stuhl gewartet, dieses lästige, devote Arschloch.
»Sie haben mich gerufen, Herr Baumgarten.« Hügel lächelte. Aber heute morgen lag etwas anderes in seinen Augen, etwas Undefinierbares. Was gern undefiniert bleiben konnte, wenn's nach Baumgarten ging.
Baumgarten tippte mit dem Zeigefinger auf die geänderte Textpassage: »Ich werde sie wiedersehen, im Himmel, über den Wolken.« Er leierte jetzt bewußt bösartig. »Da, wo der

Horizont grenzenlos ist ...« Er blickte auf, direkt in Hügels ausdruckslose Augen. »Verlangen Sie im Ernst von mir, daß ich diesen Schwachsinn sprechen soll?« In seiner Stimme lag bösartige Milde. »Oder handelt es sich nur um einen verspäteten Aprilscherz?«

Hügel nahm ihm das Drehbuch aus der Hand. »Wie würden Sie denn gern sterben?« fragte er nur, ganz friedlich.

Baumgarten lächelte. Das ging ja leichter als befürchtet. Man mußte solche Würstchen nur rechtzeitig in ihre Schranken verweisen. »Wie ich sterben möchte?« fragte er zurück. »Ganz einfach. Kurz. Knapp. Männlich eben. Ich hab Ihnen doch vor einer Woche ein paar Anregungen gegeben. Die schreiben Sie fix fix wieder rein, und alle sind zufrieden.«

Er lehnte sich wieder zurück und schloß die Augen. Raimund, der den kleinen Schlagabtausch belauscht hatte, seufzte sensationslüstern. Abends, beim Pizzaessen, würde er Gina und Jenny damit erfreuen. Er war gerade beim Lip gloss, als Hügel zurückkam.

»Darf ich?« Ohne eine Antwort abzuwarten, legte er das Drehbuch wieder auf Baumgartens Schoß.

»Das ging aber schnell«, sagte Baumgarten belustigt. »Alles so, wie ich es wollte?«

»Ich bin ganz sicher, Ihren Erwartungen gerecht geworden zu sein«, meinte Hügel und musterte Baumgartens Hinterkopf. Zu seinem Ärger waren dessen Haare noch immer voll und glänzend. »Eine kleine, überraschende Variante, die mir gestern nacht noch eingefallen ist, aber auch die dürfte Ihnen gefallen. Sie gibt Ihnen ein ganz neues Gesicht, sozusagen.«

»Na, da bin ich mal gespannt«, sagte Baumgarten und schlug das Drehbuch auf.

»Seite 66«, sagte Hügel, »alles andere ist unwichtig.«

Baumgarten blätterte. 64, 65, 66 ... Er stockte. Da war ein Foto von ihm – von Maria – sorgfältig eingeklebt. Mit Perücke, in Berthas Kleid und Perlenkette. Ohne Kommentar. Sein Herz blieb stehen, eine panische Sekunde lang, um dann um so schneller weiterzuschlagen. Er war reaktionsunfähig. Von hinten spürte er, wie Raimund den Hals reckte. Er klappte das Drehbuch schnell wieder zu.

»Alles in Ordnung?« Hügels Stimme, die ihn im Rücken traf, schien geradezu zwischen seinen Schulterblättern zu kleben. Baumgarten drehte sich um, die Blicke der Männer trafen und verhakten sich. Du warst also das Schwein, das mir aufgelauert hat. – Tja, ich war's, mein Lieber. – Ich würde dir am liebsten die Eier abschneiden, in dünnen Scheiben. – Ich dir auch, oder hast du keine mehr?

»Nicht schlecht«, sagte Baumgarten, mühsam beherrscht. »Vielleicht sollten wir noch mal in Ruhe darüber reden.«

»Jederzeit, Chef.« Hügel winkte ihm mit einer Fototüte zu. »Ich hätte im übrigen noch ein paar andere Vorschläge.«

»Die mich brennend interessieren.« Baumgarten schaffte es nicht, seine Stimme sarkasmusfrei zu halten. »Wir sehen uns in fünf Minuten in meiner Garderobe.«

Raimund wollte gerade Baumgartens Lippen leicht überpudern, als er merkte, daß der Schauspieler das mühsam verteilte Lippenrot bereits zerkaut hatte. Mist – jetzt mußte er noch mal von vorn anfangen. »Ich hab übrigens auch ein Drehbuch in der Schublade«, fing er vorsichtig an, die Gelegenheit schien ihm günstig. »Wenn ich das mal mitbringen dürfte? Es handelt von einem schwulen Couple, das ein Waisenkind adoptieren möchte, und natürlich stellen sich die Behörden stur, aber dann ...«

Baumgarten, der mit geschlossenen Lippen dagesessen hatte, riß diese so wütend auf, daß Raimund erschreckt zusammenzuckte. »Keine Belästigung am Arbeitsplatz!« schrie er.

Gina schaute erstaunt von ihrem Arbeitsplatz hoch. »Ich hasse Drehbücher.«
Mit diesen dramatischen Worten verschwand er in seiner Garderobe. Griff sofort zu seinem Handy, obwohl sich sein Manager nur zwei Zimmer weiter im Produktionsbüro aufhielt. Aber er wollte im Augenblick keine Menschenseele sehen. Der Gedanke, daß Hügel ihn als Maria gesehen hatte, war ihm unerträglich. Ob er das Foto bereits herumgereicht, sich alle auf seine Kosten amüsiert hatten? »Kai, komm sofort rüber!« Als sich Sekunden später die Tür öffnete und sein Manager hereinkam, fühlte sich Baumgarten sofort ein bißchen wohler. Wortlos reichte er ihm das Foto. »Wie gefall ich dir?« fragte er nur.
Kuschel blickte auf das Bild. Ihm fehlten die Worte. »Interessant«, meinte er und gab das Foto zurück. »Von wem stammt es?« Sachlichkeit war jetzt gefragt, keine Hysterie.
»Von Hügel.« Fast hätte Baumgarten gelacht, als er das fassungslose Gesicht seines Managers sah. »Wußtest du, daß er nicht nur ein begnadeter Drehbuchautor, sondern leider auch noch ein begnadeter Fotograf ist?«
»Was will er von dir?« knurrte Kuschel.
»Keine Ahnung«, meinte Josef Maria ehrlich, »am besten fragen wir ihn.«
Kuschel stand auf. »Ich hol ihn«, sagte er, »dann hab ich die Gelegenheit, ihm unauffällig den Hals umzudrehen.« Als er gegangen war, legte Baumgarten das Foto auf den Tisch und betrachtete es. Die Perücke war leicht verrutscht, doch das Kleid saß perfekt. Aber trotz Make-up und Perlenkette sah er absolut nicht wie eine Frau aus. Allerhöchstens wie Mrs. Doubtfire.
Der Scheißkerl strahlt wie ein Honigkuchengaul, dachte Baumgarten, als Kuschel mit Hügel hereinkam. Eine kleine, harte Haßkugel legte sich auf sein Herz und schnürte ihm

die Luft ab. Am besten, er beruhigte sich und ließ Kuschel die Sache regeln.
»Setzt euch«, sagte Baumgarten und nahm selbst wieder auf dem Sofa Platz. »Will jemand Kaffee?« Niemand wollte, jeder hatte genügend Wachmacher im Blut. Baumgarten, der zunächst aus Nervosität seine Beine übereinander legen wollte, spreizte sie dann John-Wayne-mäßig. Er wollte Hügel gegenüber einen betont männlichen Eindruck machen, schraubte seine Stimme noch kellertiefer als sonst und furchte die Stirn.
Kai Kuschel räusperte sich. »Kommen wir zur Sache, in einer halben Stunde ist Drehbeginn, und den einzuhalten, liegt ja wohl im Interesse aller. Also – was willst du, Elmar? Womit willst du uns erpressen?«
Das geht mir jetzt zu schnell, dachte Hügel, leicht erschrokken. Er wollte sich nicht in die Defensive treiben lassen, sondern die Verhandlung selber führen. »Habe ich ein Wort von Erpressung gesagt?« Er lehnte sich zurück, ganz der souveräne Cowboy. Neben sich spürte er seinen Aktenkoffer, in dem sein halbfertiges Drehbuch lag. Dies war seine Chance!
»Stell dich nicht dümmer, als du bist!« Kuschel fauchte jetzt. Baumgarten hüstelte warnend. Der Manager warf einen schnellen Blick aus dem Fenster, wo die Spätsommersonne die Bäume in die erstaunlichsten Goldtöne tauchte. Der ganz normale Kreislauf der Natur, in dem niemand ungestraft herummanipulierte. Das Leben ging also weiter. Der Gedanke beruhigte ihn etwas.
»Dumm ist unser Autor sicher nicht«, murmelte Baumgarten und rülpste maskulin.
Hügel griff in seine Tasche, holte einen Stapel Fotos heraus und verteilte sie auf dem Tisch. Josef Maria, Betonung auf letzterer, aus allen Blitzlichtwinkeln. Zehn verschiedene Motive. Kuschel, der seinen Star noch nie »so« gesehen hatte, konnte den Anblick kaum ertragen. Ihm war, als habe

er ihn beim Masturbieren erwischt oder beim Beischlaf. Wenn's doch nur das wäre, dachte er verzagt. Wenn diese Fotos an die Öffentlichkeit gerieten, müßten sie beide nach Timbuktu auswandern. Oder an den Südpol. Beides keine Orte, wo er gern seine Rente verzehren würde. Er hatte da eher ans Tessin gedacht.

»Ich glaube, wir können erklären, wie es zu diesen Fotos kam.« Baumgarten sah Kuschel auffordernd an. Stichwort: Rollenrecherche!

»Das kann ich allerdings«, sagte Kuschel streng, »es sollte zwar eigentlich ein Geheimnis bleiben, aber Josef recherchiert im Augenblick an einer neuen Rolle. Er wird einen heterosexuellen Crossdresser spielen, der sich in eine Frau verliebt ...«

Hügel lächelte. »Klingt sehr interessant, was immer das auch ist. Und – wie geht die Story weiter?«

Eine quälende Sekunde lang sahen sich Schauspieler und Manager an, dann sprachen sie gleichzeitig: »Sie liebt ihn auch, sie verläßt ihn, er begeht Selbstmord, sie heira...«

»Klingt immer interessanter.« Hügels Stimme klang kühl, obwohl er vor Triumphgefühl fast platzte. »Absolut ein Plot, in dem alles steckt. Vielleicht ein bißchen zuviel?«

Kuschel war es heiß geworden, sehr heiß. Er öffnete das Fenster, das über dem Parkplatz lag, und sah hinab. Ein Mann stieg ins Auto und fuhr weg. Das möchte ich sein, dachte er und drehte sich wieder um. Und plötzlich kam ihm eine Idee. »Das Drehbuch ist in der Tat noch nicht regiereif«, lächelte er Hügel so freundlich an, daß der eine Falle witterte, sich aufmerksam geradesetzte.

»Wer hat es denn geschrieben?« Leichte Eifersucht auf Unbekannt kam in ihm hoch. »Jemand, den ich kenne?«

Kuschel sah zu Baumgarten. Der hob leicht die Schultern. Mach du mal, hieß das.

»Jemand von der Filmhochschule, kennst du nicht«, improvisierte Kuschel schnell, »wie gesagt, das Ding ist noch nicht regiereif. Im Grunde sind wir auch ganz unzufrieden damit. Wie wär's, wenn du uns ein neues schreibst?« Jetzt hab ich dich, du Regenwurm, dachte Kuschel, du ehrgeizzerfressener, geldgieriger Wichser. »Na?«
Jetzt hab ich euch, ihr perversen Angeber, dachte Hügel, jetzt sitzt ihr in der Falle. »Klingt im Prinzip nicht schlecht«, sagte er nur, »ich müßte mal sehen, was der Kollege so geschrieben hat.«
Verdammt, dachte Baumgarten, der Blödmann ist schlauer, als ich erwartet hatte. Er weiß, daß es gar kein Drehbuch gibt. »Wenn ich auch mal was sagen dürfte«, meinte er und sah Hügel an, während er sich vorstellte, wie schön es wäre, wenn er jetzt beide Hände um seinen Hals legen und so lange zudrücken dürfte, bis dieser Kerl blaurot röchelnd zu Boden sinken würde. »Dieses Drehbuch hat uns ja allen nicht so recht gefallen, stimmt's, Kuschel?«
Kuschel nickte. »Stimmt.«
»Deshalb schlage ich vor, wir machen einen totalen Neuanfang. Unser allseits geliebter und geschätzter Hügel schreibt ein neues Drehbuch. Das alte schmeißen wir in den Müll. Eine tolle Chance für ihn, die er sicher nicht ausschlagen möchte.« Baumgarten sah beifallheischend in die Runde. Er wartete. Kuschel wartete.
Hügel ließ sie zwei Minuten warten, dann räusperte er sich. Als Drehbuchschreiber konnte er sein kleines Machtbedürfnis so selten befriedigen, daß er diese Situation jetzt bis zur letzten Sekunde ausreizen mußte. Also ließ er sie noch einen ganz kleinen Moment zappeln.
»Ich bin einverstanden«, sagte er endlich, »unter einer Bedingung.«
»Welche?« fragten Baumgarten und Kuschel gleichzeitig.

»Meine Bedingung ist, daß in meinem Drehbuch, außer von mir, kein Wort verändert wird. Es bleibt alles so, wie ich es geschrieben habe.«
Das war starker Tobak.
»Und wenn Sie Scheiße schreiben?« Baumgarten hielt es nicht mehr auf dem Sofa. »Soll ich mich Ihretwegen zum Trottel machen?«
Hügel lächelte mit schmalen Lippen. »So wie ich es als Ihr Hofschreiber sehe, gibt es für Sie im Augenblick nur die Wahl zwischen Pest und Cholera. Entweder Sie vertrauen mir, oder Ihre Mutter wird sich demnächst an ihrem Morgenkaffee verschlucken, wenn sie die Morgenzeitung liest. Die Entscheidung liegt ganz bei Ihnen.«
Baumgarten wußte, daß sie in der Falle saßen.
»Also gut«, seufzte er. »Was geschieht mit den Negativen?«
»Die verbrenne ich vor Ihren Augen, wenn der Film abgedreht ist.«
Jetzt schaltete sich Kuschel ein. »Und wenn es nie zu einem Film kommt? Vielleicht kriegen wir das Geld nicht zusammen, oder es gibt keinen Verleih, der einen Film mit Josef als Crossdresser in die Kinos bringen will, oder ...«
»Ich bin ganz sicher, daß dieser Film ein Riesenerfolg wird.« Hügels Stimme klang so überzeugt, daß beide Männer ihn fast mit Respekt betrachteten. »Baumgarten ist ein Star, egal, was er spielt.«
Da hat er recht, dachte Baumgarten. So dumm ist dieser Scheißkerl doch nicht.
»Und ich habe auch schon einen Titel«, sagte Hügel schwärmerisch. »Einen absoluten Wahnsinnstitel.«
»Und, wie heißt dieser – Wahnsinnstitel?« Kuschel hatte sich, trotz dreitägiger Abstinenz, eine Zigarette angesteckt, inhalierte tief.
»Der Titel lautet – *Ein Mann aus Samt und Seide.*«

Stolz sah er Baumgarten und Kuschel an. Die schwiegen beeindruckt. Ein Mann aus Samt und Seide, dachte Baumgarten. Bin ich das? Der Gedanke faszinierte ihn. Ein Mann aus Samt und Seide. Klang pervers toll. Oder toll pervers.
Er stand auf und gab Hügel die Hand. »Abgemacht«, sagte er und drückte kräftig, sehr kräftig zu, aber der Autor verzog keine Miene. »Eins will ich Ihnen aber sagen: In dem Moment, wo ich diese Fotos wiedersehe, wird das Projekt sofort gestoppt, egal, wie phantastisch das Drehbuch ist.«
Jetzt drückte Hügel, so stark wie er konnte, zurück, aber auch Baumgarten ließ sich nichts anmerken. Kerle unter sich. »Ich halte mich an mein Versprechen«, sagte Hügel feierlich, »aber wenn auch nur ein Wort von meinem Buch geändert wird, gehe ich zur Zeitung.«
Er nickte den Herren zu und ging.
Kuschel und Baumgarten sahen die zuklappende Tür an, dann trafen sich ihre Blicke. »Du weißt, was du jetzt sofort tun mußt, nicht wahr?« Kuschel klang sehr ernst.
»Ich muß sofort aufs Klo«, grinste Baumgarten, »der Schreck ist mir auf die Blase geschlagen.«
»Die Zeit der Scherze ist vorbei, mein Lieber«, sagte Kuschel und stellte sich vor die Tür.
»Was also muß ich nach dem Pinkeln tun?« fragte Baumgarten. »Außer Händewaschen natürlich.«
Er begreift den Ernst der Lage immer noch nicht, dachte Kuschel mutlos. »Du mußt heiraten«, sagte er, jede einzelne Silbe betonend. »Und zwar innerhalb von vier Wochen. Wenn der Film herauskommt, mußt du über jeden Zweifel erhaben sein. Als Ehemann, möglichst als zukünftiger Vater. Sonst kannst du dir deine Karriere in die Haare schmieren. Eine Scheidung ist später immer möglich. Ist das klar?«
Baumgarten trat ans Fenster, sah auf den Parkplatz. Gina stieg gerade aus einem kleinen, knallroten Flitzer und öffne-

te die hintere Wagentür. Ein kleines Mädchen mit Pferdeschwanz stieg aus. Jenny. Gina nahm sie an die Hand, gemeinsam gingen sie zum Eingang.
Er drehte sich um. »Ich werde heiraten«, sagte er.
Völlig verblüfft über diesen unverhofft leichten Sieg, wagte Kuschel eine Frage: »Und, wer ist die Unglückliche, wenn ich fragen darf?«
Baumgarten lächelte nur. »Keine Ahnung«, sagte er, »aber ich werde sie finden.«

14

Heute ist wirklich ein Tag, der sich selbst ins Knie fickt«, sagte Gina und sank keuchend, mit Jenny auf dem Schoß, in den Schminkstuhl. Im Kindergarten gab es Läuse, also hatte sie ihre Tochter mitten in der Arbeit abholen und bei einer Apotheke Antiläuseshampoo kaufen müssen, bevor sie wieder zum Set eilte. Jetzt wartete sie auf den Lippenherpes von Cleo Blume, den angeblich nur sie diskret wegschminken konnte. Außerdem hatte sie ihre Tage und fühlte sich aufgebläht und schlecht gelaunt.

Raimund, der gerade Cleos kraterhafte Kinnpartie auf Mattglanz puderte, musterte Gina besorgt. »Paß auf deine Wortwahl auf, Schätzchen«, mahnte er mit Blick auf Jenny, die jedoch versunken ihre kleinen, schmutzigen Finger in die Make-up-Dosen bohrte, um sie danach genüßlich abzulekken. »Reiß dich bitte zusammen. Wir alle haben mal unsere Tage.«

»Du auch, Raimi-Schätzchen?« flötete Cleo maliziös und schaute von ihrer *Gala* hoch. »Nimmst du dann Tampons oder Binden?«

Angewidert griff Raimund zum Abdeckstift. Nichts fand er unappetitlicher als Gespräche über weibliches Innenleben. Höchstens die Angewohnheit seines neuesten Lovers Ludo, am Frühstückstisch seine Popel auf den Tellerrand zu legen. In Herzform. »Hast du denn deine Regel eigentlich noch?« fragte er, und als Cleo ärgerlich zusammenzuckte, legte er noch eins drauf: »Oder bist du schon im Wechsel?«

Wütend drehte sich Cleo um. »Weißt du nicht, wie alt ich bin?« Sie kreischte fast, merkte es, dämpfte ihre Stimme.

»Ich kenne nur die offiziellen Zahlen«, antwortete Raimund, »und da bist du seit zehn Jahren 37.«
»Und dabei gedenke ich auch zu bleiben, du kleine Schwuchtel«, fauchte Cleo, »und jetzt mach weiter.« Gina hatte Jenny inzwischen abgesetzt und sich vom Tablett ein Sandwich genommen. Ihr Lieblingsbelag – Thunfisch mit viel Mayo. Ihr Mund war weit aufgesperrt, als eine tiefe Stimme sie zusammenzucken ließ: »Hat jemand Zeit für mich?« Blitzschnell drehte sie sich um, Mayo lief ihr übers Kinn, die sie mit dem Handrücken wegwischte. »Ich hab Zeit, Herr Baumgarten.« Da ihr Mund noch halb voll war, kam es sehr geknödelt heraus. Sie schluckte, schluckte, verschluckte sich, hustete. Ein feuchter, krümeliger Strahl landete auf seinem T-Shirt. »Um Himmels willen, Herr Baumgarten, entschuldigen Sie, Gott, ist mir das peinlich.« Sie rieb und wischte, machte aus vielen kleinen Flecken einen großen, feuchten Fleck.
Und diese Frau soll ich nun heiraten, dachte er amüsiert, das kann ja heiter werden.
»Das ist doch nur ein T-Shirt«, lächelte er und nahm Platz. »Jetzt schminken Sie mich erst mal auf telegene Leiche. Ich muß gleich noch mal sterben. Der Kamera-Idiot hatte einen Fussel auf der Linse.«
Gina holte tief Luft und griff zur leichenweißen Grundierung. »Dabei sind Sie doch gestern schon so schön gestorben«, sagte sie und berührte ihn mit zarten Fingern. Tupf, streichel, klopf. Ob er es spürt, wie heiß meine Hände sind, dachte sie mit pochendem Herzen. Aus den Augenwinkeln beobachtete sie, daß sich Jenny inzwischen mit Cleos Handtasche beschäftigte. Da sie in Ruhe arbeiten wollte, zog sie vor, es zu ignorieren. Zumal Jenny den Inhalt des Portemonnaies zwar auseinandernahm, aber nicht zerfledderte.
»Was machen Sie eigentlich heute abend?« Die Frage kam

so plötzlich und unerwartet, daß Gina zunächst glaubte, sich verhört zu haben. Sie drehte sich um, aber Baumgartens Augen ruhten auf ihr.
»Heute abend?« fragte sie blöd. »Da kommt meine Freundin, die macht immer meine Nägel, dafür schneide ich ihr die Haare ...« Ihre Stimme versiegte. Warum fragte er sie so etwas? »Warum fragen Sie mich das?«
Weil ich dich heiraten will. Heiraten muß. Weil ich ein heimlicher Crossdresser bin, der eine öffentliche Ehe braucht. Und weil ich dich für diese undankbare Rolle auserkoren habe. Denn du und deine entzückende Tochter werdet euch gut auf Fotos machen.
»Weil ich heute abend gern mit Ihnen essen möchte«, antwortete er statt dessen. »Hätten Sie Lust?«
Lust? *Lust?*
Diese Frage war so unangebracht, so absurd, als hätte er sie gefragt, ob sie Lust auf einen Zehnmillionenlottogewinn hätte. Sie war fassungslos, gleichzeitig so verunsichert, daß sie kein Wort herausbrachte. Sie starrte ihn nur an.
»Was ist los? Ist dieser Vorschlag eine solche Zumutung?« Seine Stimme klang eine Spur besorgt. Hatte er sich überschätzt? Womöglich lauerte ein Freund im Hintergrund, ein Verlobter.
»Lust hab ich schon«, sagte Gina da zögernd, »aber ...«
»Aber was?«
»Ich habe keinen Babysitter«, platzte es aus ihr heraus, als ihr Blick auf Raimund fiel, der mit grimmiger Miene noch immer an Cleo herumpinselte. Da ihr gesellschaftliches Leben seit einiger Zeit brachlag, hatte sie seine Babysitterdienste lange nicht in Anspruch genommen, und wenn er Ludo mitbringen durfte ...
»Ich würde mich freuen«, sagte Baumgarten, und das, was in seinen Augen zu liegen schien, gab den Ausschlag.

»Moment mal«, flüsterte Gina und schob sich an Raimund heran. »Baumgarten hat mich zum Essen eingeladen«, hauchte sie ihm ins Ohr.
Wie von der Tarantel gestochen, zuckte er zusammen, warf ihr einen ungläubigen Blick zu. »In die Kantine?« Was anderes konnte es ja nicht sein.
»Nein«, hauchte sie ins andere Ohr, »richtig. Kannst du heute abend babysitten?«
Eigentlich paßte es ihm sauschlecht. Ludo wollte kochen, für die Kuschelstunde danach hatte er *Ein Käfig voller Narren*, die Originalversion, ausgeliehen. Andererseits ...
»Ich mach's, wenn du mir hinterher haarklein alles erzählst«, sagte er, »jede klitzekleine Kleinigkeit. Komm mir nicht wieder mit deiner albernen Diskretion. Ich will alles wissen.«
»Was tuschelt ihr beiden denn da hinter meinem Rücken?« Cleos Stimme klang gereizt. »Könnt ihr das nicht nach Feierabend besprechen?«
Mit leuchtenden Augen ging Gina zum Stuhl zurück. Baumgarten hatte die Augen geschlossen. Sie betrachtete ihn, die breite Stirn, die leichte Furche, das nette Grübchen. Es war wie ein Wunder.
Sie tupfte ihren Finger in die Creme und legte ihn auf sein Gesicht. Wie schön, daß sie sich berufsmäßig etwas erlauben konnte, was sie sich privat nie getraut hätte.
»Ich hab einen Babysitter«, sagte sie leise.
»Ich freu mich«, antwortete er, ohne die Augen zu öffnen.

15

Als Josef Maria die Haustür aufschloß und eigentlich schnell in sein Zimmer schlüpfen und sich umziehen wollte, versperrte ihm Bertha energisch den Rückzug. Seufzend stellte er fest, daß ihr Outfit – weiße, gestärkte Bluse, grauer Faltenrock, auf Besuch hindeutete.

»Wir haben einen Gast«, verkündete sie auch sogleich und hielt ihn am Gürtel fest. »Mach dich kurz frisch, Maria, und trink eine Tasse Kaffee mit uns.«

»Wer ist es denn?« flüsterte er genervt. Eine ihrer zahlreichen Doppelkopfpartnerinnen? Ein Verehrer vom Seniorentanz? Bertha war von gnadenloser Geselligkeit, ganz im Gegensatz zu ihm.

»Die nette junge Frau aus dem Blumenladen«, flüsterte sie zurück. »Sie möchte dich gern näher kennenlernen, und da hab ich sie, schwupps, einfach mal eingeladen.«

Josef Maria spürte die Ereignisse der letzten Tage wie einen schweren Klumpen auf seiner Brust. Die Fotos, das Gespräch mit Hügel, die Verabredung mit Gina – er fühlte sich wie ein in die Luft geschleuderter Kreisel, der keine Ahnung hatte, ob und wo er jemals wieder auf festem Boden landen würde. Und um das Streßfaß zum Überlaufen zu bringen, ritt Bertha wieder eine Kuppelattacke.

Sie war erbarmungslos, durch keine Niederlage aus der Fassung zu bringen. Kurz tauchten sie in seiner Erinnerung auf, die kleinen, lästigen Begegnungen. Die Lehrerin mit leichtem Kinnbart, deren Mundgeruch eine Kompanie Russen lahmgelegt hätte. Die frisch geschiedene Nachbarin, von der sich erst nach zwei Kaffeestunden herausgestellt

hatte, daß ihr Ex im Männerhaus Zuflucht vor ihren Prügeleien gesucht hatte. All die Damen, die sich auf die Anzeige gemeldet hatten, die seine Mutter in der *Zeit* aufgegeben hatte. *Supermann sucht ganz normale Frau im Alter von 26 bis 46.* Er hatte sie damals gezwungen, alle Briefe abschlägig zu beantworten, aber selbst das hatte sie nicht entmutigt. Nun also die Blumenfrau. Da er nie Blumen kaufte, hatte er keine Ahnung, was ihn in Berthas Salon auf der grünsamtenen Biedermeiercouch erwartete. »Ich hab noch eine Verabredung mit Kuschel«, sagte er, während er sie zur Seite schob und die Treppe hochging. »Aber da ich ein höflicher Sohn bin, werde ich vorher eine Tasse Kaffee mit euch trinken. *Eine,* Bertha, *eine.*«
Mit diesen Worten verschwand er in seinem Zimmer, und Bertha öffnete die Tür zu ihrem Salon. Fräulein Christine Mulsch, eine fragile Enddreißigerin mit blondgesträhnter Ponyfrisur, schaute besorgt von ihrer Tasse hoch: »Komm ich auch wirklich nicht ungelegen, Frau Baumgarten?« Ihre Stimme klang hoch, ein wenig mäuschenhaft, was im Kundenkontakt manchmal störte, ihre traumhaften Blumengebinde, die weit über die Stadtgrenzen hinaus berühmt waren, jedoch nicht beeinträchtigte. Besonders auf Lilien verstand sie sich prächtig, deshalb hatte sie auch ein nahezu begräbnishaft monumentales Liliengebinde mitgebracht, das jetzt das kleine Rokoko-Tischchen am Fenster fast zum Einstürzen brachte.
»Aber liebes Fräulein Mulsch«, sagte Bertha und legte ihrem Besuch ein zweites Stück Schwarzwälder Kirsch auf den Teller. »Ich habe Sie doch ausdrücklich eingeladen, damit Sie meinen Sohn ganz unauffällig ein bißchen beschnuppern können. Er ist nämlich etwas scheu im Umgang mit Damen. Man muß ihm manchmal auf die Sprünge helfen.«

Doch schon während sie dies sagte, überlegte sie fieberhaft, wie sie Fräulein Mulsch so taktvoll wie möglich wieder vor die Tür befördern konnte. Sie kam nicht in Frage, das war leider deutlich. Zu schmal, zu wenig gebärfreudig, und Bertha wollte wenigstens Enkel, wenn sie schon auf den exklusiven Zugriff ihres Einzigen verzichten mußte. Wozu sie im Prinzip ja bereit war, aber nur gegen Entschädigung durch eine passable Schwiegertochter. Dies jedoch war Fräulein Mulsch, trotz ihrer wunderschönen Gebinde, leider leider nicht. Die Einladung war voreilig und unüberlegt gewesen, das mußte sie sich eingestehen.
»Mutter, du hast Besuch!« Baumgarten hatte schwungvoll die Tür geöffnet und eilte mit großen Schritten auf das völlig überwältigte Fräulein Mulsch zu. Er strahlte Freude, Wärme, Gastlichkeit aus, schließlich war er nicht umsonst Deutschlands höchstbezahlter Schauspieler. »Und Sie sind also das Zauberwesen, das meiner Mutter immer diese wundervollen Blumenarrangements bindet«, fügte er strahlend hinzu, setzte sich, nahm eine Tasse aus Berthas Hand, ließ seinen Blick auf den Lilien ruhen, nickte lobend. Alles in einer halben Minute. »Phantastisch, Frau, äh, Frau ...«
»Mulsch«, wisperte Fräulein Mulsch. »Ihre Frau Mutter meinte, ich ...«
Baumgarten, vom dringenden Wunsch beseelt, den Salon so schnell wie möglich wieder zu verlassen, lächelte wie schmerzlich betrübt. »Was immer meine Frau Mutter meinte – sie meint es gut mit mir. Fast ein wenig *zu* gut.« Er lachte. Die Damen stimmten zaghaft ein.
»Sind Sie denn ... sind Sie also ... sind Sie auf der Sache nach einer passenden Gefährtin?« Er würde nie erfahren, wieviel Mut sie diese Frage kostete, und sie nicht, wie abgrundtief unpassend ihr Mut war.
O Gott, dachte Bertha, wie schrecklich. Sie sah die sich

verfinsternde Miene ihres Sohnes und wußte, daß hier nichts mehr zu retten war. Ihr blieb nichts anderes übrig, als das Ganze abzubrechen, um sich danach einen doppelten Sherry zu genehmigen. Einen dreifachen.
»Ein Mann, der allein mit seiner Mutter lebt, ist natürlich immer auf der Suche«, antwortete er bewußt boshaft. »Wenn mich die Damen jetzt entschuldigen würden, ich habe noch einen Termin.«
Er stand auf, sein Lächeln mutierte zu einem schäferhundartigen Zähneblecken. »Aber Ihre Blumen sind wirklich wunderschön, Fräulein Mulsch.« Mit diesen Worten war er draußen, eine Viertelsekunde später klappte die Haustür, eine halbe später hörten die Damen das Aufheulen seines Jeepmotors.
»Das war also mein Sohn«, meinte Bertha etwas beschämt. »Ein nicht ganz einfacher Mann.«
Fräulein Mulsch warf einen Blick auf ihr Liliengebinde. »Das sind Lilien auch nicht«, meinte sie, »und trotzdem sind es die schönsten Blumen der Welt.«
Keine hübsche Frau, dachte Bertha versöhnt, aber eine kluge. »Wollen wir uns das letzte Tortenstück teilen?« fragte sie.
»Gern«, kam die Antwort, »aber ich möchte bitte die Kirsche.«

16

Nun mach dir bitte nicht ins Hemd«, mahnte Raimund und stopfte Jenny Spinatraviolis in den Mund. Die hin und her laufende, flattrige Gina machte ihn völlig nervös. »Warum nicht Jeans und weiße Bluse, ihr geht schließlich nicht ins *Vier Jahreszeiten.*«

»Ich weiß, ich weiß.« Selbst beim Reden drohte ihr Herz fast aus der Bluse zu springen. »Und das Schwarze von Alaïa ist zu eng, das spannt über dem Bauch, und das Pepitakostüm ist von vor drei Jahren. Ich hab überhaupt nichts anzuziehen. Du mußt für mich absagen, Raimund ...«

»Gut«, sagte Raimund und griff zum Telefon. Er drückte blind ein paar Nummern und sprach dann in den Hörer: »Frau Baumgarten, ist Ihr Sohn noch ...« Mit einem Aufschrei riß ihm Gina das Telefon aus der Hand. »Willst du mich denn völlig blamieren?« schrie sie und sank auf dem Fußboden zusammen. Sie sah hoch in Raimunds ausdruckslose Augen. »Tut mir leid, Schweinchen«, flüsterte sie. »Ich bin nur so schrecklich aufgeregt.« Raimund tätschelte ihren Kopf, Jenny aß schnell die restlichen Ravioli mit den Fingern.

»Ich kenne dieses Gefühl, Schweinchen«, flüsterte er zurück, »da hilft nur eins. Augen zu und durch. Und du wirst sehen, es wird gar nicht so schlimm. Auch Baumgarten ist nur ein Mensch.«

»Was will er bloß von mir?« Gina war echt ratlos. »Ist es ein dummer Scherz, eine Wette?«

»Oder ganz vielleicht Interesse an deiner Person?« Raimunds Stimme klang skeptisch, denn er war selbst nicht so

recht überzeugt. »Du bist als Frau doch ganz appetitlich. Wenn sogar ich das sage.« Sie stand auf, er gab ihr einen Klaps auf den Po. »Und jetzt zieh dich endlich an.« Gina stürzte aus der Küche, in T-Shirt und Unterhose, als es an der Haustür klingelte. »Mach mal auf, das wird Ludo sein«, rief Raimund aus der Küche. Gina riß die Tür auf.
»Guten Abend, Gina«, sagte Baumgarten, während sie einen kleinen, heißen Tod starb. »Ich bin ein paar Minuten zu früh. Darf ich trotzdem reinkommen?« Während sie sich verzweifelt bemühte, den sehr knapp sitzenden Slip diskret zurechtzuzupfen, machte sie die Tür ein wenig weiter auf. »Kommen Sie doch bitte rein.« Ihr versagte die Stimme. »Wenn Sie in der Küche warten würden?« Sie fühlte seinen Blick auf ihrem Rücken wie ein glühendes Eisen, als sie über ihren kleinen Flur in Richtung Küche ging. Die Tür stand offen.
»Raimund ist mein Babysitter«, erklärte Gina schnell die Situation und verschwand im Badezimmer, wo sie ihr rotglühendes Gesicht mit einem Waschlappen kühlte.
»Guten Abend«, sagte Baumgarten unterdessen und ließ seinen Blick über die kleine, gemütliche Wohnküche schweifen. Als geübter Augenmensch registrierte er alles: den großen Blumenstrauß auf dem Tisch, ganz offensichtlich kein teures Gebinde von Frau Mulsch, die Holzeisenbahn auf dem Regal, in deren Waggons kleine Gewürzgläser standen, das kleine Mädchen mit den feuerroten Affenschaukeln, das ihn jetzt prüfend musterte. »Willst du mit meiner Mami ausgehen?« fragte sie streng.
»Das will ich«, sagte er, »hast du was dagegen?«
»Willst du sie auch küssen?«
Jetzt schauten ihn beide an, der nette Schwuli und die reizende Rotzgöre. »Ich weiß noch nicht«, meinte er und knöpfte unwillkürlich seinen obersten Hemdknopf auf. »Erst mal werden wir etwas essen.«

»Meine Mami küßt gut«, meinte Jenny jetzt. »Das hat jedenfalls der Klaus immer gesagt.«
»Und wer war der Klaus?« fragte Baumgarten und spürte eine winzige Irritation, die er jedoch nicht als Eifersucht erkannte.
»Der Klaus hat die Mami auch geküßt, aber dann hat er noch 'ne andere Frau geküßt, und da hat ihn die Mami rausgeschmissen.« Jenny sagte es ganz sachlich. »Lügen ist nämlich das Allerschlimmste, sagt Mami immer.«
»Da hat deine Mami auf jeden Fall recht«, meinte Baumgarten unbehaglich und öffnete den zweiten Hemdknopf.
Er wirkt unsicher, dachte Raimund erstaunt, fast, als ob er etwas zu verbergen hat. Wahrscheinlich bereut er seine Einladung bereits. In Raimund stieg leichte Wut auf. Gern hätte er sich diesen Arroganzling zur Brust genommen, aber wie, und was hätte er sagen sollen? Es gab nichts zu sagen, es gab nur komische Gefühle im Bauch.
»Gina ist eine sehr ernsthafte Frau«, sagte er trotzdem und kam sich gleich danach blöd vor.
Baumgarten sah ihn erstaunt an. »Warum erzählen Sie mir das?«
»Nur so«, murmelte Raimund, denn jetzt kam Gina herein. Sie war seinem Rat gefolgt und sah in Jeans und einer weißen Bluse trotz ihrer 28 Jahre wie ein Schulmädchen aus.
»Ich bin soweit.« Sie zwang sich, Baumgarten in die Augen zu sehen. »Oder bin ich falsch angezogen?«
Er lächelte sie an, und in der Sekunde, in der sie in seinen Augen ertrank, war alles in Ordnung. Doch die Sekunde ging vorüber.
»Sie sehen wunderbar aus«, sagte er und nahm ihren Arm. In der Tür drehte er sich um. »Wann soll ich sie zurückbringen?« fragte er scherzhaft.
»Nicht so spät«, krähte Jenny.

»Viel Spaß«, rief Raimund.

Als die Tür ins Schloß fiel, kroch sie wieder auf Raimunds Schoß. »Ich finde diesen Onkel richtig cool«, sagte sie. »Du auch?«

»In deinem Alter gibt es noch kein cool«, sagte Raimund und nahm die letzte Ravioli kalt vom Teller. »Und jetzt ab in die Kiste. Gleich kommt Ludo, da will ich keine Frauen mehr sehen.« Jetzt möchte ich Mäuschen spielen im Lokal, dachte er und grinste. Und wenn er frech wird, beiß ich ihn in den Schniedel.

17

Josef Maria, welche Freude!« Der Maître stürzte auf Baumgarten zu, riß ihm förmlich den Mantel vom Rücken. »Und in Begleitung, reizend, reizend. Deine Nichte?«

»Nein, meine uneheliche Tochter«, sagte Baumgarten nur. »Ist mein Tisch noch frei?«

Natürlich nicht, du A..., dachte der Maître, kannst du denn nicht *einmal* wie ein normaler Sterblicher eine Reservierung machen? Andererseits war ein Besuch von Baumgarten unbezahlbare Werbung für das Restaurant. Der Tisch, an dem jetzt ein Ehepaar saß und seine Silberhochzeit feierte, mußte freigeräumt werden. »Wenn ihr einen Augenblick an der Bar Platz nehmen wollt«, sagte er und rief dem Barkeeper zu: »Das Übliche für Josef, Mike.«

Der dunkelhäutige Barkeeper grinste, als die beiden auf Barhockern vor ihm Platz nahmen. »Ich bin neu hier, Mister. Was ist Ihr Übliches?«

»Champagner bitte«, sagte Baumgarten kurz. Er haßte das Theater, das jedesmal gemacht wurde, wenn er irgendwo aufkreuzte. Die ältere Dame hinter ihm durchbohrte ihn bereits mit Blicken. Aus den Augenwinkeln sah er, wie sie ihre Handtasche durchwühlte, dann zur Serviette griff. Er wußte, was kam. »Wenn ich Sie einen Augenblick stören dürfte?« Sie stand jetzt neben ihm und schob ihm die Serviette hin. »Ein Autogramm bitte.«

Wenn nicht Gina neben ihm gesessen und das Geschehen mit großen Augen verfolgt hätte, hätte er die Frau wie eine lästige Fliege weggescheucht. So aber lächelte er sie an, während er den Kugelschreiber entgegennahm, den ihm der

Barkeeper wortlos reichte. »Aber gern, gnädige Frau. Und – für wen darf's sein?«
»Für Edelgard«, hauchte die Fliege und entfleuchte schließlich glücklich mit ihrer Serviette.
»Passiert das oft?« fragte Gina und nahm einen Schluck aus ihrem Champagnerglas.
»Ständig«, sagte Baumgarten. »Vor ein paar Wochen war ich in der Hoteltoilette, zum Glück in einer Kabine, als mir ein Fan ein Stück Papier unter der Tür durchschob. Danach hat er sich beschwert, daß mein Autogramm so krakelig war. Aber mich hat auch schon jemand vor dem Urinal erwischt. Und war stinkbeleidigt, daß ich keinen Kugelschreiber in der Hand hatte.«
Sie lachten beide. Gina dachte an die Zeit, wo sie als Teenie mit ihrem Album vor den Hotels herumlungerte, in denen die Stars abgestiegen waren. Ihr größter Schatz war ein Autogramm von Mel Gibson gewesen, der war im Tauschhandel drei Grönemeyers wert oder vier Til Schweigers. Auch für Josef Marias hatte sie mal angestanden, eine lange, verregnete Nacht vor fünfzehn Jahren, als er für die Hauptrolle von *Zu schön, um wahr zu sein* den Berliner Bären bekam. Aber er war nicht gekommen. Inzwischen stand der Maître leicht schwitzend am Tisch des Ehepaares und fragte: »Alles zu Ihrer Zufriedenheit, wie ich hoffe?«
»Wunderbar«, strahlte die Ehefrau, »besonders dieser Tisch am Fenster, einfach ein Traum. Vielen Dank. Sagen Sie ...« Sie beugte sich vor. »Ist dieser Herr dahinten an der Bar nicht Josef Maria Baumgarten? *Der Baumgarten?*«
»Ein Stammgast«, antwortete der Maître mit einstudierter Beiläufigkeit. »Herr Baumgarten kommt regelmäßig hierher.« Was nicht stimmte, ihm jetzt aber egal war. »Sie sitzen übrigens an seinem Lieblingstisch«, fügte er hinzu, »dem Tisch, an dem er immer mit seiner Mutter Bertha sitzt.«

»Oh«, sagte der Ehemann beeindruckt, »derselbe Tisch?«
»Derselbe«, bestätigte der Maître, »aber er ist leider zu spät gekommen, deshalb kann er seinen Tisch diesmal nicht bekommen. *Sie* sitzen ja jetzt daran.« Mit übertriebenem Bedauern zog er die Schultern hoch und schenkte Wein aus der noch fast vollen Flasche. Offensichtlich ein Knickerpaar, das es bei einer Flasche bewenden lassen wollte. Da hatten sie die Rechnung ohne ihn gemacht. »Nun trinkt er noch einen Schluck an der Bar, dann wird er gehen«, raunte er vertrauensvoll, »denn einen anderen Tisch will er nicht. Künstler sind eigen, wissen Sie.«
Mit diesen Worten verzog er sich.
»Es wird noch einen Moment dauern«, verkündete er an der Bar und stellte zufrieden fest, daß Baumgarten gerade eine zweite Flasche Champagner bestellte. Offensichtlich wollte er auf die junge Dame Eindruck machen. Niedlich, aber nicht ganz sein Geschmack. Zu klein, zu dünn, zu wenig Busen. Zu wenig Dolly-Dollar-mäßig, das war nämlich seine Traumfrau.
»Kein Problem, wir haben Zeit«, meinte Baumgarten und schenkte Gina nach. »Wieso sind Sie Maskenbildnerin geworden, Gina?«
»Weil ich mit Anfang Zwanzig alleinerziehende Mutter war und keine Zeit für eine lange Ausbildung hatte«, antwortete sie champagnergelöst. »Außerdem macht es mir Spaß. Man lernt viele interessante Leute kennen. Sie zum Beispiel.« Erschrocken hielt sie inne. Wie bescheuert und groupiehaft von mir, dachte sie ärgerlich, ich darf nichts mehr trinken.
»Sie kennen mich doch gar nicht«, meinte er nur, und es kam schroffer heraus als beabsichtigt.
Sofort zog sich Gina in ihr Schneckenhaus zurück.
»Stimmt, ich kenn Sie überhaupt nicht«, sagte sie betont und setzte sich kerzengerade hin. »Es war ja auch nur so ein Bei-

spiel. Darf ich noch ein bißchen Champagner?« Scheißegal, dachte sie, ohne Alkohol überstehe ich diesen Abend nicht. Wie sie sich wohl anfühlt, dachte er plötzlich, als er beim Nachschenken ganz leicht ihren Arm berührte, ob sie beim Orgasmus die Augen schließt? Ob er sie überhaupt zum Orgasmus bringen könnte? Selbst wenn er ... ein ganz kleines bißchen wie Maria aussah? »Hätten Sie denn Lust, mich näher kennenzulernen?« fragte er, und in den Sekunden, die sie brauchte, um die Frage zu begreifen, lag eine kleine Ewigkeit. Sie sah ihn an und entdeckte auf einmal eine Traurigkeit in seinen graublauen Augen, die sie noch nie zuvor bemerkt hatte. Aber sie hatte ihm ja auch noch nie so lange in die Augen geschaut. »Möchten Sie denn, daß ich möchte, daß wir uns näher kennenlernen?« fragte sie mit einer Sanftheit, die er wie ein Streicheln auf der Haut spürte. Wie Samt und Seide. Wie Maria.

»Ich möchte es sogar sehr gern«, antwortete er. Und in diesem Augenblick meinte er es sogar ehrlich.

»Der Tisch ist frei.« Stolz lächelnd stand der Maître neben ihnen, zwei schwere, ledergebundene Speisekarten in der Hand. »Darf ich bitten?«

»Wir wollen nichts mehr essen«, sagte Baumgarten träumerisch und zog Gina von ihrem Barhocker herunter. »Geben Sie den Tisch jemand anderem.«

»Wie Sie wünschen«, preßte der Maître verzerrt hervor und hätte seinem berühmten Gast am liebsten die Faust in sein berühmtes Gesicht gedrückt. Hart.

Er blickte den beiden nach, als er etwas Weiches am Rücken spürte. »Was zum T...«, zischte er, als er die Ehefrau erkannte, die er gerade von Baumgartens Lieblingstisch weggescheucht hatte. »Was kann ich für Sie tun?«

Die Ehefrau lächelte beglückt. »Wo sind die zehn Autogrammkarten, die Sie mir versprochen haben?«

Als sie vor dem Restaurant standen und die ernüchternde Kälte auf ihrer Haut spürten, war ihnen die Situation plötzlich peinlich. Die Vertreibung aus dem Paradies. Und sie erkannten, daß sie nackt waren. Was tu ich hier, dachte Gina, ich muß nach Hause, Raimund wird stocksauer sein, wenn ich so spät komme ...
Ob ich sie einfach küsse, dachte Josef Maria, um die ganze Sache zu beschleunigen? Aber warum wollte er eine Sache beschleunigen, die ihm trotz allem so unerlaubt gut gefiel? Eine Sekunde lang stellte er sich vor, wie sie reagieren würde, wenn er ihr alles gestand. Liebe Gina, ich bin ein Mann, der sich manchmal in Frauenkleidern sehr wohl fühlt. Ich bin nicht schwul, aber ich bin anders als andere Männer. Trotzdem würde ich dich gern näher kennenlernen. Was meinst du dazu?
Doch die Sekunde verging.
»Haben Sie noch Lust auf einen Nightcap?« fragte er stattdessen.
»Ich weiß nicht, was das ist«, gestand sie. »Was Unanständiges?«
»Auch Absacker genannt«, erklärte er lächelnd. Ich könnte mich ganz rasend schnell an dich gewöhnen, dachte er, aber ich muß mein Herz im Zaum halten. Ich muß dich heiraten, damit die Welt mich weiterhin für einen sogenannten normalen Mann hält. Und wenn du erfährst, daß ich es nicht bin, wirst du mich verlassen. Wie alle anderen Frauen vor dir. Und wenn ich dann zu sehr an dich gewöhnt bin, bricht mir das Herz. Und das will ich nicht.
»Am liebsten würde ich zu Fuß nach Hause gehen«, sagte Gina in seine Gedanken hinein. »Mein Kopf brummt, ich brauch ein bißchen frische Luft.«
»Gute Idee«, log der Mann, der auch zum Briefkasten um die Ecke seinen Jeep nehmen würde – wenn er überhaupt

einen Brief in den Kasten einzuwerfen hätte. »Ich geh sehr gern spazieren. Macht die Gedanken frei.«

Er nahm ihren Arm. Sie erschauerte leicht, aber das merkte er nicht. Der Wunsch, ihn zu küssen, zu umarmen, kam so plötzlich und unerwartet über sie, daß ihr richtig schwindelig wurde. Bislang hatten derartige Dinge ausschließlich in ihren Träumen stattgefunden, und wenn sie dann aufwachte, verschwitzt, vage unbefriedigt und beschämt, dann lag sie allein oder mit Jenny im Bett, und er war ganz weit weg. Aber jetzt war er da. Die Kubikzentimeter Nachtluft zwischen seinem Jackett und ihrem Mantel luden sich wie elektrisch auf.

Die Nacht war klar und kühl, die Straßen leer. In den Fassaden der Häuser blinkten die erleuchteten Fenster. Gardinen wurden zugezogen, Menschen sahen fern, aßen oder lasen. Die Stadt machte sich bettfertig.

»Wir sind gleich da«, sagte Gina mit leisem Bedauern. »Die dritte links, dann rechts.«

Auch Baumgarten wollte nicht nach Hause. »Ich bin so wach«, gestand er, »ich hab noch keine Lust auf Bett.«

Er klingt wie Jenny, dachte Gina zärtlich. »Wollen Sie noch einen Kaffee bei mir trinken?« Es kam heraus, ehe sie es verhindern konnte. Aber sie wollte ja auch gar nicht.

»Gern«, erwiderte er schnell.

»Aber nur auf einen Kaffee«, sagte sie. »Nichts Alkoholisches mehr.«

»Wirke ich wie ein Alkoholiker auf Sie?« Seine Stimme klang amüsiert.

»Ein bißchen«, neckte sie ihn.

Ich bin ja richtig frech zu ihm, dachte sie erstaunt. Sie ist ja richtig kiebig zu mir, dachte er beglückt. Denn das war eines der sozialen Handicaps seines Berufes, daß alle Leute immer in Ehrfurcht vor ihm erstarrten, keiner mehr normal reagierte. Da er, wo immer er auftauchte, angestarrt und beobachtet wurde, blieb ihm das versagt, was er über alles liebte und was eigentlich wichtig für seinen Beruf war – sich ungestört unter Leute mischen und sie belauschen zu können. Ihre Gesten, ihre Sprüche, ihre Gespräche. das war vorbei, vom Winde verweht, seit er berühmt war. Er spürte die immer größer werdende Einsamkeit, die ihn umgab, aber er war machtlos gegen sie.

»Es war ein sehr schöner Abend für mich«, stellte er fest, als sie in Ginas Straße einbogen. »Bis jetzt jedenfalls.«

»Bis jetzt?« Gina fand mühelos zu ihrer Schlagfertigkeit zurück. »Erwarten Sie denn noch etwas?«

Er grinste in die Dunkelheit. Ertappt! Ein ungewohnter Zustand, aber ein prickelnder. Diese Frau war wie eine Zwiebel, immer neue Schichten.

»Ich erwarte eine gute Tasse Kaffee, viel Milch, zweimal Süßstoff«, sagte er statt dessen.

»Kein Problem, bis auf den Süßstoff«, lachte Gina. »Ich hab nämlich noch keine Probleme mit meiner Figur.«

Sie standen jetzt vor ihrer Haustür. Gina kramte in ihrer Manteltasche nach dem Schlüssel, denn klingeln wollte sie Jennys wegen nicht.

Baumgarten stand so dicht hinter ihr, daß sie ungeschickt im Türschloß herumstocherte. »Darf ich?« fragte er, und sie spürte seinen Atem in ihrem Nacken, während er den Schlüssel mühelos ins Schloß steckte und ihn herumdrehte.

»Reinstecken kann ich gut«, sagte er gut gelaunt, bis ihm die Doppeldeutigkeit dieser Bemerkung aufging. Gina ging vor ihm die Treppe hoch, ließ keine Reaktion erkennen. Doch auf dem Absatz drehte sie sich um. »Gut reinstecken ist wichtig«, bemerkte sie, und ihre Augen funkelten.

Leise öffnete sie die Haustür. Ihre Wohnung war dunkel, bis auf ein kleines Licht, das unter ihrer Schlafzimmertür

durchschimmerte. Raimund wird vor dem Fernseher eingeschlafen sein, dachte sie. Wie immer schlich sie zuerst in Jennys Zimmer. Leise kindliche Schnarchtöne kamen aus dem Himmelbett.
»Schnarchen Sie auch?« flüsterte Josef Maria, der ihr auf Zehenspitzen gefolgt war.
»Nein«, flüsterte sie entrüstet zurück. Zusammen spähten sie ins Himmelbett. Jenny lag auf dem Rücken, die unumgängliche Schmusewindel ins Gesicht gepreßt. Zu ihren Füßen knäuelte sich die Schar ziemlich abgeliebter Stofftiere.
»Träum schön, mein Schatz.« Gina küßte Jennys schlafwarmes Gesicht und drehte sich zu Baumgarten um. »Und jetzt muß ich nur noch meinen Babysitter rausschmeißen, dann können wir in Ruhe eine Tasse Kaffee trinken.«
Sie traten auf den Flur, als plötzlich die Schlafzimmertür aufging und Raimund herauskam. Er war splitterfasernackt und hatte einen eindeutig postkoitalen Ausdruck im Gesicht. »Ach du Schreck«, kreischte er und verschwand wieder im Schlafzimmer.
Gina folgte ihm. Auf ihrem sehr verwüsteten Bett lag ein sehr verwüsteter Ludo und rauchte eine Zigarette. »Pardon«, hauchte er, »so früh haben wir dich nicht zurück erwartet.«
Sie riß ihm die Bettdecke weg, öffnete das Fenster, legte die Decke zum Auslüften aufs Fensterbrett. Raimund hatte sich blitzschnell angezogen und ebenso geschwind seine Stirn in bedauernde Dackelfalten gelegt. »Tut mir leid, Schweinchen«, sagte er geknickt. »Es hat uns einfach übermannt. In drei Minuten sind wir draußen.«
Er zog seinen Freund vom Bett und warf ihm seine Klamotten zu. »Mach schon, hier zieht ein Gewitter auf.«
Gina verließ die Luststätte. »Gleich bin ich bei Ihnen«, vertröstete sie ihren Gast und verschwand im Badezimmer,

wo sie sich im Spiegel musterte. Die grelle Neonröhre über dem Spiegel, die sie schon längst durch eine schmeichelhaftere Lichtquelle hatte erneuern wollen, warf ein ungünstiges Licht auf ihr bleiches Gesicht. Blitzschnell puderte sie, rougte, legte Lippenstift auf.
Baumgarten stand im Flur und fühlte sich wie auf der Theaterbühne. Auftritt, Abgang, Auftritt. Jetzt öffnete sich die Schlafzimmertür. »Wir ge...«, rief Raimund, als ihm das Wort im Halse steckenblieb. »Herr Baumgarten«, stammelte er, während Ludo den Schauspieler mit tellergroßen Augen verschlang. »Hatten Sie einen schönen Abend?«
Baumgarten lachte. Es war alles zu absurd. »Ich hatte sogar einen sehr schönen Abend«, erwiderte er freundlich. »Sie beide offensichtlich auch?« Die beiden Männer erröteten zart.
Genauso zart fiel die Tür ins Schloß.
»Sind sie weg?« Auftritt Gina. Sie hat nachgelegt, das sah er sofort und war gerührt.
»In diesem Augenblick«, sagte er. »Kann ich jetzt meinen Kaffee haben? Nach all der Aufregung habe ich ihn mir wirklich verdient.«
»Das haben Sie«, bestätigte sie und ging voraus in die Küche. Und erstarrte. Auch die sah wie ein Schlachtfeld aus. Sie verfluchte Raimund ins Höllenfeuer, als sie in Windeseile die schmutzigen Geschirrberge vom Küchentisch in die Spüle umschichtete. »So sieht's hier sonst nicht aus«, entschuldigte sie sich und wischte die Sitzbank frei.
Er nahm Platz. »Ich trinke auch Nescafé«, sagte er, um sie zu entlasten, »das geht schneller. Sicher sind Sie müde und wollen ins Bett.«
Mit dem Filter in der Hand drehte sie sich um. »Erstens gibt es bei mir nur guten Bohnenkaffee. Zweitens bin ich hellwach.« Ihre Stimme war fest. Sie dimmte die Deckenbe-

leuchtung, stellte Klassik-Radio an, der Kaffee gluckerte durch die Maschine. Es gibt keinen anderen Ort auf der Welt, an dem ich jetzt lieber wäre, stellte Baumgarten erstaunt fest. Zu merkwürdig.

»Warum haben Sie mich heute abend eingeladen?« Ihre Frage kam plötzlich und unwillkommen, riß ihn aus seinem Wohlgefühl.

»Weil ich Sie näher kennenlernen möchte.« Dies war zumindest die halbe Wahrheit.

»Aber Sie kennen mich doch schon seit Beginn der Dreharbeiten!« Gina war skeptisch. »Warum auf einmal näher?«

Weil ich dich heiraten muß. »Weil ich mir in meiner Situation keine Spontaneität leisten kann«, entgegnete er ausweichend. Auch dies war eine halbe Wahrheit.

»Sie haben sich das Ganze also gut überlegt?« Gina schob ihm eine Kaffeetasse hin, stellte Milch und Zucker dazu. »Bitte bedienen Sie sich. Ich kenne Ihre Mischungsverhältnisse nicht.«

Und du wirst sie vermutlich auch nie kennenlernen, dachte er und trank einen Schluck Kaffee. Er war unsicher, wie er weiter verfahren sollte. Die Ereignisse hatten ihn irgendwie überrollt, er saß in einem Zug, der unaufhaltsam weiterratterte. Ein bodenloses Gefühl. Plötzlich war er todmüde.

»Sind Sie gut befreundet mit Raimund?« fragte er, um sich abzulenken. Gina vermutete Mißbilligung in seiner Stimme und verkrampfte sich.

»Sie meinen, weil er homosexuell ist?« fragte sie aufgebracht. »Haben Sie Probleme damit?«

Sie ist also tolerant, dachte er beglückt. Wie tolerant? »Haben Sie ein Herz für Minderheiten?« Sein Herz klopfte ein bißchen schneller.

Und wieder mißverstand sie ihn, glaubte Spott aus seinen Worten zu hören. »Aber selbstverständlich.« Der Löffel in

ihrer Tasse klirrte. »Jeder kann doch leben, wie er will, solange er die anderen nicht stört. Was einer im Schlafzimmer tut, geht doch keinen etwas an.«
Sie musterte ihn streng, während sie an ihrem Kaffee nippte. Sollte sie sich derart in ihm getäuscht haben, war er womöglich so ein konservativer Knochen wie ihr Vater, der ihr das Haus verboten hatte, als sie »ein Kind der Schande« erwartete, wie er es nannte?
»Ich bin ganz Ihrer Meinung«, sagte Josef Maria und überlegte, ob er sich noch einen Millimeter weiter aus seinem Schneckenhaus heraustrauen sollte. »Was ist das Ungewöhnlichste gewesen, das Sie je in Ihrem Leben gemacht haben?« fing er vorsichtig an.
Gina überlegte. »Das Ungewöhnlichste? Ich hab mal im Februar in der Ostsee gebadet«, sagte sie dann. »Zählt das als ungewöhnlich?«
Ach Gottchen, dachte er gerührt. »Das war das Ungewöhnlichste?« neckte er sie, aber seine Augen blieben ernst.
Die Frage ist ihm wichtig, merkte sie erstaunt. Warum bloß? Mal sehen, ob mir nicht was richtig Schlimmes einfällt. »Ich hab mal ein paar Wochen als Tänzerin in einer Bar gearbeitet«, sagte sie leise. Sicher war er jetzt schockiert. Sie sah hoch, stellte erleichtert fest, daß er lächelte.
»Was für eine Bar war's denn?« bohrte er weiter. Das Thema schien ihn zu faszinieren.
»Eine Transvestitenbar«, gestand sie. »Ich war die einzige normale Tänzerin.«
Er holte hörbar Luft. »Wieso normal?« Seine Stimme war eine Spur schärfer geworden. »Sind Transvestiten für Sie nicht normal?«
Erstaunt sah sie ihn an. »Normal schon«, erklärte sie, »als Menschen. Aber nicht als Mann oder Frau. Die sind doch irgendwie dazwischen.«

Er wußte, daß es klüger wäre, das Thema zu beenden und nach Hause zu gehen, aber ihre Erklärung wurmte ihn. Es war ihm wichtig, daß sie differenzieren konnte. »Aber Transvestit ist doch nicht gleich Transvestit«, sagte er deshalb. »Da gibt es doch ganz große Unterschiede.«
»Und welche?« fragte sie verblüfft. »Ein Transi ist ein Mann, der gern Frauenkleider trägt. Wo sind da die Unterschiede?«
Plötzlich hatte er keine Lust mehr.
Nur eine Frage noch.
»Könnten Sie sich vorstellen, einen Mann zu küssen, der Frauenkleider trägt?«
Gina brach in schallendes Gelächter aus. »Das ist wirklich die ungewöhnlichste Frage, die mir je ein Mann gestellt hat«, kicherte sie. »Im Fasching ja, sonst nicht. Befriedigt Sie diese Antwort?«
Nein, dachte er und stand auf.
»Natürlich«, sagte er. »Ich muß jetzt gehen. Es war ein schöner Abend.«
Er geht, ohne mich zu küssen, dachte sie enttäuscht, als sie ihn zur Haustür brachte. »Was war denn das Ungewöhnlichste, was Sie je gemacht haben?« fragte sie, um ihn noch eine Minute länger aufzuhalten.
Er zögerte. Warum nicht?
»Ich hab mal Frauenkleider getragen«, sagte er und sah sie scharf an.
Jetzt verstand Gina seine merkwürdige Frage. Er will wissen, ob er mich küssen darf. Aber warum tastet er sich so umständlich an dieses Thema heran? Völlig überflüssig. JA-JA-JA!
»Im Karneval?« fragte sie vorsichtshalber.
Sie standen so dicht voreinander, daß eine Umarmung einfach zwangsläufig war. »Im Karneval«, murmelte er verzagt

und vergrub sein Gesicht in ihrer Halsgrube. Sie sollte die heißen Tränen nicht sehen, die ihm dabei ganz kurz in die Augen schossen. Diskret trocknete er sie an ihrem Blusenkragen. Sie stellte sich auf die Zehenspitzen, zog sein Gesicht zu sich herunter und küßte ihn. Seine Lippen waren voll und daunenweich. Fast weiblich. Sie versank.

»Deine Tochter hatte recht«, flüsterte er. Wie schlaftrunken öffnete sie die Augen. »Du bist eine ganz tolle Küsserin.« Und dann versank auch er.

18

Als sie ihn am nächsten Morgen am anderen Ende des Studios sah, tief im Gespräch mit dem Regisseur versunken, hätte sie am liebsten auf dem Absatz kehrtgemacht. Ihr Herz klopfte wie wahnsinnig. Wie sollte sie sich verhalten, was sollte sie sagen? So tun, als wäre nichts passiert, als hätte sie nach seinen Küssen nicht die ganze Nacht wachgelegen – okay, eine Stunde hatte sie geschlafen –, mit wirren, erotischen Phantasien, die ihr jetzt, am Tag danach, nur noch peinlich und geschmacklos vorkamen.

Alles war irgendwie anders. Quatsch, alles war wie immer. Sie war eine kleine, unbedeutende Maskenbildnerin, und ER war Gott. Einen Abend lang war Gott auf irdischen Spuren gewandelt und hatte sich mit einer Irdischen eingelassen, aber jetzt war er wieder über den Wolken, unerreichbar.

Sie entschloß sich, die Supercoole zu spielen. Eine, für die es absolut nichts Besonderes war, Stars zu küssen.

»Giiiinaaaa!« Raimunds Stimme klang extrem ungeduldig. »Wo mein lila Lip Contourer ist, will ich wissen.«

Gina schreckte aus ihren Träumereien hoch. »Neben der Kleenexpackung«, antwortete sie automatisch und wandte sich ab. Sie spürte seine brennende Neugier geradezu körperlich, hatte aber keine Lust, sie zu befriedigen.

Raimund nahm den Lip Contourer und verrieb ihn auf den Lippen eines Komparsen, der den Sargträger auf Loni Gassmanns Begräbnis spielen sollte. »Schade, daß ich keinen einzigen Satz habe. Dabei hab ich gerade eine Sprechrolle in einem Abführmittel-Spot gehabt«, beklagte sich der Komparse gerade, aber Raimund hörte nicht zu. Er nahm es

Gina ausgesprochen übel, daß sie ihn so schmoren ließ, aber da er gleichzeitig ein klitzekleines Schuldgefühl wegen der Bettverwüstung hatte, mußte er sich zurückhalten. Seine vorsichtige Frage: »Na, war's schön gestern?« hatte sie mit einem kurzen »Danke, ja« abgeschmettert.

»Dein Verehrer kommt«, raunte er ihr jetzt zu. »Willst du oder soll ich?«

Gina war wie angewurzelt, unfähig, sich zu bewegen, geschweige denn, eine Entscheidung zu treffen. Sie fühlte, wie ihr eine rotglühende Lavamasse aus Scham und Lust vom Kopf bis zu den Zehenspitzen lief.

Josef Maria Baumgarten, ganz in Schwarz, weil seine Filmfrau heute beerdigt wurde, verspürte ebenfalls eine gewisse Beklommenheit, als er sich dem Schminkbereich näherte. Auch er hatte kaum geschlafen, sich hin und her gewälzt und sich schließlich in die Küche geschlichen, um sich eine Mettwurststulle zu schmieren. Dort war er auf Bertha gestoßen, die ebenfalls nicht schlafen konnte. Fast hätte er ihr alles erzählt, aber nur fast. Bloß keine schlafenden Hündinnen wecken!

Er fühlte sich so unsicher wie noch nie. Heiraten mußte er, Hügels Fotos ließen ihm keine andere Wahl. Er mußte auf Nummer Sicher gehen. Ein wahrscheinlich grausiges Drehbuch verfilmen ebenfalls. Obwohl es ihn auf perverse Weise sogar reizte, einen Crossdresser zu spielen. Einmal die Sau rauslassen, sich beruflich alles erlauben können, was ihm sonst öffentlich verboten war. Der ultimative Rumpelstilzchen-Kick – ach, wie gut, daß niemand weiß!

Ging es nicht auch ohne Hochzeit? Mit noch einer weiteren Frau im Haus würde er auch in seinen eigenen vier Wänden vorsichtig sein müssen. Der »Giftschrank«, in dem er seine Utensilien aufbewahrte, war zwar immer verschlossen, aber als Frau war Gina Neugier angeboren, also würde sie ver-

mutlich überall herumschnüffeln und ihm das Leben zur Hölle machen. Frauen waren zu allem fähig, das ahnte er. Und wenn er ihr die Wahrheit sagte?
Und sie damit schreiend zur Presse lief?
»Guten Morgen, Herr Baumgarten.« Raimund sagte es betont zuvorkommend. »Unter wessen zarten Händen möchten Sie liegen?« Er grinste maliziös, und Baumgarten unterdrückte einen kurzen, aber heftigen Impuls, das Gesicht dieses impertinenten Schwulis in einen seiner stinkenden Cremetöpfe zu drücken.
Er sah zur Seite, Gina auch, ihre Augen trafen sich, dann blickten beide weg. Und wieder hin. Ich benehme mich wie ein Schuljunge, dachte er ärgerlich. »Guten Morgen, Gina«, sagte er steif. Ihm war extrem unbehaglich.
»Guten Morgen«, erwiderte sie. »Wie geht es Ihnen?« Ihr fiel nichts anderes ein.
»Gut«, sagte er und setzte sich auf ihren Schminkstuhl. Raimund hätte er noch weniger ertragen. Im Spiegel trafen sich ihre Augen. Sie sieht müde aus, dachte er schuldbewußt. Er sieht kaputt aus, dachte sie und freute sich ein bißchen. Meinetwegen? Die Vorstellung, daß die gestrigen Ereignisse auch an ihm nicht spurlos vorübergegangen waren, tat ihr gut.
»Ich muß gar nicht soviel tun«, stellte sie fest. »Ihre Haut ist blaß, Augenschatten haben Sie auch. Ich muß alles nur noch ein wenig betonen.« Mit diesen Worten griff sie zum Pinsel und wischte damit energisch über sein Gesicht. Als wolle sie eine Fliege verscheuchen. Oder lästige Gedanken.
Josef Maria schloß die Augen, gab sich ganz dem Wohlgefühl hin, das ihre Hände und der weiche Pinsel in ihm auslösten. Es war seltsam. Obwohl sie sich kaum kannten – körperlich verstanden sie sich ohne Worte.
»Es war sehr schön gestern abend«, sagte er leise, ohne die

Augen zu öffnen. Gina kam es vor, als würden durch diese sechs Worte alle Schleusen in ihr geöffnet. Sie hätte sich auf ihn werfen und ihn mit heißen Küssen bedecken mögen. Ihm die schwarzen Kleider vom Leib reißen und dann ...
»Ich fand es auch sehr schön«, erwiderte sie statt dessen kühl.
So kühl, daß er erstaunt die Augen öffnete. »Sind Sie böse auf mich?« fragte er.
»Nein«, meinte sie und wollte mehr sagen, aber da sah sie Elmar Hügel auf sie zukommen und verstummte. Auch Baumgarten hatte ihn gesehen und zur Hölle gewünscht, aber leider haben Gedanken ja keine Transportkraft.
»Tagchen, Leute.« Die Stimme des Drehbuchautors klang seit einigen Tagen kräftiger und selbstbewußter, was Baumgarten leicht verstimmt zur Kenntnis nahm. Er setzte sich auf den freien Stuhl neben Josef Maria und beugte sich zu ihm herüber. »Ich hab die erste Szene fertig«, flüsterte er konspirativ. »Wollen Sie sie lesen?«
»Jetzt nicht, ich bin beschäftigt, später«, wehrte Baumgarten ab, doch als er die kalten Augen seines Gegenübers sah, lenkte er ein: »Gut, ich schau rein, sowie ich Zeit habe.« Haß und Ohnmacht stiegen in ihm hoch.
Hügel lächelte und legte eine Plastikhülle auf die Schminkkonsole. »Ich bin gespannt auf Ihre Reaktion«, sagte er und entschwand.
»Eine neue Rolle?« fragte Gina höflich und tupfte Baumgartens Augenringe noch dunkler. Er sah sie an und beschloß, den Stier bei den Hörnern zu packen. »Eine neue Rolle«, bestätigte er, »ich werde einen Crossdresser spielen.«
»Einen was?« fragte sie.
»Einen Crossdresser«, wiederholte er, »einen heterosexuellen Mann, der ab und zu gern Frauenkleider trägt.«
Deshalb hat er mir gestern diese komische Frage gestellt,

dachte Gina. Er war sozusagen schon in der Rolle. Aus unerfindlichen Gründen war sie erleichtert.
»Ist denn ein Crossdresser nicht dasselbe wie ein Transvestit?« fragte sie. »Ist doch im Grunde egal, wie oft ein Mann zur Frau werden will. Tunte ist Tunte.« Sie lachte, sah seinen kühlen Blick, verstummte. Offensichtlich nahm er seine Rollen sehr ernst, hatte keinerlei Humor, wenn's um seinen Beruf ging.
»Ein Transvestit ist meistens homosexuell«, belehrte er sie, »er fühlt sich zu Männern hingezogen und spielt deshalb gern die Rolle der Frau. Ein Crossdresser dagegen reagiert sexuell nur auf Frauen.«
Gina schwieg und verdaute seine Worte. Seine Augenlider zuckten, während sie ihn schminkte, offensichtlich erregte ihn dieses Gespräch mehr, als er sagen wollte. Warum nur? Berufliche Besessenheit? Private Verklemmtheit? Er wirkte weder besessen noch verklemmt auf sie. »Und wie reagieren Frauen auf einen Crossdresser?« fragte sie.
Baumgarten drehte sich um und sah sie an. Ahnte sie etwas, wollte sie ihn prüfen? »Es kommt auf die Frau an«, erwiderte er vorsichtig.
»Womit wir wieder beim Thema sind.« Gina lächelte. »Es scheint Sie nicht loszulassen. Eher ungewöhnlich für einen Mann. Ist Ihnen diese neue Rolle denn so wichtig?«
Sie ahnt gar nichts, wußte Baumgarten plötzlich und fühlte eine Mischung von Erleichterung und Enttäuschung. Es war auch besser so. »Mir sind alle Rollen wichtig«, wehrte er ab.
Gina spürte seine Abwehr und zog sich sofort zurück. »Das habe ich auch nicht anders von Ihnen erwartet«, sagte sie steif. »So, jetzt sehen Sie traurig genug aus.«
»Das bin ich auch«, meinte er nur, stand auf und ging nach draußen, wo ein wunderschöner Friedhof aufgebaut war.
Ich hab ihm weh getan, dachte Gina, aber womit?

»Ein kleiner Streit unter Liebenden?« Trotz gespitzter Ohren war Raimund das Gespräch entgangen, nicht aber die Gesichtsausdrücke der beiden. Da waren komplizierte Gefühle im Spiel, das spürte er sofort. Und wenn ihn Gina nicht sofort und restlos aufklärte, würde er ihr die Freundschaft kündigen. So wahr er Raimund Friederich Johann Riesig hieße.

Gina seufzte. Sie waren jetzt allein, die für die Szene benötigten Schauspieler versammelten sich auf dem Friedhof. Zeit für eine Zigarette und ein Kollegenpläuschchen. »Wir haben uns geküßt«, gestand Gina und sah ihren Freund an. »Und es war der absolute Wahnsinn.«

Raimund erschauerte. Er liebte solche Geschichten, wenn Gefühle explodierten, Menschen wahnsinnig wurden. Alltag war nichts für ihn. »Mit Zunge?« fragte er atemlos.

»Sogar mit zwei Zungen.« Jetzt grinste Gina. »Seine und meine.«

»Und dann?«

»Und dann ist er nach Hause gegangen. In mein Bett konnten wir ja nicht mehr. Dank deiner Session mit Ludo.« Gina sagte das nur, um ihn zu ärgern, denn es wäre ihr nicht im Traum eingefallen, gleich am ersten Abend mit Baumgarten ins Bett zu gehen. So war sie nicht. Und er wohl auch nicht.

Sie wußte nicht, ob sie diesem süßen, klebrigen Gefühl, das sie überkam, wann immer sie IHN sah oder an IHN dachte, nachgeben sollte, einfach, weil es sich so irrsinnig gut anfühlte, oder ob es klüger war, sich sofort und nachhaltig zu bremsen. *Natürlich* war es klüger. Aber auch langweiliger. Und sie hatte sich nichts Klebrig-Süßes gestattet, seit Jennys Vater sie nach Verkündung des Schwangerschaftstestergebnisses verlassen hatte, um sich nie wieder zu melden. Zuckerwatte vom Jahrmarkt war die einzige Süßigkeit, die sie sich in den letzten Jahren genehmigt hatte.

Raimund steckte sich eine Zigarette an und setzte seine

inquisitorische Miene auf. »Wirst du ihn wiedersehen?« fragte er. »Privat, meine ich.«
»Das hängt leider nicht von mir ab«, seufzte sie und nahm einen tiefen Zug aus seiner Zigarette.
»Hat er denn nichts zu dir gesagt?« Raimund nahm sich vor, bei Gelegenheit ein ernstes Wörtchen mit Baumgarten zu reden. Als einziger Mann in Ginas Leben fühlte er sich verantwortlich für sie.
Ginas nächste Frage schreckte ihn aus seinen Überlegungen.
»Hast du eigentlich schon mal Frauenkleider getragen?«
Raimund schüttelte energisch den Kopf. »Ich bin schwul, aber doch keine Fummeltrine!« stellte er empört fest. »Wolltest du was ausmisten? Dann geh doch lieber zum Roten Kreuz.«
Gina schwieg.
»Warum fragst du?« Raimund nahm ihr die Zigarette aus dem Mund, die sie bei ihm geschnorrt hatte. »Trägt dein Süßer etwa Frauenkleider?« Er wollte sich ausschütten vor Lachen.
Gina lachte unwillkürlich mit. Der Gedanke war wirklich zu komisch. Baumgarten, der Inbegriff des Männlichen, in einem Cocktailkleid. Aus dem dann seine Brustbehaarung herausquoll.
»Nur so«, schloß sie deshalb das Gespräch ab. »Und wenn du das nächste Mal so viele Flecken auf meinem Laken hinterläßt, dann bezahlst du die Reinigung.« Sie sah ihn strafend an, er machte schnell sein Kleiner-Junge-Gesicht, von dem er aus Erfahrung wußte, das es sie immer nachgiebig stimmte. »Mach ich auch nie wieder, Mami«, sagte er. »Großes Indianerehrenwort.«

Drehpause. Baumgarten saß auf dem Grabstein seiner eben unter die Erde beförderten geliebten Gattin und schlug das

Drehbuch von Hügel auf. *Ein Mann aus Samt und Seide* stand auf dem Deckblatt, frech und selbstbewußt. Darunter: Eine romantische Komödie von Elmar Hügel – Erste und zugleich letzte Fassung.

Baumgarten stieg die Zornesröte ins Gesicht. Was für eine Anmaßung! Es gab keine Drehbücher, deren erste Fassung gleich verfilmt wurde, drei bis fünf waren normal, mindestens. Mußte Hügel sein erpresserisches Tun derart zur Schau tragen? Jeder, der dieses Deckblatt sah, würde sich wundern, obwohl die meisten es wohl für einen Scherz halten würden.

»Gefällt es Ihnen?« Hügel war hinter ihn getreten. Sein heißer Atem streifte Baumgartens Hals wie ein Hauch aus der Hölle. Teuflisch.

»Ich lese noch«, sagte der Schauspieler kurz und vertiefte sich in den ersten Akt.

> In der Garderobe eines Nachtclubs – innen – Abend. Hans Jürgen Höhling, genannt Violetta, sitzt vor dem Spiegel und schminkt sich. Sie (er) bürstet ihre Augenbrauen hoch, schneidet sie ab, zieht dann ihre Haut straff zurück, um sie mit Tesafilm festzukleben.

Er kennt sich aus in der Szene, der Arsch, dachte Baumgarten. Ob er bei Daphne recherchiert hat? Dann las er weiter.

> VIOLETTA
> – zu ihrem Spiegelbild –
>
> *Spieglein, Spieglein an der Wand?*
> *Wer ist die Schönste im ganzen Land?*

Sie fängt an zu schluchzen, trommelt mit den Fäusten auf ihre Perücke. Die sich löst und einen ziemlich kahlen Männerkopf freigibt.

VIOLETTA

Ich werde nie eine richtige Frau sein!
Immer nur ein häßlicher Mann.
Wozu lebe ich überhaupt?

Baumgarten ließ das Drehbuch sinken. Er wußte nicht, was er sagen sollte. Er wußte nur, was er am liebsten tun würde. Aus dem Fenster springen. Zum Zigarettenholen an den Südpol fahren. Es war alles noch schlimmer und kitschiger, als er befürchtet hatte.

»Na?« Hügel befand sich auf Augenhöhe mit ihm. »Wie gefällt's?«

»Ich find's grausig«, sagte Baumgarten und warf das Drehbuch angeekelt fort. »So einen Superscheiß haben mir noch nicht einmal die Absolventen eines Drehbuchseminars geboten. Umschreiben, alles umschreiben.«

Er stand auf, wollte gehen, aber Hügel hielt ihn am Ärmel fest.

»Ich fürchte, Sie haben unsere Vereinbarungen vergessen.« Seine Stimme klang seidenweich. »Es gibt keine Änderungen im Drehbuch.«

Baumgarten sank auf den Grabstein zurück. »So einen Mist kann ich nicht spielen.« Er klang wie erloschen. »Ich habe schließlich einen Ruf zu verlieren.«

»Da sind wir beide ausnahmsweise einer Meinung«, sagte Hügel fröhlich. »Und jetzt werd ich weiterschreiben.«

Mit dieser Drohung verschwand er.

»Na, was wollte dein Damoklesschwert?« Kuschel hatte das Gespräch aus der Ferne beobachtet und schnell eine Tasse

tintenschwarzen Espresso besorgt. Sein Klient sah wie eine Wasserleiche aus. Was war passiert?
»Er hat mir seine erste Szene gezeigt«, erwiderte Baumgarten düster und nahm die Tasse.
»Und, besser als erwartet?« Kuschel verströmte berufserforderlichen Optimismus.
»Schlechter als befürchtet. Aber ich hab mir diese Suppe eingebrockt, ich werde sie auch auslöffeln.« Mit geballter Faust trommelte Baumgarten auf den Grabstein. Am Set wurde man auf sie aufmerksam, Kuschel hielt deshalb die Faust fest.
»Was wirst du tun?« fragte er. »Bevor du völlig die Fassung verlierst und dich zum Idioten machst, meine ich.«
Baumgarten lächelte. »Laß dich überraschen«, sagte er nur.
»Ich hasse deine Überraschungen«, entgegnete Kuschel resigniert.

19

Es war spät geworden. Die untergehende Sonne schickte ihre letzten, müden Strahlen von einem bleigrauen Himmel, als Gina mit schnellen Schritten zu ihrem Auto ging. Wie immer hatte sie keinen Parkplatz gefunden, weil die besten natürlich für wichtigere Leute als sie reserviert waren, also hatte sie illegal auf einem Rasenstück geparkt. Zum Glück war ihr Auto so klein, daß es kaum auffiel. Da sie in ihrer kurzen Mittagspause blitzschnell eingekauft hatte, war sie bepackt wie ein Eskimoweib. Sie stellte ihre Tüten auf der Motorhaube ab, kramte den Autoschlüssel aus den Tiefen ihrer Handtasche, als eine Stimme sie im Rücken traf wie eine glühende Messerspitze.

»Kann ich helfen?« Josef Maria Baumgarten, dessen Jeep auf dem privilegierten Parkplatz ein paar Schritte weiter stand, lächelte sie an.

»Danke, aber ich schaff's schon«, sagte sie kurz. Warum benehme ich mich immer so blöd in seiner Gegenwart, dachte sie ärgerlich, ich bin doch eine emanzipierte, souveräne Frau. Dieser Mann macht mich fertig. Sie drehte sich weg, wollte einsteigen, er stand immer noch da. »Ich muß dringend nach Hause, meine Tagesmutter wartet.« Er hörte die Ungeduld in ihrer Stimme, aber sein Anliegen war ihm wichtiger als ihre Terminplanung.

»Ich möchte Sie wiedersehen«, sagte er unumwunden, »und zwar so schnell wie möglich. Wann paßt es Ihnen?«

Sie grinste wie befreit. »Wenn Sie mit einem Auflauf, in dem die Reste der Woche stecken, vorlieb nehmen, paßt es mir sogar heute abend.«

»Ich liebe Aufläufe«, lächelte er. »Wollen wir einen Wagen stehenlassen oder beide nehmen?«
Die Frage klang harmlos, aber beide spürten, daß sie es nicht war. Sein Vorschlag ging über die Autofrage hinaus. Ziemlich weit sogar. Ein Auto bedeutete, daß einer von ihnen ohne Auto war. Spätnachts oder am nächsten Morgen.
Und das wiederum bedeutete ...
»Wir können einen Wagen nehmen«, meinte Gina bemüht nonchalant, »bei mir gibt's sowieso nie Parkplätze.«
Brigitte Mann, die Tagesmutter, warf ihr Jenny geradezu entgegen, als Gina die Tür aufschloß. Sie betreute sie mit ihren eigenen vierjährigen Zwillingssöhnen zusammen, es war mittlerweile halb acht, ihre Nerven lagen bloß. »Mensch, Gina«, zischte sie vorwurfsvoll, während sie ihren Jungs die Jacken zuknöpfte. »Ich hab doch auch mein kleines Leben.«
»Tut mir echt leid, Gitte«, sagte Gina zerknirscht. »Darf ich dir meinen, äh, Kollegen Josef Maria Baumgarten vorstellen?«
Er streckte die Hand aus, Brigitte ergriff sie begeistert, und da sie nichts mehr verabscheute als einen schlaffen Händedruck, drückte sie fest zu. »Autsch, das war mein Siegelring.« Schmerzverzerrt rieb Baumgarten seine Hand, versuchte ein gequältes Lächeln. »Guten Abend.«
»Guten Abend«, quietschte die Tagesmutter. »Ich bin ein großer Fan von Ihnen. In *Nur die Möwe kreischt* waren Sie großartig, mein absoluter Lieblingsfilm.«
»Das war ich nicht«, bemerkte Baumgarten trocken, »das war der Wussow.«
»Dann war eben der großartig«, sagte Brigitte, packte sich einen Jungen auf die Schulter, den anderen auf die Hüfte und verschwand.

Gina und Baumgarten sahen sich stumm an.
»Tja, so sieht's aus«, sagte sie überflüssigerweise, als ihr die Stille auffiel. »Wo ist Jenny?« Gemeinsam gingen sie auf die Suche. Und fanden sie, wo sonst, vor dem Fernseher.
»Brigitte hat mir das erlaubt!« schrie sie sofort, als sie den mütterlichen Vorwurfsblick sah. »Nur noch zehn Minuten. Dann ist die Bambi-Mami endlich tot.«
Gina focht einen sekundenlangen inneren Kampf aus zwischen Bequemlichkeit und Konsequenz. »Gut, aber dann machst du aus«, sagte sie und spürte Baumgartens amüsierten Blick. »Ich weiß, ich weiß«, seufzte sie, während sie mit ihm in die Küche ging und diverse Resteschüsseln aus dem Kühlschrank holte. »Der Graben zwischen Anspruch und Realität ist riesig, zumindest bei mir. Geht's Ihnen da anders?«
Sie saßen jetzt am Küchentisch, er rauchte eine Zigarette, sie pellte die Kartoffeln und schnitt sie in dünne Scheiben. Wann habe ich das letzte Mal an einem Küchentisch gegessen, überlegte er, als Kind? Marittel hatte es nicht gern, wenn man in ihrem Reich »herumspionierte«, wie sie es nannte, sie kochte am liebsten ungestört. Er betrat die Küche deshalb nur nachts, wenn er sich vor dem Einschlafen noch einen Snack aus dem turmhohen Kühlschrank stibitzte.
»Ich bin eigentlich kein Freund von guten Vorsätzen«, sagte er und schnappte sich blitzschnell eine kalte, gekochte Kartoffel, »weil ich ein sehr schwacher Mann bin.«
Gina lachte. »Sie sind schwach?« rief sie. »Das halte ich für reine Koketterie.«
Sie stellte eine Pfanne auf den Herd, tat Butter, Zwiebeln und Speck hinein. Dann schaufelte sie die Reste der Woche dazu. »Fertig ist die Laube«, sagte sie und lächelte ihn an, während sie über alles Schnittlauch schnipselte.

Ihre Finger waren flink und geübt, und als er sich vorstellte, was diese Finger wohl alles mit ihm anstellen konnten, wurde ihm so heiß, daß er sich schnell nach vorn bückte und an seinen Schuhbändern herumfummelte. Erst als er sich seiner Gesichtsfarbe wieder sicher war, tauchte er auf. »Bitte schön knusprig«, sagte er.

Gina stand mit dem Rücken zu ihm. »Meinen Sie die Kartoffeln?« Zu seiner Überraschung klang ihre Stimme ausgesprochen flirtig.

»Im Augenblick meine ich die Kartoffeln«, flirtete er zurück, »aber es gibt ja sicher auch noch einen Nachtisch.«

Sie drehte sich um. Ihr Gesicht glühte. »Eigentlich nur sonntags«, sagte sie.

»Heute ist Sonntag.« Sein Blick hielt sie fest.

»Mami, ich hab Hunger!« Jenny stand in der Küche und musterte den Gast aus prüfenden Kinderaugen. »Du schon wieder«, sagte sie nur. »Hast du mir was mitgebracht?«

»Diesmal nicht«, meinte er bedauernd, »aber nächstes Mal bestimmt. Was möchtest du denn?«

Jennys Kinderaugen wurden tellerrund. »Also«, begann sie, hochkonzentriert, »ich möchte eine Hollywood-Hair-Barbie oder einen Schminkkoffer oder eine Giraffe, die sprechen kann ...«

»Mach mir eine Liste«, schlug Baumgarten vor, der sich unter keinem dieser Vorschläge etwas vorstellen konnte. »Und jetzt hab ich auch Hunger.« Ich rede wie ein kleinbürgerlicher Familienpapi, dachte er amüsiert. Ach, wie gut, daß niemand weiß ... Gina stellte die dampfende Pfanne auf den Tisch. »Nichts Tolles, aber wir mögen so was.« Warum entschuldigte sie ihre Eßgewohnheiten? Nicht jeder war mit Kaviar und Hummer groß geworden.

Ein sehr merkwürdiges Gefühl, diesen berühmten Mann jetzt hemdsärmelig an ihrem Küchentisch sitzen zu sehen.

Merkwürdig, dabei zugleich sehr vertraut. Wie ein Chamäleon, dachte sie, das sich in jeder neuen Umgebung neu verwandelt. Im Studio der große Mime, dessen Ruhm alle einschüchtert, und hier, bei ihr, der Auflaufesser. »Guten Appetit!« wünschte sie und sah zufrieden, daß er sich den Teller vollgehäuft hatte.

Ob er bei vielen Frauen am Küchentisch sitzt? Ob er mit vielen Frauen schläft? Plötzlich fiel ihr sein Jeep ein, der noch auf dem Studioparkplatz stand. Ob er nachher ein Taxi nehmen wollte? Oder ob ...? Energisch drückte sie all die Fragen weg. »Noch etwas?«

»Gern«, sagte er.

Ob ich heute schon mit ihr schlafen sollte, überlegte Baumgarten, während er sich wunderte, wie gut ihm dieser undefinierbare Auflauf schmeckte. Dann sollte ich jetzt besser nichts mehr essen. Ein voller Bauch kopuliert nicht gern. Er war hin- und hergerissen. Selten hatte er sich derartig unschlüssig gefühlt. Fast sehnte er sich nach einem klaren, mütterlichen Befehl von Bertha: »Maria, kein Zögern mehr, du heiratest dieses nette Mädchen, und dann sehen wir weiter. Morgen ist schließlich auch noch ein Tag.« Wer hatte das noch gesagt? Rhett Butler oder Scarlett?

Er schob den halbvollen Teller von sich. »Ich kann nicht mehr«, stöhnte er. »Jetzt hätte ich gern ein Verdauungsschnäpschen.« Gina, auf deren Schoß die kleine Jenny sanft eingeschlummert war, stand vorsichtig auf. »Ich bring sie schnell ins Bett«, flüsterte sie. »Meine kleine Bar steht im Wohnzimmer, Gläser auch. Sie können sich gern bedienen.« Sie verschwand, er ging ins Wohnzimmer und sah sich neugierig um. Kein Vergleich natürlich mit dem eleganten, antiquarischen Ambiente seines Hauses. Bei Gina hatte King Ikea zugeschlagen, dazu ein paar Möbelstücke vom Flohmarkt, es sah wühlig-wohnlich aus. Bertha hätte vermutlich die Hände über dem Kopf zusammengeschlagen, ihm gefiel's. Wahrscheinlich ein Erbteil seines proletigen Erzeugers. Die alkoholischen Getränke standen in einem kleinen ausrangierten Gitterbett. Er nahm sich eine Flasche Whisky, schraubte sie auf, schaute sich um, keiner da, setzte sie an den Hals und trank ein paar Schlucke. Der Whisky rann warm und leicht brennend durch seine Speiseröhre und entspannte ihn sofort. Er schraubte die Flasche wieder zu und trug sie mit zwei Gläsern in die Küche.

»Möchten Sie auch einen Whisky?« fragte er und stopfte sich schnell einen kalten Rosenkohl in den Mund, damit sie seine Fahne nicht roch.

Gina hatte inzwischen den Tisch abgeräumt, sich diskret im Badezimmer aufgefrischt. Ihr war sehr nach Duschen zumute, aber das ging ja leider nicht.

»Einen ganz großen«, bat sie und entschloß sich zur Ehrlichkeit. »Ich bin nämlich im Augenblick total verklemmt. Tut mir leid, aber Sie irritieren mich.«

Ihr Geständnis entklemmte ihn total. »Ich irritiere Sie?« lachte er. »Wie wunderbar. Sie irritieren mich genauso.«

Sie sahen sich an, beide vom Whisky leicht beschwipst, und ohne ein einziges weiteres Wort nahm er ihre Hand und zog sie hoch. Der Sprung ins kalte Bett.

»Komm«, flüsterte er, und sie fragte nicht wohin. Sie wußte es.

Als Gina nach drei Stunden die Augen öffnete und den Mond betrachtete, der durch ihr vorhangloses geöffnetes Schlafzimmerfenster fiel, war sie so entspannt, daß ihr das leise Schnarchen von der anderen Bettseite zunächst ganz normal vorkam. Es paßte zu dem leichten Rauschen der Bäume, zur sanften Musik aus dem Küchenradio, zur Wohligkeit in ihrem Körper. Sie dehnte und streckte sich wie eine Katze, als das Schnarchen plötzlich in einen spitzen Pfeifton überging, Mit einem Ruck setzte sie sich auf. Neben ihr lag ein Mann. Nicht *ein* Mann, Josef Maria Baumgarten! Und er schnarchte wie ein Bierkutscher.

Während sie mit klopfendem Herzen in die Kissen zurücksank, fiel ihr alles wieder ein. Seine langen, weichen Küsse, seine Hände, die überall gleichzeitig waren, sein harter, maskuliner Körper. Sie war in einen Rausch mit ihm versunken, in einen Sinnestaumel, der nicht nur damit zu tun haben konnte, daß sie, wie Raimund es ausdrückte, »seit Jahren am Trockendock lag«, sondern vielmehr mit dieser wortlosen Übereinstimmung ihrer Körper, die zusammenpaßten wie zwei Puzzlestücke. Sie war weich, wo er hart, rund, wo er eckig war, und als er sich endlich ganz auf sie legte, hatte sie nur gedacht: endlich.

Vorsichtig lüpfte sie die Bettdecke und betrachtete seinen erstaunlichen Körper. Obenrum war er wie gemeißelt, kein Gramm zuviel. Ihre Hände wanderten nach unten, streichelten seinen Bauchnabel. Hier war er einen Tick weicher, aber sie mochte das. Sie legte ihre heißen Hände auf seinen Bauch und streichelte ihn. Er grunzte. Wachte aber nicht auf. Also traute sie sich weiter. Rücken, Po, Beine, Arme.

Irgend etwas war anders, aber ihre Fingerkuppen, die zärtlich jeden Quadratzentimeter seiner Haut ertasteten, brauchten einen langen Augenblick, bis ihnen auffiel, was es war. Sofort zuckten sie zurück. Seine Haut war glatt wie die eines Babys. Josef Maria hatte kein einziges Körperhaar! Nur in der Achselhöhle und unterhalb des Bauchnabels wucherte ein dunkles Büschel. Er mußte sich jeden Tag am ganzen Körper rasieren, um diese Glattheit zu erhalten. Vielleicht nahm er auch Enthaarungscreme oder ließ sich entwachsen. Ein ekliger Gedanke – bei einem Mann. Möglicherweise war's auch eine Erbkrankheit.

Sie knipste das Licht wieder aus und starrte im Dunkeln an die Decke. Oder er hatte mal Krebs gehabt, und die Chemotherapie hatte alle Haarzellen bis auf den Achsel- und Schambereich zerstört. Und das Haupthaar? Eine Perücke? Vorsichtig zog sie daran.
Mit einem heiseren Schrei wachte Josef Maria auf und blickte wirr um sich.
»Wo bin ich, was ist ...?« Dann sah er Gina und schwieg.
»Hallo.« Seine Stimme klang rauh, er räusperte sich. »Das war wohl ein Whisky zuviel.« Er sank wieder in die Kissen zurück, unschlüssig. Sollte er aufstehen und gehen? Bleiben?
»Soll ich ein Taxi rufen?« fragte Gina kühl. Sie war also nur eine seiner kleinen Rauschnummern gewesen. Blöd von ihr, mehr darin gesehen zu haben.
Er sagte nichts, sah sie nur an. Im fahlen Mondlicht sah sie mit ihren langen, wirren Locken wie Rapunzel aus. »Ich will kein Taxi«, flüsterte er und zog sie auf sich. »Ich will dich.«
Und in den Kuß, mit dem er ihr dann die Lippen minutenlang verschloß, legte er all das, was er nicht in Worte fassen konnte. Sein Geheimnis, das er ihr nicht anvertrauen, seine Gefühle für sie, die er nicht erklären konnte, die Bitte um Vergebung für all das, was er ihr in der nächsten Zeit antun würde.
Mit einem leichten Schmatzlaut zog Gina ihre Lippen zurück. »Willst etwa ins Guinness-Buch der Rekorde?« flachste sie, weil die Intensität seines Kusses sie leicht verschreckt hatte. »Oder küßt du alle Frauen so?«
Er setzte sich auf und stopfte sich ein Kissen in den Rücken. Das machte er immer, wenn er klar denken mußte. Das Blut muß gerade laufen, im Liegen funktioniert das Gehirn nicht, hatte ihm Bertha schon als Kind eingetrichtert. »Nicht alle Frauen«, sagte er betont, »nur Frauen, die ich heiraten möchte.« Jetzt ist es passiert, dachte er. *The point of no return.* Aber Gina begriff gar nichts.

»Wie viele hast du denn schon geheiratet?« Auch sie saß jetzt und rauchte eine Zigarette.
»Noch keine«, sagte er, »aber ich will.«
»Du willst was?«
»Ich will eine heiraten.«
»Oh«, machte sie nur, und ihr Herz fing wild an zu klopfen.
»Jemand, den ich kenne?«
»Jemand, den du sogar sehr gut kennst.«
Er zog sie auf seinen Schoß, nackt, wie sie war.
»Ich möchte dich heiraten, Gina«, sagte er sehr ernst.
Gina schluckte. Ihr fiel nichts ein, kein einziges Wort. Sie sah ihn nur an. »Warum das denn?« brachte sie endlich mühsam heraus. »Wir kennen uns doch überhaupt nicht.«
Er zog sie noch dichter an sich heran, so dicht, daß sie sich beide nicht mehr konzentrieren konnten. »Du wirst mich kennenlernen«, versprach er, »wenn du es willst.« Ein sehr merkwürdiger Heiratsantrag, dachte Gina, aber ihre Sinne wurden immer vernebelter. Er hatte sich gedreht, lag jetzt halb auf ihr ... oh, o Gott. Da fühlte sie ihn wieder, diesen babyweichen Männerkörper. Warum hast du eigentlich keine Haare, wollte sie gerade fragen, aber da war er schon in ihr und diese Frage das Unwichtigste von der Welt.
»Ja, ja, ja«, keuchte sie, »ich will, ich will, ich will.«

20

Von außen sah das Haus, auf das Gina, mit Jenny an der Hand, jetzt zuschritt, so einschüchternd nobel und elegant aus, daß sie am liebsten wieder umgekehrt wäre. Eine weißgestrichene Villa aus der Gründerzeit mit grauen Fensterläden und roten Geranien in den Blumenkästen; auch die Rasenfläche des kleinen Vorgartens war so picobello wie ein frisch gesaugter grüner Teppich.

»Bleib mal kurz stehen, Jenny.« Ginas Nerven flatterten. »Deine Schleife sitzt schief.«

»Ich möchte, daß du meine Mutter kennenlernst«, hatte Josef beim Abschied gesagt, so als sei es das Selbstverständlichste von der Welt. »Nach einer Nacht?« hatte sie ungläubig zurückgefragt. »Ist das nicht etwas voreilig?« Er war schon in Hut und Mantel gewesen, ein Mann auf dem Weg zur Arbeit. »Voreilig?« fragte er auf der Türschwelle. »Wo wir doch in einem Monat heiraten wollen?« *In einem Monat?* Sie hatte sich vor Schreck verschluckt, aber er war schon auf der Treppe. Heute nachmittag, hatte er gerufen. Bring keine Blumen mit, Bertha hat einen ganz speziellen Geschmack.

Jetzt stand sie hier mit einer Sahnetrüffelpackung in der einen und ihrer zappeligen Tochter an der anderen Hand vor der Gartenpforte seines Hauses und fühlte sich wie ein Eindringling. Josef Maria hatte sie derartig überrollt, daß sie nach seinem Heiratsantrag völlig durcheinander gewesen war. Wie im Schock hatte sie den Morgen durchwandelt. Weckte Jenny, brachte sie zum Kindergarten, rief die Maske an, um sich wegen akuter Darmgrippe zu entschuldigen,

räumte die Wohnung auf, blieb endlos lang an ihrem Bett stehen, setzte sich auf die Bettkante und schnüffelte an der von ihm benutzten Bettwäsche. Komisch, dachte sie, er riecht ein bißchen nach Frau. Mein Parfüm ist es jedenfalls nicht. Vielleicht das einer anderen? Schnell verdrängte sie diesen Gedanken. Einbildung.
»Wollen Sie zu uns?« Ein Frauenkopf erschien in einem Fenster des ersten Stockwerks. Spätes Mittelalter, runder Kopf, umrahmt von vielen, grauen Schweinelöckchen. Seine Mutter, dachte Gina erleichtert, niedlich sieht sie aus.
»Ich bin Gina«, rief sie hoch. »Und das ist meine Tochter Jennifer.« Jenny streckte die Zunge raus. Die Frau lachte.
»Wir erwarten Sie schon.«
Die Haustür wurde geöffnet. Eine kleine, runde Frau, um deren Mitte sich eine weißgestärkte Schürze spannte, streckte ihnen lächelnd die Hand entgegen. »Guten Tag, ich bin Marittel, die Haushälterin. Frau Baumgarten erwartet Sie im Salon.« Mit einem zaghaften Lächeln, dessen Verkrampftheit sie bis in die Zähne spürte, betrat Gina ihre zukünftige Heimat. Eine sehr geräumige, schwarzweiß geflieste Diele, die den Blick auf eine breite, geschwungene Treppe freigab. Zwei turmhohe Palmen standen Spalier.
Auch hier war alles makellos. Einschüchternd makellos.
»Darf ich?« Marittel hatte den Arm ausgestreckt, um ihr aus dem Mantel zu helfen. Jetzt aus einem Nobelzwirn schlüpfen können, dachte Gina und schälte sich verlegen aus ihrem abgewetzten Regenmantel. Sie hatte den Eindruck, daß Marittel ihn mit spitzen Fingern entgegennahm und an die Garderobe hängte, wo er neben den deutlich teureren Mänteln von Bertha Baumgarten einen reichlich armseligen Eindruck machte. Aber das war sicher nur ihre tödliche Unsicherheit, denn Marittel sah nicht so aus, als wenn sie das Leben mit spitzen Fingern anpackte.

Jenny, der die Beklemmungen ihrer Mutter völlig fremd waren, stand mit großen, neugierigen Augen an der Treppe. »Darf ich da mal ganz schnell runterrutschen?« fragte sie. »Bitte, bitte, bitte.«
»Jenny, benimm dich, wir sind hier zu Besuch«, sagte Gina schnell, aber Marittel zeigte nur aufs Geländer. »Paß aber auf, daß du nicht zu schnell bist«, lächelte sie. »Ich hab gerade alles gewachst.« Doch Jenny lief bereits die Treppe hinauf, schwang sich bäuchlings aufs Geländer, und, wuuuschsch, war sie wieder unten.
»Kinder«, sagte Marittel, »die haben uns hier wirklich gefehlt. Das Haus ist zu ruhig.« Gina schwieg, weil ihr keine passende Bemerkung einfiel. »Aber das wird sich ja vielleicht mal ändern.« Jetzt grinste die Haushälterin, und Gina grinste zögerlich zurück. Wußten denn alle schon Bescheid? Sie fühlte sich überrumpelt. Und wenn ich nun nicht will?
»Bitte folgen Sie mir.« Marittel war wieder förmlich geworden und ging auf eine breite, holzgeschnitzte Tür zu. Im Rahmen drehte sie sich noch einmal um und flüsterte: »Nur ein kleiner Tip: Hunde, die bellen, beißen nicht.« Mit diesen Worten öffnete sie die Tür, Gina und Jenny traten ein.
»Sie kommen eine Viertelstunde zu spät«, tönte es aus einem rotsamtenen Lehnsessel, der vor dem Fenster stand. »Kommen Sie her, damit ich Sie begrüßen kann.«
Wie in der Schule, wenn man zur Direktorin gerufen wird, dachte Gina beklommen, als sie, Jennys Hand fest umklammert, über den Aubusson-Teppich zum Fenster ging, Marittel hatte die Tür geräuschlos geschlossen. Sie waren allein.
»Kommen Sie, kommen Sie, ich beiße nicht.« Die tiefe Stimme von Bertha Baumgarten klang ungeduldig. »Ah, da sind Sie ja, und gleich mit Anhang.« Sie streckte die Hand aus, ihr Händedruck war kurz und fest, ungewöhnlich für

eine Frau von fast siebzig, Aber sie war groß und kräftig, mit einem vollen, graublonden Dutt auf dem Kopf.
Hübsches Mädel, dachte Bertha, aber noch völlig unfertig. Dafür gleich mit Gör. Lausige Lebensplanung. Die will er also heiraten. Jetzt, wo Maria Nägel mit Köpfen zu machen schien, fühlte sich seine Mutter seltsam unsicher, fast eine Spur ärgerlich. Wie ein Hund, an dessen sorgsam gepinkelter Duftmarke ein anderer herumschnuppert. »Spar dir die Spucke, Mama«, hatte er in ganz ungewohnter Respektlosigkeit zu ihr gesagt, als sie den Mund zu einem Protestlaut spitzte, »diese oder gar keine. Also benimm dich gut, verschreck sie nicht gleich.« – »Ich?« hatte sie empört gesagt. – »Ja, du.« Er war ungewöhnlich streng gewesen. »Wir wissen beide, wie du sein kannst.«
»Warum bist du so alt?« fiepte Jenny im sicheren Schutz des mütterlichen Rückens. »Stirbst du bald?« Gina errötete. »Sie meint natürlich nicht alt, sondern ...«
»Natürlich meinst du alt, nicht wahr, du kleines Monsterkind?« Bertha schwankte zwischen Amüsement und echtem Ärger. Ungezogenes Ding, dachte sie, so etwas hat sich meine Maria nie herausgenommen. »Gib mir die Hand und mach einen Knicks«, sagte sie und sah Jenny auffordernd an.
»Sie weiß leider nicht, was ein Knicks ist«, murmelte Gina entschuldigend und dachte: Das ist ja noch schlimmer, als ich befürchtet habe, die Alte ist ja ’ne richtig böse Schwiegermutter.
»Dann ohne Knicks. Wie heißt du?« Bertha hatte Jenny zu sich hergezogen, musterte sie prüfend.
»Ich heiß Jenny, und du?« fragte das Mädchen, überhaupt nicht eingeschüchtert.
»Ich heiße Frau Baumgarten. Aber weil du noch so klein und dumm bist, darfst du mich Tante Bertha nennen.«

Es sollte scherzhaft klingen, wirkte aber in ihrer rauhen Altfrauenstimme wie eine Drohung. »Willst du einen Schmatz, Tante Bertha?« fragte Jenny unschuldig, und ehe eine der Frauen etwas sagen konnte, war Jenny auf Bertha Baumgartens Schoß geklettert und hatte sie feuchtschmierig abgeküßt. Bertha war so entsetzt, daß ihr, was sehr selten vorkam, völlig die Worte fehlten. Sie japste nur.
»Wo soll ich den Kaffee hinstellen, Frau Baumgarten?« Marittel hatte unbemerkt den Salon betreten, in der Hand hielt sie eine silberne Kaffeekanne.
»Wir nehmen den Kaffee im Biedermeierwinkel«, ordnete Bertha an. »Und bring mir bitte einen Waschlappen, wenn du wiederkommst.«
Mit einem leichten Stöhnen, das »Ich bin alt, nehmt Rücksicht« signalisieren sollte, obwohl sie kerngesund war, wie Hausarzt Dr. Lippert ihr immer wieder bestätigte, stemmte sie sich aus dem Ohrensessel und ging auf die Biedermeiergarnitur zu, die in der anderen Ecke des riesigen Salons stand. Ein Erbstück ihres Onkels, auf das sie sehr stolz war.
»Setzen Sie sich bitte«, sagte sie zu Gina, »und bitte keine Flecken. Die gehen nämlich ganz schlecht wieder raus.«
»Ich werde mich bemühen, Frau Baumgarten«, sagte Gina und nahm auf der äußersten Stuhlkante Platz.
»Milch, Zucker?« Bertha griff zur Kanne. »Lassen Sie uns Konversation machen. Mein Sohn wünscht ja, daß wir uns kennenlernen.«
»Beides«, antwortete Gina und schwieg.
»Sie sind Maskenbildnerin?« Bertha sprach das Wort wie eine Beleidigung aus.
»Ja, sehr gern sogar«, sagte Gina trotzig, »schließlich muß ich mich und meine Tochter durchbringen.«
Und das ist dir jetzt zu mühsam geworden, und deshalb hängst du dich an meine Maria, dachte Bertha, und liebend

gern hätte sie es auch laut ausgesprochen. Wieder kroch diese Mischung von Unsicherheit und Ärger in ihr hoch. »Ah, da kommt der Kuchen«, rief sie erleichtert, das Gespräch mit diesem mundfaulen, schüchternen Mädchen strengte sie an. Und die kleine Rotzgöre da auf ihren teuren Polstern trug auch nichts zu ihrem Wohlbefinden bei. Jetzt rieb sie gerade mit ihrem schmutzigen Zeigefinger auf der Sitzlehne hin und her. Bertha beschloß, sich ihrem Sohn zuliebe gastfreundlich zu verhalten, was ihr sehr schwer fiel.
Marittel stellte eine Käsesahnetorte auf den Tisch. Dicke Luft, dachte sie und entschwand. Die Chefin ist stutenbissig, weil eine neue Frau ins Haus kommt. Aber da müssen wir durch.
»Groß oder klein?« fragte Bertha die kleine Jenny und schnitt die Torte an.
»So groß, wie du kannst«, strahlte das Mädchen. »Ich hab Riesenhunger.«
Kriegst wahrscheinlich zu Hause nicht genug, dachte die alte Dame und schnitt ein Riesenstück ab, legte es auf einen Teller. »Schön appetitlich essen, Jenny«, mahnte sie und wandte sich an Gina: »Und die Mami? Auch so ein großes Stück?«
Wie kommt ein so netter Mann zu dieser biestigen Mutter, dachte Gina und hielt Bertha ihren Teller hin. Ich muß mich behaupten, sonst seh ich hier keine Sonne mehr. »Genauso groß, wenn's geht«, lächelte sie freundlich, »der Kuchen sieht phantastisch aus, Frau Baumgarten. Vielen Dank für die Einladung.« Bertha zuckte zusammen: »Das war nicht meine Idee«, meinte sie spitz und tippte mit angefeuchtetem Zeigefinger die Krümel auf, die um Jennys Teller lagen, »Maria möchte, daß wir uns kennenlernen.«
»Maria?« fragte Jenny. »Haben Sie noch eine Tochter?«
Bertha seufzte ungeduldig. »Ich spreche von Josef Maria.«

»Warum nennen Sie ihn denn Maria?«
Warum nenn ich ihn Maria, überlegte Bertha. Weil ich gern eine Tochter gehabt hätte. Und weil ich in Josef manchmal Maria sehe. Aber das geht dich überhaupt nichts an.
»Weil's sein Name ist«, beendete sie das Thema. »Ist doch egal, ob ich ihn Josef oder Maria nenne. Er hört auf beides.«
Eigenartige Mutter-Sohn-Beziehung, dachte Gina pikiert. Aus den Augenwinkeln sah sie, wie Jenny konzentriert die Käsesahne auf ihrem Stuhl verschmierte. Gerade wollte sie die Kinderhand diskret beiseite schieben, als sich Bertha mit einem schrillen Aufschrei erhob und Jenny den Löffel aus der Hand schlug. »Hab ich dir nicht ausdrücklich gesagt, du sollst dich in acht nehmen?« rief sie vorwurfsvoll. Jenny hatte sich vor Schreck ganz klein gemacht. »Bist du jetzt böse, Tante Bertha?« Ihre Stimme war winzig und ängstlich. »Haust du mich?«
Bertha sah in die furchtsamen Augen des kleinen Mädchens, und ganz plötzlich schämte sie sich. »Ich bin überhaupt nicht böse«, meinte sie versöhnlich, und zum erstenmal an diesem Nachmittag lächelte sie. »Die Flecken gehen ja schließlich wieder raus.«
Dein Sohn hat ja nur getan, was du dir seit Jahren gewünscht hast, Bertha Baumgarten, jetzt ist es endlich soweit. Krieg dich also wieder ein, du Zimtzicke. Mit der Resolutheit, die sie bis jetzt durchs Leben geführt hatte, beschloß Bertha Baumgarten, die kommenden Entwicklungen in ihrer Familie gelassen zu sehen. Vielleicht hatte Marittel ja recht, es war oft sehr einsam bei ihnen, sie brauchten mehr Leben im Haus.
»Noch eine Tasse Kaffee?« fragte sie und schenkte nach, ohne die Antwort abzuwarten. »Sie haben Josef also bei der Arbeit kennengelernt?«
»Ich schminke ihn täglich«, erwiderte Gina, die erleichtert

den offensichtlichen Stimmungsumschwung ihrer Gastgeberin registriert hatte.
»Und, ist seine Haut nicht wunderbar?« fragte Bertha.
»Ja, das ist sie«, bestätigte Gina etwas erstaunt. »Sehr weich – für einen Mann. Schön«, fügte sie hinzu und sah in Berthas leuchtende Augen.
»Diese Haut hat er schon als Baby gehabt«, flüsterte Bertha, als verrate sie ein kleines, sündiges Geheimnis. »Er war ein ausgesprochen niedliches Kind. Wollen Sie mal Fotos sehen?«
Ohne Ginas Nicken abzuwarten, erhob sich Bertha und legte ihr ein ledergebundenes Fotoalbum auf die Knie. »Josef Maria, geb. am 14. 4. 1950« war in goldenen Buchstaben aufs Deckblatt geprägt.
»Sein erstes Lebensjahr«, flüsterte Bertha verzückt und schlug das Buch auf. »Hier, da ist er zwei Wochen alt, den rosa Strampelanzug hab ich selbst gestrickt. Sehen Sie das Grübchen? Das hat er von mir.«
»Was hab ich von dir?« Unbemerkt war Josef Maria eingetreten. Die Frauen zuckten zusammen, nur Jenny sprang vom Sofa und lief auf ihn zu. »Onkel Josef, Onkel Josef, ich bin vorhin dein Geländer runtergerutscht. Das war cool.« Baumgarten breitete die Arme aus, Jenny warf sich hinein, er wirbelte sie im Kreis herum.
»Paß doch auf, Maria!« rief Bertha, aber es war zu spät. Jennys wirbelnde Füße waren gegen die Wedgwood-Teekanne gestoßen, die klirrend zu Boden fiel und dort in tausend Stücke zerbrach. Bertha machte eine heroische Anstrengung, sich nicht zu ärgern, aber dieser Nachmittag war zuviel. Sie brach in bittere Tränen aus. Jenny heulte vor Schreck gleich mit. Gina und Josef schauten sich über die Schluchzenden hinweg an. Über ihren Köpfen schwebten zwei Spruchblasen.

Eine tolle Idee von dir, dieses Familientreffen. Deine Mutter ist fix und foxi.
Sie wird sich an dich gewöhnen. Und du dich an sie. Alles eine Frage der Zeit.
Bist du dir immer noch sicher? Ich bin's nämlich überhaupt nicht.
Ich bin mir ganz sicher. Cheese.
Also lächelte sie. Es war alles total verrückt. Sie ging auf ihn zu, er zog sie an sich und küßte sie. Vor seiner Mutter.
Jenny, mit der unsichtbaren Antenne aller Kinder für Dinge, die sie eigentlich nicht mitkriegen sollen, hörte in der Sekunde mit Schluchzen auf, als Gina selbstvergessen die Augen schloß und mit dem Zeigefinger über Josefs Wange streichelte.
»Babyweich«, flüsterte sie. »Deine Mutter hat recht.«
»Bertha hat immer recht«, frotzelte er und küßte weiter.
»Oma Bertha«, rief Jenny beglückt und zupfte die alte Dame am Ärmel, die gerade die herbeigeeilte Marittel vom Scherbenunglück unterrichtet hatte.
»Ich glaub, Onkel Maria kann genauso gut küssen wie meine Mami.«
»Wie schön, mein Kind«, meinte Bertha mit Zitronenmund.

21

Gina öffnete die Tür einen Spaltbreit. »Pssst, sie ist gerade eingeschlafen«, flüsterte sie und ließ ihn herein. Raimund zog seine metallbesohlten Doc Martens aus, die er praktisch ständig trug, seit einer seiner Ex-Lover behauptet hatte, er sähe damit besonders männlich-aggressiv aus, und ging auf Zehenspitzen in die Küche. Er holte sich ein Bier aus dem Kühlschrank, das er mit den Zähnen öffnete – Grund: siehe oben –, obwohl ihm dabei kürzlich eine teure Krone abgesplittert war. Dann konnte er sich nicht mehr beherrschen.

»Die Neugier platzt mir unterm Mieder«, verkündete er. »Ich erhebe mich nicht eher von diesem Küchenstuhl, bis ich alles weiß. Jede schmutzige Einzelheit.«

Gina, schon im Nachthemd, nahm seufzend ihm gegenüber Platz. »Es ist alles noch komplizierter, als du glaubst«, begann sie. »Ich weiß gar nicht, wo ich anfangen soll.«

»Wichtige Dinge zuerst«, forderte Raimund und holte sich gleich eine zweite Flasche. »Habt ihr oder habt ihr nicht?«

»Haben wir was?«

»Nun tu nicht so blöd. Die Laken geknutscht, gerödelt, die horizontale Konversation gepflegt ...«

»Haben wir.« Gina errötete.

»Und ... wie war's? Nun komm schon. Sonst mach ich nie wieder Babysitting.«

»Er will mich heiraten.«

»Was?« Raimund prustete das mundwarme Bier in einem dicken, feuchten Strahl über den Tisch. »Sorry, aber du willst mich verarschen, oder?«

»Nein, er will tatsächlich. Und zwar so schnell wie möglich.«

»Ich glaub dir kein Wort. Warum sollte er das tun?«
»Vielleicht hat er sich in mich verliebt. Wäre das eine so absurde Vorstellung?«
»Nun schnapp nicht gleich ein, meine Süße. Normalerweise nicht, aber in diesem Fall ... ein Mann wie Baumgarten ...«
»Ist kein Mann für mich, meinst du? Weil ich nur eine kleine, unbedeutende Maskenbildnerin bin.«
»Schrei nicht so, deine Tochter wacht auf.«
»Ich glaube, er liebt mich.«
»Liebst du ihn denn auch?«
»Er hat so was Trauriges in den Augen.«
»Sehr interessant. Und darauf fährst du ab? Trauriges hast du doch genug in deinem Leben.«
»Deswegen paßt es ja so gut.«
Gina stand auf und zog ihren Bademantel glatt. »Außer dir und seiner Mutter weiß niemand etwas«, sagte sie. »Wir wollen alles klammheimlich über die Bühne bringen. Also wehe ...«
Raimund blieb sitzen. Es war inzwischen zwei Uhr morgens, aber das Gespräch war für ihn noch lange nicht erledigt. »Eins noch«, sagte er mit Widerspruch-ist-zwecklos-Stimme. »Wenn ich nicht Trauzeuge bin, kündige ich dir hiermit die Freundschaft. Ist das klar?«
Gina lächelte. »Versprochen. Schade, daß ich nicht kirchlich heirate, dann hättest du mit Jenny Blumen streuen können.«
»Sehr witzig, junge Frau.« Endlich stand er auf. »Ich wünsche dir viel Glück für die Zukunft.« In der Tür drehte er sich noch einmal um. »Ich hab das dumpfe Gefühl, daß du es brauchen wirst.«

Zur gleichen Zeit saß Josef Maria Baumgarten auf seiner Bettkante und sah in den sternenfunkelnden Nachthimmel. Sein Leben, so wie er es bisher gelebt hatte, würde sich in

ein paar Wochen nachhaltig ändern. Eine Frau würde dann sein Leben teilen – und ein Kind. Jede Nacht würde sie neben ihm liegen, jeden Morgen in seinem Badezimmer ihre Zähne putzen. Ihre Kleider würden in seinem Schrank ... *in seinem Schrank!!!*
Er stand auf und öffnete die Tür zum seinem begehbaren Kleiderschrank, einer umgebauten Besenkammer. Die Türen waren verspiegelt, von oben warfen gedimmte Glühbirnen schmeichelndes Licht auf den An- und Ausziehenden. Sein Refugium. Sein Lieblingsort. Stundenlang konnte er sich hier aufhalten, alle Türen öffnen, die Anzüge, Pullover, Hemden betrachten, alle nach Anlässen und Farben geordnet, selbst die Socken, die Marittel immer so liebevoll bügelte und zusammenlegte. Ganz hinten war eine Tür, zu der nur er einen Schlüssel hatte. Sein Giftschrank.
Er öffnete ihn und schloß dann sekundenlang die Augen. Seine große, leicht zerklüftete Nase nahm die Witterung auf. Dieser Schrank roch anders als die anderen. Weiblicher. Nach Moschus, Lilien, Niveacreme. Wie in Trance öffnete er die Augen wieder und betrachtete seine Schätze. Die Schätze von Maria, seinem geliebten, gehaßten Alter ego. Rechts für die Nacht, links die Tageskleider. Vieles hatte er im Laufe der Jahre seiner Mutter entwendet, den Rest per Katalog erstanden. Da er ziemlich schlank war, stellte nur seine Größe ein textiles Problem dar. Und seine breiten Schultern. So manches Cocktailkleid, das er sich postlagernd hatte schicken lassen und diskret von der Post abgeholt hatte, schmiegte sich wunderbar um Bauch und Po, kniff aber im Schulterbereich. Anfangs war er verzweifelt gewesen, aber dann hatte er einen diskreten türkischen Änderungsschneider gefunden, und der schneiderte ihm alles maßgerecht.
Auf welche Frauenhülle hatte er heute abend Lust?

Nach dem Besuch von Gina brauchte er etwas Entspannendes. Das schwarze Organzakleid kam nicht in Frage, auch der türkise Joop-Fummel nicht. So knapp, zu sexy – das paßte zum nächsten Besuch bei Daphne. Er schob die Kleider beiseite, und seine Augen bekamen den weichen, träumerischen Glanz, den sie immer bekamen, wenn er das Frauliche in sich zuließ. Das letzte Mal in Freiheit, dachte er wie im Fieber, nach meiner Hochzeit wird es schwierig. Endlich fand er, was er suchte – einen Hosenanzug aus schwarzem Samt. Größe 50. Die Beine waren viel zu kurz gewesen, aber sein Schneider hatte mit einer raffinierten Verlängerung im gleichen Stoff wahre Wunder gewirkt.
Er schlüpfte hinein. Da der Anzug bequem geschnitten war, paßte er wie angegossen. Er wählte ein paar schwarze zehenfreie Pumps, die er vor einiger Zeit »für meine Mutter« in einem Schuhladen für Übergrößen erstanden hatte.
»Heute ist die Nacht der Nächte«, summte er vor sich hin, während er sich vor den Schminkspiegel setzte, der hinter der Geheimtür angebracht war. »Heute abend ist alles erlaubt.«
Er fühlte sich merkwürdig beschwingt, so als verleihe die drohende, zukünftige Kontrolle durch eine Ehefrau dieser nächtlichen Begegnung von Josef mit Maria einen ganz besonderen Reiz. Die letzte Zigarette vor der Hinrichtung. Er neigte zur Dramatik, das brachte der Beruf so mit sich. Mit einem Stirnband strich er seine Haare zurück, betrachtete sich prüfend. Seine Haut war noch glatt, bis auf ein paar Fältchen um die Augen und die unvermeidlichen Stirnfurchen. Die furchig blieben, obwohl er Daphnes Rat beherzigt hatte und sie regelmäßig mit Hämorrhoidencreme zukleisterte. Der Geruch hatte niemanden gestört, schließlich war er ein Mann und durfte seltsam riechen.
Aus einer Schublade holte er eine alte Hutschachtel, die

Bertha nie vermißt hatte und die jetzt als Schatzkiste für seine Schminkutensilien diente.
Er arbeitete konzentriert: Make-up, Puder, Rouge, falsche Wimpern, Lidschatten – langsam wurde aus Josef Josefmaria, Mariajosef, Maria. Er legte Lippenstift auf, schmatzte auf ein Kleenex, puderte den Glanz weg. Das Gesicht, das ihn jetzt aus dem Spiegel anstarrte, war ihm unendlich fremd und gleichzeitig zutiefst vertraut. Kein Mann mehr, noch keine Frau – ein Menschengesicht. Ein Gesicht aus zwei Hälften, geheimnisvoll, streng, unendlich traurig. Ein Gesicht, das er sich nur zu ganz besonderen Gelegenheiten gestattete, weil es trotz allem eins war, das er nur sehr ungern wieder aufgab. Gerade weil er der einzige außer seinen Clubschwestern war, der es je gesehen hatte und der es je sehen würde. Einmal nur hatte er den Versuch gemacht, sein Geheimnis mit einer Frau zu teilen. Rasend verliebt erging er sich so lange in dunklen, bittenden Andeutungen, bis sie schließlich auf Enthüllung bestand. Hier, in diesem Schlafzimmer, hatte sie auf ihn gewartet, und er war in ein blutrotes Hauskleid seiner Mutter gestiegen, hatte passenden Lippenstift aufgelegt, mehr nicht, eine seiner Perücken aufgesetzt ... und ... Tata!!!
Sie hatte aufgeschrien, als sie ihn so sah, und war aus dem Zimmer gestürzt. In der halben Minute, die es dauerte, bis Bertha und Marittel an seine Zimmertür klopften, hatte er Maria so brutal von sich heruntergerissen, daß sein Gesicht blutete, als die beiden eintraten. »Hat das Miststück dich geschlagen?« Bertha war außer sich gewesen, und er hatte sie in ihrem Glauben gelassen.
Er hatte Monate gebraucht, um sich wieder zu trauen. Zu tief war die Scham über ihr Entsetzen gewesen. Doch dann war Maria stärker als alle Scham.
So versunken war Josef Maria in seine Gedanken, daß er

das energische Klopfen nicht hörte. Erst als Bertha laut »Was ist los, Maria? Wieso schläfst du nicht?« rief, riß er, wie damals, alles Verdächtige ab, stopfte die Kleider in den Giftschrank (später würde er sie ordentlich aufhängen), riß die Tür auf.

»Kind, du bist ja ganz rot im Gesicht«, rief Bertha besorgt. »Hast du womöglich Fieber?«

Er lächelte: »Keine Sorge, Mutter«, beruhigte er sie. »Ich hab noch ein paar Kniebeugen am Fenster gemacht. Schlaf jetzt.« Er beugte sich zu ihr, küßte sie auf ihre weiche Altfrauenwange.

»Du riechst gut, Maria«, murmelte Bertha. »Hast du wieder meine Parfümproben geklaut?« Sie lächelte.

Josef Maria steckte seinen Kopf durch die Tür. »Ich riech doch immer gut«, sagte er nur und schloß die Tür.

Kopfschüttelnd ging Bertha die Treppe hinunter. Irgendwas war los mit ihm. Aber was? Und wo, verdammt noch mal, war ihre lachsrosafarbene Seidenbluse?

22

Der Standesbeamte aus Zimmer 157 lächelte breit, als er den Namen auf seiner Liste las. Josef Maria Baumgarten! Heiratete eine gewisse Gina Bohm. Endlich passierte mal etwas Aufregendes in seinem langweiligen Berufsalltag! Er selbst war stressig und teuer geschieden und mußte immer an sich halten, den Brautleuten statt einer launigen Ansprache nicht eine deftige Warnung ins Ohr zu flüstern: Überlegt euch gut, was ihr macht, der Spaß kann teuer werden. Er tat es nie, ließ dafür aber die übliche Rede: »Liebe Brautleute, ihr habt euch also entschlossen, den heiligen Bund der Ehe einzugehen, den Weg ins gemeinsame Glück, bla, bla, bla«, in einer kleinen ironischen Spitze ausklingen: »Wo viel Licht ist, ist auch viel Schatten, dies gilt ganz besonders in einer Ehe.« Die Trauzeugen, sofern selbst verheiratet, lächelten dazu meist schmallippig, die Brautleute, so erstverehelicht, hörten sowieso nicht hin.

Der Standesbeamte hatte Ehen so satt, wie er seinerzeit seine Frau satt gehabt hatte. Aber er war 57 Jahre alt und hatte es versäumt, sich frühzeitig pensionieren zu lassen, und da ihm der Vertrauensarzt weder vegetative Dystonie noch eine manifeste Depression bescheinigen wollte, sah er sich gezwungen, die Zeit bis zur Rente auszusitzen. Und alle Tage wieder die Leute aufs eheliche Schafott zu führen.

Dieser Tag jedoch begann mit einem Highlight. Obwohl B nicht sein Buchstabe war, hatte er seinem Kollegen diese standesamtliche Trauung sozusagen vom Schreibtisch entführt. Er war ein Fan von Josef Maria Baumgarten. Dessen Film *Wenn der Wald weint,* in dem er einen blinden Förster

spielte, der mit Blindie, seinem Schäferhund, ganz allein in einem Wald lebt, bis ein kleines Waisenmädchen ihn entdeckt, hatte er mindestens zehnmal gesehen – und jedesmal gedacht: Siehst du, es geht auch ohne Frauen.
Er schaute auf die Uhr: zehn vor zehn. Schnell ein bißchen frisch machen. Er griff in seiner Schreibtischschublade nach einem Fläschchen Mundspray Wuschwusch. Fünf vor zehn. Er trat ans Fenster Und prallte zurück. Und sofort wieder an die Scheibe. Ü-Wagen, Fotografen, Schaulustige. Die Presse hatte wochenlang mobil gemacht, seitdem der Manager Kai Kuschel in einer Pressekonferenz verkündet hatte: »Deutschlands Frauen werden weinen – nur eine nicht. Gina Bohm heißt die Glückliche, die am 10. Oktober Josef Maria Baumgarten heiraten wird.« Ein schwarzer Mercedes, Bauart Stretchlimousine, fuhr gerade vor. Würde etwa mein Jahresgehalt kosten, überschlug der Beamte kurz. Dann reckte er den Hals, um besser sehen zu können. Ein uniformierter Chauffeur stieg als erster aus, ging um den Wagen und öffnete. Da, endlich, unübersehbar: Josef Maria Baumgarten, im schwarzen Anzug (zwei Monatsgehälter), stieg aus und begrüßte die Menge. Er winkte leutselig, posierte, öffnete dann selbst die Beifahrertür. Die Braut stieg aus. Sie trug ein körperbetontes, hellgraues Kostüm und blinzelte in die Menge, als sei sie kurzsichtig.
»Was wollen all die Leute hier?« flüsterte Gina, während sie ihre Tochter mit aus dem Auto zog.
»Die wollen sehen, wer sich Deutschlands begehrtesten Junggesellen schnappt«, flachste Josef, »also lächle bitte, damit die Leute sehen, wie glücklich du bist.«
Hinter Jenny folgte die sehr angesäuerte Bertha. Schließlich war sie die Mutter des Bräutigams und wollte als solche ebenfalls gebührend gewürdigt werden. Energisch schob sie sich zwischen Josef und Gina und winkte der Pressemeute

zu. »Wer ist die Alte denn?« fragte eine Jungjournalistin und zückte ihren Spiralblock.
»Das ist Bertha Baumgarten«, sagte ein Kollege, »ein Superdrache. Sie ist der Grund, warum er erst jetzt heiratet. Alle anderen hat sie weggebissen.«
»Und wer ist der dünne Mann hinter ihr?«
Der Kollege versuchte den großen, fadendünnen Mann einzuordnen, der nach Bertha aus der Limousine stieg. Bodyguard? Zu mickrig! Bruder? Zu häßlich. Da fiel der Groschen. »Das ist Kai Kuschel, sein langjähriger Manager«, erklärte er. Aha, nickte die junge Journalistin, die Baumgarten als Schwarm ihrer Mutter kannte, und kritzelte »Bertha-Drachen – Kuschel-Manager« auf ihren Block.
Es muß sein, dachte Baumgarten in diesem Augenblick, ich muß mich der Meute stellen. Dieser Meute wegen heirate ich schließlich. Mit Gina und Jenny rechts und links trat er vor die Fotografen. Bertha und Kuschel hielten sich im Hintergrund. »Sind Sie nicht überglücklich, liebe Frau Baumgarten?« Kuschel hatte Berthas sauertöpfische Miene gesehen und richtig eingeordnet. Bertha lächelte spitzmündig. »Ich hoffe sehr, daß ich Grund dazu habe«, bemerkte sie. »Das Ganze ist ja noch sehr frisch.«
»Das ist es«, bestätigte Kuschel, »plötzlich und unerwartet.« Dann fiel ihm ein, daß dies eher unpassende Worte waren, und er schwieg.
Josef Maria stand vor den Mikrofonen, die sich ihm entgegenstreckten wie gierige Finger, und lächelte sein Profilächeln. Ja, ich bin sehr glücklich. Eine Hochzeitsreise ist im Augenblick nicht geplant, und wenn, werden wir die Presse mit Sicherheit nicht informieren. Ja, ich werde die kleine Jenny adoptieren. Weitere Kinder? *Que sera, sera.* »War's das? Das war's«, rief er dem Menschenknäuel zu. »Laßt uns jetzt bitte in Ruhe heiraten.«

Unter einem Gewölk von Luftballons und Konfetti betraten sie das Standesamt. »Na, das lief doch super.« Kuschel drängte sich an Baumgartens Seite und strahlte. »Alle Zeitungen waren da, Fernsehen auch. Morgen stehst du überall auf Seite eins.«
»Wie schön«, meinte Baumgarten nur und drückte Ginas Hand. Sie war – glücklicherweise, wie er insgeheim fand – seit dem tödlichen Verkehrsunfall ihrer Eltern vor drei Jahren Vollwaise, lästiger Familienzuwachs blieb ihm deshalb erspart. Außer Jenny, und die war nicht lästig. Im Gegenteil, sie hatte sich in sein Junggesellenherz geschlichen und dort so fest verankert, daß er sich ein Leben ohne sie gar nicht mehr vorstellen mochte. »Jenny?« Er drehte sich um. Da stand sie und wußte nicht, wie ihr geschah. Er nahm sie auf den Arm, Bertha folgte ihnen mit Finstermiene.
Raum 157. Er klopfte.
»Hereinspaziert, wer heiraten will«, rief der Standesbeamte. Er hatte sich für die joviale Variante entschieden. Eine, die dem berühmten Bräutigam signalisieren sollte: Ich bin ein Mann des Volkes und behandle jeden gleich, egal, ob Bettler oder König.
Die Hochzeitsgesellschaft trat ein. Wie piefig, dachte Gina enttäuscht und musterte die braunen Büromöbel der Siebziger, die verstaubte Yuccapalme, die nikotinverfärbten Vorhänge. »Hier stinkt's«, verkündete Jenny sogleich und rümpfte das Näschen.
Der Standesbeamte ging mit ausgestreckter Hand auf den Bräutigam zu. »Herr Baumgarten ich freue mich!« rief er, reichte dann der Braut die Hand: »Frau äh ...«
»Noch Bohm«, half Gina aus.
»Frau Nochbohm, guten Tag.« Seine Hand war warm und glitschig. Er räusperte sich und trat hinter seinen Schreib-

tisch. »Bitte setzen Sie sich. Sind die Trauzeugen anwesend?« Kuschel trat vor und zückte seinen Ausweis.
»Und der zweite?« fragte der Beamte.
Ratlose Blicke. »Wo steckt der Kerl?« fragte der Bräutigam.
Gina holte ihr Handy und wählte. »Wo steckst du, Raimund? Wie bitte? Das ist nicht dein Ernst?« Sie legte auf. »Der zweite Trauzeuge liegt mit einer Darmgrippe im Bett.«
Ratlose Blicke. »Kann die Frau Mutter nicht?« fragte Kuschel.
»Familienangehörige nur in absoluten Ausnahmefällen«, meinte der Beamte barsch.
Der Manager war bereits am Handy. »Kuschel hier. Wir haben ein Problem ...« Er flüsterte, während die anderen verstummten. Keinem fiel etwas ein. Kuschel klappte das Handy zusammen. »Wir haben einen zweiten Zeugen«, verkündete er. »In fünf Minuten wird er hier sein.«

Genau sieben Minuten später betrat Elmar Hügel das Zimmer 157. Was für eine intelligente Fügung des Schicksals, dachte er, als er den erstaunten Mienen der Versammelten ein fröhliches Grinsen entgegensetzte. »Ich stehe zur Verfügung«, sagte er. »Wer heiratet denn hier gegen wen?« Ein dünnes Scherzchen, natürlich wußte er, wer hier gegen wen heiratete.
»Können wir denn nun?« Der Standesbeamte fühlte alle seine Vorurteile gegen Eheschließungen bestätigt. »Wir können«, sagte Baumgarten grimmig.
»Wir sind hier zusammengekommen ...« Die Stimme des Beamten dröhnte weiter, während Gina einen Lachreiz in sich hochsteigen fühlte, den sie nicht länger unterdrücken konnte. Jetzt nicht, Gina, rief sie sich streng zur Ordnung, du heiratest schließlich heute. Das ist eine ernste Ange-

legenheit. Aber es ging nicht, ihr Gesicht wurde heiß, Tränen traten ihr in die Augen, und dann prustete sie los. Wie ein Damm brachen alle aufgestauten Gefühle aus ihr hervor, sie kicherte, sie prustete. Sonst hätte sie geheult. Ihre Gefühle fuhren Achterbahn.

Der Standesbeamte hielt in seiner Rede inne und faltete die Hände vor der Brust. Baumgarten betrachtete den Heiterkeitsausbruch seiner Zukünftigen mit gerunzelter Stirn. War sie jetzt übergeschnappt? »Was ist los?« flüsterte er, aber Gina japste nur. Berthas Leichenbittermiene wurde noch leichenbitterer. Jenny zupfte die Yuccapalme kahl.

»Können wir dann?« fragte der Beamte mit einem Blick in die Runde und fuhr fort: »Wo viel Licht ist, ist viel Schatten, in diesem Sinne, liebe Brautleute, auf daß wir uns nie wiedersehen. Wenn ich jetzt die Zeugen und das Paar zur Unterschrift bitten dürfte.«

Josef Maria, Gina, Kai und Elmar traten vor und unterschrieben.

»Doppelname?« fragte Gina und sah ihren Mann an. »Wir haben gar nicht darüber geredet.«

»Wie du willst«, meinte der nur. Also unterschrieb sie mit »Bohm-Baumgarten.« Und fühlte gar nichts dabei.

Das Ganze war einfach zu unwirklich. Draußen vor dem Gebäude war die Meute inzwischen bedrohlich angeschwollen. Es hatte sich wie ein Lauffeuer herumgesprochen, in welchem Standesamt die »Hochzeit des Jahres«, wie die BILD-Zeitung schrieb, stattfand, und alle, alle kamen. Muttis mit Klappstuhl und Thermoskanne harrten mit Blumen aus, Angestellte eilten aus nahe gelegenen Büros, herbeitelefonierte Reporter vergrößerten die Pressemeute. Es rauschte und summte wie in einem Bienenstock.

»Ich wußte gar nicht, daß du so beliebt bist«, sagte Gina ungläubig, während sie durch die Behörde gingen.

»Du weißt noch vieles nicht von mir«, erwiderte er und sah sie an.
»Schlimmes?« neckte sie.
»Kommt auf die Betrachtung an.« Mit diesen Worten drehte er sich um und gab Kuschel, der sich diskret im Hintergrund hielt, die üblichen Exit-Kommandos: »Ruf jetzt den Chauffeur, daß alle Türen offen sind. Du und Bertha nach ganz hinten, Gina und Jenny nach hinten, ich sitz vorn. Bevor du einsteigst, sagst du den Leuten, wir seien im *Hasenjäger*. Bis sie gemerkt haben, daß wir ganz woanders feiern, sind wir sie los. Sind alle bereit?«
Wie im Krieg, dachte Gina und nickte.
»Ich nehm den anderen Ausgang«, murmelte Hügel, der sich wie ein Eindringling vorkam. »Schöne Feier noch.«
Baumgarten streckte seine Hand aus, die Hügel ahnungslos ergriff. »Vielen Dank für alles«, sagte der frischgebackene Ehemann und preßte unauffällig, aber kräftig.
»Gern geschehen«, keuchte Hügel und zog seine Hand weg, bevor ihm die Tränen kamen. Na warte, dachte er, noch ist das Drehbuch nicht fertig.
Baumgarten lächelte. »Auf in den Krampf«, sagte er dann knapp und riß die Tür auf. Sie stürzten ins Auto, Bertha keuchend und schimpfend. So hatte sie sich das alles nicht vorgestellt, so unfestlich. »Wir sind im *Hasenjäger,* beeilt euch«, rief Kuschel den Journalisten zu, als Baumgarten bereits in der Limousine saß. Es sollte konspirativ wirken, und das tat es. Die Meute drehte sich um und entfleuchte. Motoren heulten auf, Bremsen quietschten, dicke Fernsehkabel wurden hastig eingerollt und verstaut. Weg waren sie.
Kuschel stieg ein und guckte seinen Herrn und Meister beifallheischend an. »Na, wie war ich?«
Baumgarten, der gerade dabei war, einen Kuß auf Ginas Ohrläppchen zu plazieren, hielt kurz inne. »Kompetent wie

immer«, lächelte er, »aber das hab ich auch nicht anders erwartet.«
Ein kurzer Blick unter Männern.
»Was ist los?« fragte Gina, die diesen Blick nicht deuten konnte. »Habt ihr Geheimnisse vor mir?«
Wenn du wüßtest, dachte Kuschel.
»Deine Phantasie arbeitet mal wieder zu hochtourig.« Baumgarten setzte den Kuß da fort, wo er unterbrochen worden war, am oberen Rand, und die Gänsehaut, die Gina dabei direkt vom Ohr in die Beine kroch, ließ alles andere bedeutungslos werden.
Das Autotelefon klingelte. Kuschel nahm den Hörer ab. »Hallo? Wer ist da? Für dich, Josef.« Er reichte den Hörer weiter. »Eine Daphne will dir gratulieren.«
Daphne? Gina spürte ein leises, fieses Gefühl von Eifersucht in sich hochkriechen. »Wer ist denn Daphne?« fragte sie und sah beklommen, wie verschlossen sein Gesicht war, als er zum Hörer griff. Er drehte sich weg, was im Auto wenig nützte. »Hallo? Woher hast du meine Nummer? Ach so. Stimmt, du bist richtig informiert. Ich werd's ihr sagen. Bis später dann.« Er legte auf, tat so, als ob er die auf ihn gerichteten Augenpaare nicht bemerkte, besonders Ginas nicht, und griff zu einer Champagnerflasche, die eisgekühlt in einem silbernen Eimer zu seinen Füßen stand. Er entkorkte und schwenkte sie: »Auf unsere Ehe!«
Gina sah aus dem Fenster. Das fängt ja heiter an, dachte sie, als sie ein Glas zwischen ihren heißen Fingern fühlte. Der Champagner prickelte.
»Daphne ist eine Jugendfreundin von mir.« Josefs Stimme klang aufrichtig. »Wir kennen uns aus der Sandkiste.«
Jetzt horchte Bertha auf. »Daphne?« fragte sie, »deine Jugendfreundin? Du hast als Kind doch gar keine Freunde gehabt.«

Halt die Schnauze, alte Zimtzicke, dachte Kuschel wütend und rang sich ein mütterfreundliches Lächeln ab. »Wie gut, daß Mütter nicht immer alles wissen, nicht wahr, Gina?«
»Ja«, sagte Gina leise.

»Maria hat tatsächlich geheiratet«, stellte Daphne zur gleichen Zeit in ihrem Club fest, »ohne uns ein Wort davon zu sagen.« Die Damen schüttelten traurig die Falschhaarköpfe.
»Ob sie trotzdem wiederkommt?« fragte Marisa. »Oder gibt es keine Maria mehr in Josef?«
Daphne sah in die besorgten Gesichter und mußte lachen. »Ihr sitzt ja da wie die Trauerklöße«, tadelte sie. »Laßt uns Maria eine schöne Karte schreiben.«
»Mit oder ohne Geschenk?« riefen die Damen.
»Mit natürlich«, sagte Daphne bestimmt. »Ich hab auch schon eine tolle Idee.«

Der Abend dämmerte herbei und tauchte ihr zukünftiges Haus in goldene Flammen. Wie Manderley, dachte Gina, die den Roman *Rebecca* von Daphne du Maurier mindestens tausendmal gelesen hatte. Alles verbrannt. Warum so morbide Vorstellungen sie beschlichen, wußte sie selbst nicht, aber ihr war schwermütig und verzagt zumute.
»Soll ich dich über die Schwelle tragen, wie es sich gehört?« fragte Josef, während sie auf die Haustür zugingen. Bertha quälte sich noch aus der Limousine, Jenny war schon vorgelaufen.
»Mami, ein großes Paket!« rief sie mit aufgeregter Kinderstimme.
»Bestimmt ein Geschenk.«
Gina hob das große, mit einer roten Schleife verzierte Paket hoch, drehte und wendete es. »Familie Baumgarten« stand als Adresse drauf, aber kein Absender. Ein panischer Gedanke schoß Gina durch den Kopf, sie ließ das Paket fallen.

»Bloß weg!« schrie sie aufgeregt. »Das Ding könnte eine Bombe sein.«
Bertha, die die Aufregung von der Gartenpforte aus beobachtet hatte, kam kopfschüttelnd näher. »Mein Sohn kriegt keine Bomben.« Ihr kopfschüttelnder Seitenblick streifte die Schwiegertochter, die hinter einer Hecke Schutz gesucht hatte. »Das ist bestimmt ein Hochzeitsgeschenk von einem Fan.« Sie hob es hoch und schüttelte. »Nichts Schlimmes«, sagte sie und gab es ihrer Schwiegertochter.
Gina kam sich albern vor, als sie das Paket ins Haus trug. Jetzt hat er mich nicht über die Schwelle getragen, dachte sie. Ob das ein schlechtes Omen ist?
Jenny hüpfte aufgeregt um das Paket herum. Geschenke fand sie toll. »Mami, darf ich es auspacken?«
Gina sah ihren Mann fragend an, der nickte lächelnd. »Du darfst«, sagte sie, »aber laß mich die Schleife aufmachen, die können wir noch mal verwenden.«
Doch Bertha stand schon mit einer Schere parat. »Schön, daß du so sparsam bist«, meinte sie, »aber jetzt habt ihr einen Mann, der euch die Schleifen bezahlt, nicht wahr, Maria?«
Jenny griff zur Schere und schnitt die Schleife auseinander, wickelte das Einwickelpapier (golden mit roten Rosen) vom Karton und öffnete ihn.
Sie griff hinein. »Ein Verkleidekleid«, rief sie begeistert, »das ist bestimmt für dich, Mami. Und ich kann's mir ausleihen, bitte, bitte.«
Josef Maria, der im Hintergrund gestanden hatte, machte einen Schritt nach vorn und hielt das Hochzeitsgeschenk hoch. Es war ein weiß und golden glänzendes Hochzeitskleid mit einem paillettenbestickten Oberteil von unbestimmter Größe. Obendrauf ein Schleier aus belgischer Spitze.

»Für mich?« fragte Gina und nahm es ihm aus der Hand. »Wer schenkt mir so was? Das ist weder mein Geschmack noch meine Größe.«
Jetzt griff Bertha zu. »Vielleicht ein Präsent für die Brautmutter«, vermutete sie und hielt es sich vor. Leider zu klein. »Ist keine Karte dabei? Schau doch mal nach, Maria.«
Josef Maria, der den Ursprung dieses Paketes ahnte, wühlte notgedrungen im Seidenpapier. Und wurde fündig. Eine Karte. Er nahm sie hoch und las: »Alles Gute wünscht der Tiffany-Club.«
»Tiffany-Club?« fragte Bertha sofort. »Wo treibst du dich denn herum?«
Josef, der Daphne innerlich verfluchte, rang sich ein Lächeln ab. »Graue Vergangenheit, Mutter«, sagte er und wandte sich an Gina, die ihn stumm beobachtet hatte. »Dunkelgrau, Liebling. Wenn du willst, dann ändern wir das Kleid für dich.«
Langsam wurde es Gina zuviel. Erst diese ominöse Daphne, dann ein noch ominöseres Kleid. »Nimm du es doch«, meinte sie spitz, »dir paßt es wahrscheinlich am ehesten.«
Mit diesen Worten wandte sie sich ab und stieg die Treppe hinauf.

Sie ging ins gemeinsame Badezimmer, ihr Gesicht fühlte sich heiß und verschwitzt an, sie lechzte nach einer Dusche. Das Bad war schwarz gekachelt und so groß wie das Wohnzimmer ihrer Wohnung. Sie vermißte ihre alte Bude, die sie jetzt an einen Studenten untervermietet hatte, die Gemütlichkeit, das Kräuterbrett in ihrer Küche, den Fernseher vor dem Bett, ihre alten Nachbarn. Etwas Weiches rieb sich plötzlich an ihren Beinen. Sie schaute hinunter und lächelte. »Hi, Angora«, flüsterte sie. »Bist du froh, daß wir jetzt hier sind?« Angora schnurrte nur. Wenigstens eine, dachte Gina.

Denn hier, bei – sie mußte sich immer noch räuspern, wenn sie es dachte oder aussprach – ihrem, räusper, Ehemann und ihrer – *räusper* – Schwiegermutter fühlte sie sich wie ein Gast, ein geduldeter Gast. Marittel hatte zwar in der oberen Etage umgeräumt und ausgemistet, Josef Marias ehemaliges Kinderzimmer war jetzt das von Jenny, und im Schlaf- und Ankleidezimmer wurden Fächer freigeschaufelt, in denen Gina ihre – wie sie selbst im Vergleich zu seinen Sachen fand – armselige Habe unterbringen konnte. Sie hätte sehr gern ein eigenes Zimmer gehabt, aber jedes der 15 Zimmer war voll möbliert und diente einem Zweck, den sie nicht ändern wollte, besser formuliert, nicht durfte. Wozu braucht man eigentlich ein Lesezimmer, einen Salon, ein Wohn- und ein Eßzimmer, dachte Gina, wenn sie mit Bertha im Biedermeierwinkel einen Sherry einnahm, aber sie verkniff sich jede Kritik. Ihr Verhältnis zu Bertha Baumgarten war noch immer minengespicktes Gelände, vorsichtiges Betreten deshalb überlebensnotwendig.
Sie schlüpfte aus ihrem grauen Hochzeitskostüm, der lachsseidenen Unterwäsche, der hautfarbenen, superteuren Strumpfhose. Jetzt bloß keine Laufmasche. Vorsichtshalber schloß sie die Tür ab. Dann drehte sie die Dusche auf und stellte sich unter den satten, fetten Strahl.
Sie schloß die Augen, gab sich dem Wohlgefühl des prasselnden, heißen Wassers hin. Bohm-Baumgarten, murmelte sie, spricht sich eigentlich nicht gut. Aber sie brauchte das anonyme Bohm. Sie wollte nicht auf den Frackzipfeln seines Ruhms mitreiten, wollte nicht jedesmal, wenn sie ihren Namen nannte oder unterschrieb, neugierig gefragt werden: Baumgarten? Sind Sie etwa ...?
Jemand versuchte die Tür zu öffnen, rüttelte daran. »Mami!« Jennys Stimme klang ungeduldig. »Mach mal auf, ich muß Pipi.« Gina stellte das Wasser ab und fror sofort. »Geh doch woanders«, rief sie. »Es gibt doch genug Klos hier.«

»Ich will aber bei dir.« Jenny wurde quengelig, auch für sie war ja alles neu und ungewohnt, obwohl sie ihr Kinderzimmer, für das Bertha neue Möbel spendiert hatte, supergut fand.
Gina hüllte sich in ein Badelaken und öffnete die Tür einen Spalt, durch den Jenny schlüpfte und schnurstracks zur Toilette ging. »Kannst weiter duschen, Mami«, sagte sie großzügig und legte los. Also duschte Gina heiß-kalt-heiß-kalt, um ihre Lebensgeister zu wecken und, wer weiß, die kommende Nacht frisch und munter zu sein. Sie trocknete sich ab und sah sich um. »Jenny, schau mal nach, ob hier irgendwo was zum Eincremen ist«, sagte sie zu ihrer Tochter und rubbelte ihre Haare, die ihr in wirren Kringeln auf die Schultern fielen. »Meine Haut ist ganz trocken.«
»Und du willst sie weich haben, für Papi«, strahlte Jenny und öffnete die Schubladen. *Papi!* Es war, als habe Jenny nur darauf gewartet, endlich jemanden so nennen zu dürfen. »Darf ich dich dann auch Papi nennen?« Das war ihre erste Frage gewesen, nachdem sie ihr von der bevorstehenden Hochzeit erzählt hatten. »Aber klar doch«, sagte Josef Maria sofort und zog sie auf seinen Schoß, während Gina zögerte. Ging nicht alles ein bißchen zu schnell? Jenny hatte noch nie einen Papi in ihrem Leben gehabt, was, wenn dieser auch wieder verschwand? Aber natürlich hatte sie nichts gesagt.
»Hast du was gefunden?« fragte sie jetzt ihre Tochter und hob den halbtrocken gerubbelten Kopf. Und ließ vor Schreck das Handtuch sinken.
Alle Schubladen waren offen, Bürsten, Rasierschaum, Zahnpastatuben ausgeräumt. »Mama, guck mal!« Jenny steckte ihren Kopf aus der Schublade. In der Hand hielt sie einen Lippenstift. »Papi hat ganz viel Schminksachen, guck mal.«
Gina trat an die Schublade und erstarrte. Darin sah es so aus, als habe Raimund seinen Schminkkoffer ausgekippt.

Lippenstifte, Puder, Rouge, Wimperntusche. Was machte er als Mann mit all diesem Krempel? Ob eine seiner Geliebten ihr Zeug bei ihm vergessen hatte?
»Hier, Mama!« rief Jenny und hielt ihr eine Flasche mit Körperlotion entgegen, bereits aufgeschraubt. »Riecht ganz toll.«
Gina schnupperte an der rosa Lotion. Eindeutig ein Frauenduft. »Gib her, mein Schatz«, sagte sie, »und jetzt laß mich einen Moment allein.«
Als Jenny gegangen war, schüttete Gina den gesamten Lotionsrest auf ihre Handfläche und verrieb ihn großzügig auf ihrem Körper. Während die Creme sich auf ihrer noch leicht feuchten Haut verteilte und langsam einzog, trat sie zur Schublade. Jetzt bist du verheiratet, mein Lieber, dachte sie, während leichter Ärger in ihr aufstieg, Erinnerungen an vergangene Lieben müssen leider ausgemerzt werden. Sie ging ins angrenzende Schlafzimmer, suchte und fand einen Wäschesack, in dem Marittel Josefs gebügelte Socken aufbewahrte. Sie legte die Socken auf die gebügelten Unterhosen, stutzte. Was war denn das? Zwischen den Boxershorts schimmerte etwas Seidiges, eindeutig Unmännliches. Sie zog daran – ein Büstenhalter! Langsam wurde sie sauer. Was dachte sich diese unbekannte, hoffentlich längst verflossene Frau dabei, hier noch überall ihre Duftmarken zu setzen? Oder war sie womöglich noch gar nicht verflossen?
Gina setzte sich aufs Bett und ließ den BH durch ihre Finger gleiten. Er hatte ziemlich kleine Brustkörbchen, viel zu bieten hatte diese Dame also nicht. Aber vielleicht liebte Josef Maria winztittige Frauen, tat nur ihr zuliebe so, als errege ihn ihr ziemlich üppiger Busen! Weg damit, beschloß sie resolut. Sie öffnete den Wäschesack und stopfte alle Schminkutensilien hinein, obendrauf den BH, fertig.
Sie hörte Schritte auf der Treppe. Hastig drückte sie den Sack unter ein Kopfkissen. Da Marittel die Herrscherin des

Haushalts war, würde Gina den Wäschesack außerhalb des Hauses entsorgen müssen. Die Tür ging auf, ihr frisch angetrauter Ehemann trat herein. »Wo bleibst du denn? Bertha hat einen kleinen Umtrunk vorbe …« Er stutzte, sie war noch nackt. Und sie saß auf seiner Betthälfte. Den Bruchteil einer Sekunde fühlte er sich fast gestört. Sein Bett, sein Haus, sein Leben. Seit heute teilte sie alles mit ihm. Nicht ganz alles. Plötzlich fühlte er sich eingeengt und überfordert. Auch für ihn war alles zu schnell gekommen.
»Du bist nackt«, stellte er überflüssigerweise fest.
»Das bin ich«, bestätigte sie, »ich wollte mich ein wenig frisch machen.«
Wozu, hätte er fast gefragt. Für unsere Hochzeitsnacht, hätte sie vielleicht geantwortet. Plötzlich schnüffelte er: »Wonach riechst du?« Seine Stimme klang mißtrauisch. »So hast du noch nie gerochen.«
Sie lächelte ihn an. »Nach *Sweet Love*«, erwiderte sie. »Du hattest da noch einen Rest im Badezimmer. Wahrscheinlich von einer Dame.« Fragend sah sie ihn an, aber er reagierte nicht. Nur seine Augenbrauen zuckten. War er nervös? Schuldbewußt?
»Komm dann bitte runter«, sagte er nur und ging. Sie sah ihm nach. Ihrem Ehemann: eine Vorstellung, die immer merkwürdiger wurde.
Ich geb uns sechs Monate, beschloß sie, und wenn wir dann nicht über alle Maßen glücklich sind, dann verschwinde ich einfach wieder. Nach dieser Überlegung war ihr wohler.
Sie ging zu ihrer Kleiderschrankhälfte und wählte Jeans mit weißer Bluse. Schließlich mußte sie sich zu Hause nicht mehr aufrüschen. Dann ging sie die Treppe hinunter.
»Oh!« sagte sie erschrocken, als sie Bertha im schwarzen Cocktailkleid auf dem Biedermeiersofa sitzen sah.
»Ich wußte nicht …«

»Du weißt so manches noch nicht, meine Liebe«, meinte Bertha nur, »aber dies ist ein gepflegter Haushalt. Und das soll er bleiben, nicht wahr, Maria?«
Es irritierte Gina maßlos, daß Bertha ihren Ehemann nach wie vor mit Maria anredete, aber sie wollte die Stimmung nicht noch mehr komplizieren. Irgendwann würden sie sich eine neue Wohnung suchen müssen, vier Frauen und ein Mann unter einem Dach waren ein paar weibliche Hormone zuviel, und Bertha wirkte äußerst robust und langlebig. Also krampfte sie sich ein Lächeln ab: »Tut mir leid, krieg ich trotzdem einen Cocktail?«
Marittel schüttelte bereits den Cocktailshaker. »Was darf's sein? Daiquiri, Margherita, Rumpunsch?« Sie lächelte Gina aufmunternd an. Armes Mädel. Sie hatte Bertha selten so zikkig erlebt. Mütterliche Eifersucht? Angst vor dem Ungewissen? Altersstarrsinn? All das war keine Entschuldigung, zumal Gina eine ausgesprochen reizende, junge Frau war. Ich bin heilfroh, daß endlich frisches Blut ins Haus kommt, dachte Marittel, wir vergreisten ja schon. Dabei hatte sie die Hoffnung darauf längst aufgegeben, seit damals diese andere Frau das Haus bei Nacht und Nebel verlassen hatte. Josef Maria hatte danach seinen Bedarf vorwiegend außer Haus gedeckt. Manchmal fand sie weibliche Utensilien bei ihm, die sie diskret ignorierte. Nur einmal, als sie Berthas Lieblingsbluse unter seinem Bett entdeckte, war sie kurz davor gewesen, ihn zur Rede zu stellen. Es ging nicht an, daß er Damen ins Haus schmuggelte, die sich am Eigentum der Hausfrau vergriffen. Spielte er perverse Spielchen? Schließlich war Berthas Kleidergeschmack deutlich anders als der von jüngeren Frauen. Aber Marittel hatte es sich dann doch verkniffen.
»Kannst du mir einen Bananen-Daiquiri machen?« Ginas Stimme schreckte sie aus ihren düsteren Gedanken. »Das ist nämlich mein absolutes Lieblingsgetränk.«

»Aber selbstverständlich«, rief Marittel, »schließlich ist heute dein Hochzeitstag, nicht wahr, Frau Baumgarten?« Bertha nickte schmerzlich. »Nicht wahr, Herr Baumgarten?« Die Stimme der Haushälterin hatte einen strengen Unterton.
Josef Maria war in die innere Emigration gegangen. Jenny war auf seinen Schoß geschlüpft, weich und warm wie ein Kuscheltier. »Du sagtest, Marittel?« fragte er gestört.
Jenny zupfte ihn am Ärmel. »Papi, kann ich bitte bitte einen von deinen Lippenstiften haben? Du hast doch so viele.«
Stille. Aller Augen ruhten auf ihm.
Scheiße, dachte Gina, die liegen jetzt im Sack unterm Kopfkissen. Peinlich, gleich beim Schnüffeln erwischt zu werden.
»Papi?«
Er sah sie an, konzentriert, weil er sich eine Antwort überlegte.
»Welche Lippenstifte?« Er mußte Zeit gewinnen.
»Na, die bei dir im Badezimmer. In der Schublade. Ganz viele Schminksachen.«
Ihm fiel nichts Gutes ein. »Die hat wahrscheinlich jemand vergessen«, meinte er lässig und wandte sich ab, als er den Kummer in Ginas Augen sah. »Ein Besuch oder so«, fügte er lahm hinzu. »Mir gehören die Sachen jedenfalls nicht, also kann ich sie dir auch nicht geben.«
Gina erhob sich. »Bin gleich wieder da.«
Sie lief die Treppe rauf, ins Schlafzimmer, ergriff den Sack, verließ das Haus. Vor dem Container um die Ecke hielt sie an und stopfte den Sack in den Schlitz, obwohl er weder Altpapier noch Glas enthielt. Hiermit entsorge ich deine Vergangenheit, dachte sie, jetzt bin ich da, deine Gegenwart.
Aber der Gedanke machte sie nicht glücklich.

23

Erika Hügel betrachtete ihren Ehemann Elmar und schüttelte den Kopf. Er saß über seinen Laptop gebeugt und hämmerte auf dem Keyboard herum wie ein Besessener. »Laß mich doch mal gegenlesen«, bat sie ihn, denn sie war Deutschlehrerin und merzte gnadenlos alle seine grammatikalischen Nachlässigkeiten aus. Normalerweise war er dankbar, diesmal aber hielt er seine Hand wie drohend vor den Monitor und funkelte sie an. »Laß mich in Ruhe, Erika, dies wird mein Meisterwerk, das muß allein geboren werden.« Gottchen, dachte sie, jetzt dreht er durch. »Meisterwerk«! »Geboren«! Er war Drehbuchautor, schrieb Dutzendware, konnte froh sein, wenn er Aufträge bekam. Das dachte sie im stillen, aber natürlich sprach sie es nie aus. Elmar hatte, wie die meisten Männer, ein äußerst fragiles, streichelbedürftiges Ego, das er geschickt hinter lautem, angeberischem Benehmen verbarg. Und sein Ehrgeiz als Autor – gern hätte er sich Romancier oder Dichter genannt – loderte wie eine heiße Flamme in seinem bleichen, weichen, blondbehaarten Körper, der, genau wie seine Karriere, leider sehr zu wünschen übrigließ.
»Immer noch Samt und Seide?« fragte Erika deshalb höflich interessiert, denn er hatte ihr vor ein paar Wochen leicht angetrunken etwas von einem Crossdresser-Projekt vorgelallt. Da sie als Lehrerin alles zu wissen hatte, machte sie sich heimlich schlau, was Crossdresser waren. Heterosexuelle Männer mit Fetischismus für Frauenkleider. Eine befremdliche Vorstellung. Ob ihr Elmar da heimliche Gelüste literarisch umsetzte? Sie wühlte seine Schränke durch und schloß

ihre Schrankhälfte energisch ab. Einmal glaubte sie ihn ertappt zu haben. Er war über den Wäschekorb gebeugt und hielt ihren BH zwischen den Fingern. So vertieft schien er, daß er ihr böses Räuspern gar nicht hörte. Erst als sie »Elmar, was tust du denn da?« rief, zuckte er zusammen und ließ den BH in den Wäschekorb fallen. »Geilst du dich etwa an meiner Unterwäsche auf?« Ihre Stimme hatte laut und lehrerinnenhaft geklungen, als sie auf den Wäschekorb zuging und hineinspähte, als erwarte sie dort etwas Unerlaubtes. Elmar sah sie an wie eine lila Kuh.
»Sag mal, spinnst du jetzt?« rief er ehrlich empört. »Ich hab meinen Lieblingspullover aus dem Korb gerettet, damit du ihn nicht in die Kochwäsche tust, wie den schwarzen Kaschmir.«
Sie sah aufs Bett, da lag sein Norwegerpulli. Plötzlich kam sie sich albern vor. »Tschuldigung«, hatte sie nur gemurmelt und das Zimmer verlassen.
Jetzt blickte ihr Göttergatte vom Keyboard hoch. Er hatte diesen umflorten Was-ist-denn-nun-schon-wieder-Blick. »Dieses Drehbuch wird der absolute Knüller«, murmelte er nur. »Bringst du mir noch einen Kaffee?« Dann tauchte er wieder ab.
Ich kann's nur hoffen, dachte Erika, während sie mit seinem Becher in die Küche ging und frischen Kaffee nachschenkte, dann brauchen wir mein Gehalt nicht mehr, und ich kann endlich, endlich schwanger werden.
Kinder waren das allerletzte, an das Elmar Hügel dachte, während seine Frau in der Küche war. Er war besessen von seinem Stoff, besonders von der Rolle des Crossdressers. Ein schöner Mann war dieser, so schön wie sein Vorbild Josef Maria Baumgarten. Deswegen war es besonders tragisch, daß er sich als Frau so wohl fühlte. Und als solche wesentlich weniger schön war.

Als Erika mit seinem dampfenden Becher hereinkam, schrieb er gerade die Szene, in der Crossdressers Frau ihren Ehemann zum erstenmal als Frau erwischt. Blind für die Umwelt griff Hügel in die Tasten.

Bild 12
Schlafzimmer – innen – Nacht

Violetta sitzt vor dem großen Spiegel. Er ist als Frau geschminkt und hat sich das Abendkleid seiner Frau ausgeliehen, das ihm ein bißchen zu klein ist. Deshalb sind alle Reißverschlüsse offen. Er setzt sich gerade seine Perücke auf, als die Ehefrau hereinkommt.

VIOLETTA
– zuckt zusammen –

Liebling, was machst du denn jetzt schon hier? Du wolltest doch ...

Ehefrau Manuela, zunächst erstarrt, betritt jetzt den Raum, stellt sich neben ihn.

MANUELA
– eisig –

Darf ich fragen, was du hier machst? In meinem Kleid, mit meinem Make-up? Fasching ist doch längst vorbei!

Violetta dreht sich um, sieht seine Frau an. Er setzt die Perücke auf, erhebt sich, geht auf sie zu. Sie weicht aus, geht rückwärts.

VIOLETTA
– beschwörend –

Schau mich an, Liebste.
Schau mich an.
Jahrelang habe ich mich, habe ich sie

– er zeigt auf die Perücke und sein geschminktes Gesicht –

vor dir versteckt, bin fast erstickt an meinem dunklen Geheimnis. Jetzt geht's nicht mehr. Du mußt sie kennenlernen …

MANUELA
– befremdet, ängstlich –

Kennenlernen? Wen denn kennenlernen, um Himmels willen? Wir sind doch allein!

Violetta legt seine Hände mit den langen künstlichen Fingernägeln auf die Schultern seiner Frau. Kamera zeigt seine Hände.

VIOLETTA

Wir sind auch allein, Liebste.
Du und ich – und Violetta.

– Er umfaßt seine weibliche Gestalt –

Sie ist auch ich, meine andere Lebenshälfte.
Violetta möchte deine beste Freundin werden. Gib ihr die Hand, Liebste.

Mit einem schrillen Aufschrei macht sich die Ehefrau frei und läuft zur Tür. Dort dreht sie sich um und mustert Violetta mit angeekeltem Blick.

MANUELA
– spuckt auf den Boden –

Du bist pervers, pervers, pervers!

– schaut ihn mit funkelnden Augen an –

Ich will dich nie wiedersehen.
Mein Anwalt wird sich bei dir melden.

Manuela rauscht ab. Die Tür knallt. Kamera auf Violetta ...

»Gefällt mir gut, Liebling.« Erika hatte die Kaffeetasse abgestellt und dabei einen Blick auf den Bildschirm geworfen. »Ich finde nur, die beiden sollten sich zum Schluß wieder vertragen. Das ist gefühliger, romantischer, einfach moderner, meinst du nicht?«
Elmar Hügel zügelte den ersten Impuls, seine Frau anzuschreien und aus dem Zimmer zu schicken. Hmmh, ihr Vorschlag war gar nicht so schlecht, obwohl er den dramatischen Plot sehr viel kontroverser angelegt hatte. Scheidung, Streit ums Sorgerecht für die Tochter, Crossdresser wird verstoßen, landet in der Gosse. Mittelalterlich brutal, das gefiel Hügel, vor allem die Vorstellung, daß Josef Maria Baumgarten all das würde durchleiden müssen. Sein Drehbuch als strafende Hand des Schicksals, lecker, lecker ...
»Ist zumindest ungewöhnlich«, gab er zu und sah seine Frau geistesabwesend an. »Laß mich drüber nachdenken. Ist Süßstoff im Kaffee?«

Drei Stunden später war Elmar Hügel auf dem Set von *Nur meine Liebe zählt.* Er wurde dort eigentlich nicht mehr gebraucht, denn sie drehten die Schlußszene, in der Klaus Bertelsmann am Grabe seiner verstorbenen Frau zusammenbricht. Kein Dialog, nur Schluchzen. Der herzergreifende Monolog, den Hügel eine lange Nacht lang für Bertels-

mann komponiert hatte, war von Bäder ersatzlos gestrichen worden. »Ich hab den *final cut,* mein Lieber«, hatte er den protestierenden Autor abgewürgt, »und ich entscheide, daß Bertelsmann kein Mann ist, der auf Grabsteinen herumwimmert.«
Also kein Monolog. Trotzdem wollte Hügel die Szene sehen. Schließlich hatte er die Regieanweisungen geschrieben, daran würden sie ja wohl nichts mehr ändern.

Auf dem Friedhof – außen – Tag

Eine milchige Sonne bescheint den düsteren Friedhof. Bertelsmann geht mit schweren Schritten auf den Grabstein seiner Frau zu, der noch immer blumenübersät ist. Er sinkt auf die Knie, gestreichelt von den letzten Strahlen der untergehenden Sonne.

»Hallo, altes Haus.« Bäder stand neben ihm, wie üblich in Jeans und Baseballkappe, ein Look, den er Steven Spielberg abgeschaut hatte. »Wie findest du unseren Innenfriedhof? Sieht er nicht schön schaurig aus?« Er zeigte auf einen kahlen Grabstein, der vor einer Baumtapete stand. »Leider müssen wir im Studio nachdrehen, das Wetter spielt nicht mit. Aber Josef Maria wird's schon schaukeln. Wie war denn überhaupt die Hochzeit? Ich höre, du warst Trauzeuge. Da ist er ja.«
Ohne ein weiteres Wort ging der Regisseur mit ausgestreckten Armen auf Josef Maria Baumgarten zu, der mit Jenny an der Hand gerade den Grabstein musterte. »Hier muß ich jetzt gleich schluchzen«, erklärte er seiner aufmerksamen Neutochter. »Erzählst du mir ganz schnell was Trauriges, damit ich richtig schluchzen kann?«
Jenny kicherte. »Du stinkst aus dem Mund, Papi«, rief sie

fröhlich. »Ist das traurig genug?« Wusch, weg war sie. Heute war Samstag, kein Kindergarten. Und ihr neuer Papi, den sie von Tag zu Tag lieber mochte, hatte ihr beim Frühstück versprochen: »Wenn du ganz schnell dein Müsli ißt, dann nehm ich dich mit auf den Set.«

So schnell hatte Jenny ihr Müsli noch nie verdrückt. Sie verschluckte sich fast, raste dann in ihr Zimmer, war in Windeseile angezogen, hatte Zähne geputzt, Haare gebürstet.

»Du verwöhnst sie«, sagte Gina, aber der Vorwurf in ihrer Stimme klang nicht echt. »Man merkt, daß du nie eigene Kinder hattest.«

Marittel hatte auf Ginas ausdrücklichen Wunsch in Josefs Arbeitszimmer gedeckt, einem großen, sonnigen Raum, den Josef, wie sie bereits festgestellt hatte, nur als Rückzugszimmer genutzt hatte. Sie hatte deshalb eigenmächtig einen kleinen Tisch und drei Stühle in die Fensterecke gestellt und angeordnet, daß sie hier in Zukunft frühstücken würden.

»Wenn's euch so lieber ist«, hatte Bertha mit schmalen Augen kommentiert, die noch schmaler wurden, als Gina mit einem »Es *ist* uns lieber, Bertha« gekontert hatte.

Der große Vorteil dieser neuen Frühstücksecke war, daß formelle Kleidung von allen unerwünscht war, sie also ganz gemütlich im Bademantel den Tag beginnen konnten. »Du hast einen rosa Bademantel?« Gina hatte ihre Verblüffung am ersten Tag nach der Hochzeit nicht verbergen können.

»Ein Geschenk meiner Mutter«, erwiderte Josef steif. »Außerdem mag ich die Farbe Rosa – ab und zu jedenfalls.«

Gina schwieg, mit dem festen Vorsatz, dieses rosa Plüschmonster demnächst, ganz zufällig, mit schwarzen, abfärbenden Wäscheteilen zu waschen. Ein Mann in Rosa irritierte sie einfach, besonders wenn's ihr eigener war.

Auch die Hochzeitsnacht war enttäuschend verlaufen. Zu-

erst hatte Josef stundenlang im Badezimmer herumgekramt, was um Himmels willen suchte er da? Doch wohl hoffentlich nicht diese Schminksachen! Das würde ja bedeuten, daß die Frau, der diese Sachen gehörten, ihm noch etwas bedeutete. Endlich war er hereingekommen. Ihre Stimmung war mittlerweile auf dem Nullpunkt angelangt. »Ich warte seit einer halben Stunde«, war ihr entschlüpft, woraufhin er fragend seine Augenbrauen hob. »Ehefrauliche Zeterei bereits vor der Hochzeitsnacht?« Seine Stimme hatte kalt geklungen, und sie hatte seine Augenbrauen gemustert und gedacht: Die sehen so ordentlich aus, ob er sie gezupft hat?
Er nicht, Raimund war's, hatte sie sich dann zur Ordnung gerufen. Du siehst mal wieder Gespenster, Gina.
Josef schlüpfte unter die gemeinsame Bettdecke, und als sie versöhnlich ihren Fuß an seinem rieb, fühlte sie, daß er eiskalte Füße hatte. Wie unromantisch, dachte sie und schmiegte sich an seine haarlose Brust. Er hatte geseufzt. »Wir müssen wirklich nicht«, sagte sie und rückte etwas von ihm ab, »keiner zwingt uns.«
Nur der Wunsch, dir zu zeigen, wie sehr ich Mann bin, dachte Josef Maria, beugte sich hinüber und küßte sie. Aber auch seine Lippen waren kalt, was daran lag, daß im Badezimmer das Fenster offen war. Marittel hatte vorher gelüftet. »Ich würde gern, aber ich bin so kaputt«, gab er zu, weil er spürte, daß sich nichts, absolut gar nichts bei ihm regte. »Komm in meinen Arm, dann erzähl ich dir eine Gutenachtgeschichte. Vom bösen Räuber, der die Prinzessin in seine Höhle schleppt und dort ganz schlimme Dinge mit ihr anstellt.«
Über der Geschichte war sie sacht entschlummert.
Jetzt, ein paar Tage später, saßen sie am Frühstückstisch, eine ganz normale Familie. »Ich verwöhn Jenny gern«, hatte Josef Maria auf Ginas liebevollen Vorwurf geantwortet und sie dabei prüfend gemustert: »Hast du Probleme damit?«

»Nicht die allergeringsten«, sagte Gina und gab ihm einen Kuß. »Jedes Mädchen sollte einen Vater haben, für den sie die Prinzessin ist.«
Er hatte sie zurückgeküßt und war mit Jenny verschwunden.

»Deine neue Tochter?« fragte Bäder maliziös. »Die hat dich ja schon fest im Griff, alle Achtung.«
Baumgarten schaute Jenny nach, die im Gewühl der Kulissen verschwunden war, und zuckte die Schultern. »Ich bin sehr glücklich«, sagte er schlicht.
»Schön für dich«, erwiderte der Regisseur ungläubig. »In fünf Minuten geht's los.«
Mein Stichwort, dachte Hügel, tastete diskret nach dem Drehbuch und lächelte den Schauspieler an, der jedoch an ihm vorbei auf den Grabstein blickte. Eine tiefe Furche bildete sich zwischen seinen Augenbrauen, er drückte, zwinkerte, schon standen seine Augen voller Tränen. »Um Gottes willen, Herr Baumgarten«, rief Hügel. »Ich hab doch gar nichts gesagt. Sie haben die Szene doch noch gar nicht gelesen.«
Wie aus tiefem Schlaf tauchte Baumgarten wieder in die Wirklichkeit empor. Er sah ein gerötetes Gesicht, wessen war's? Ach so, Hügel, der Schwachbruder, was wollte er jetzt? Er mußte traurig sein, schluchzen, am Grab zusammenbrechen ...
»Was gibt's?« fragte er unwillig. »Ich muß gleich drehen.«
Hügel, für den alles, was mit Film zusammenhing, heilig und unantastbar war, schob sein Drehbuch wieder in die Tasche. »Ich leg was in Ihre Garderobe«, sagte er und drehte sich weg.
»Es geht los«, rief Bäder. »Alle Kameras sind bereit.«
Bertelsmann, in tiefer Trauer, schritt auf den Grabstein zu. Er sah ernst und edel zugleich aus, Raimund hatte mit viel Weiß und hellem Beige gute Arbeit geleistet. Er sank in die

Knie, ganz langsam, beugte sich vor und küßte den Grabstein. Scheiße, dachte Raimund, der die Szene beobachtete, hoffentlich verschmiert jetzt nicht sein Lip gloss. Hügel jedoch, dem diese theatralische Variante nicht eingefallen war, war ausnahmsweise voller Bewunderung.
Nach dem langen Kuß richtete sich Bertelsmann wieder auf und fuhr mit dem Finger die eingravierten Buchstaben auf dem Grabstein entlang. Er melkt die Szene wirklich bis zum letzten Tropfen, dachte Hügel, ein absoluter Vollprofi.
Auch Bäder war begeistert. »Totale!« Er machte dem Kameramann ein Zeichen. Bertelsmann richtete sich auf, Richtung Kamera, er wußte immer, wo sie war. Sein Gesicht war tränenüberströmt. Im Gegensatz zu weniger begabten Kollegen brauchte er kein Glyzerin, damit die Tränen flossen. »Das ist die Frau in mir«, hatte er mal geflachst, und alle hatten schallend gelacht.
Beide Jeanstaschen mit Bonbons vollgestopft, schlich sich Jenny an die Szene heran. Als sie ihren neuen Daddy sah, der jetzt schluchzend auf dem Grabstein zusammenbrach, vergaß sie alles, was er ihr vorher erklärt hatte. Nur ein Gedanke beherrschte sie – Papi weint, ich muß ihn trösten!
»Und Cut«, wollte Bäder gerade rufen, als Jenny von hinten die Arme um Baumgarten schlang. »Papi«, flüsterte sie, »bitte sei nicht traurig. Ich bin doch da.«
»Und – Scheiße«, schrie Bäder statt dessen, während Baumgarten seine Tochter zärtlich in die Arme nahm. »Das ist doch Fernsehen«, flüsterte er, »in echt bin ich gar nicht traurig.«
Was nicht stimmt, dachte er, während der plötzlich aufgetauchte Kuschel die kleine Jenny wegführte, in echt bin ich sogar sehr traurig. Weil ich dich wahrscheinlich nicht behalten kann. Aber das werde ich dir nie erklären können.

24

Wir benehmen uns ganz normal«, sagte Josef Maria zu Gina, als sie aus dem Jeep stiegen und auf das Restaurant *Im Winkel* zugingen. »Robert hat uns den Tisch am Fenster reserviert, darauf gehst du zu und setzt dich. Es wird einen kleinen Aufstand geben, seit bekannt ist, daß ich verheiratet bin, aber damit müssen wir leben.«
Gina lächelte ihn an: »Wollen Sie nicht Ihre Sonnenbrille abnehmen, Herr Superstar?« Es kam ihr so lächerlich vor, daß er in der Öffentlichkeit stets seine dunkle Brille trug, Blindenbrille sagte Jenny dazu, aber er hatte ihr erklärt, daß er sonst nicht jede Minute, sondern jede Sekunde von Fans angesprochen würde. Als Deutschlands »bekanntestes Gesicht«, wie ihn eine Boulevardzeitung kürzlich tituliert hatte, konnte er sich in der Tat kaum frei in der Öffentlichkeit bewegen. Wenn er nach den Dreharbeiten das Haus verließ, schaute er sich jedesmal rechts und links um, ob nicht ein Paparazzo aus dem Gebüsch sprang und ihm die Kamera vor die Nase hielt.
»Was diese Menschen an deinem ungeschminkten Gesicht so interessant finden, bleibt mir unverständlich«, sagte Gina. »Ich kann's schließlich beurteilen, ich sehe dich jeden Morgen so.«
Baumgarten tat beleidigt. »Bist du dir denn nicht bewußt, wie glücklich du dich schätzen kannst, du gebenedeite unter den Frauen?« scherzte er, aber Gina machte ein strenges Gesicht.
»Das hat Gott zu Maria gesagt, als sie mit Jesus schwanger war«, wies sie ihn zurecht, »kein passender Vergleich.«

Er lachte über ihre Ernsthaftigkeit. »Ich hoffe sehr, daß im Falle einer Schwangerschaft nicht der Heilige Geist dafür verantwortlich ist.«
»Wer denn sonst?« fragte sie blitzschnell. »Du etwa?«
»Und warum nicht?«
Sie schauten sich an, lächelnd, unsicher. Über mögliche Folgen ihrer überstürzten Ehe hatten sie nie geredet, über Kinder schon gar nicht. Jetzt standen sie im Restauranteingang. Kein Spesenritterlokal, eher gediegen-bürgerlich. Draußen hing die Speisekarte und verhieß die »knusprigsten Bratkartoffeln Norddeutschlands«. Josef Maria war zu ihrer großen Freude kein Typ für Lachsmoussemedallion an marinierten Taubenbrüstchen. Er liebte Rustikales.
»Auf geht's«, sagte Baumgarten. »Halt dich bitte an meine Anweisungen.« Er schob seine dunkle Brille zurecht und betrat das Restaurant, dessen braunbeige verkitschtes Interieur zur Speisekarte paßte. Über den Holztischen hingen Messinglämpchen Marke Omaplüsch, die Speisekarten waren herzförmig. Bis auf ein uraltes Ehepaar war das Lokal gähnend leer. »Gut, daß du eine Reservierung gemacht hast«, flüsterte Gina in Josef Marias Ohr. Er sah sich irritiert um. Sosehr er Menschenaufläufe seinetwegen haßte, wenn sie so völlig ausblieben, gefiel es ihm auch nicht. Er war es so sehr gewöhnt, eine öffentliche Person zu sein, angestaunt und angebetet zu werden, daß er jetzt im Eingang stand und sekundenlang nicht wußte, wie er sich verhalten sollte.
»Sagtest du nicht Fenstertisch?« raunte Gina, die hinter ihm stand. »Geh doch einfach los.«
In diesem Augenblick kam Robert aus der Küche, Chefkoch und Besitzer des Restaurants. »Jesses Maria«, rief er, Bratkartoffelduft verströmend. »Dich hab ich ja endlos nicht gesehen. Und wen bringst du da Schnuckeliges mit?«
Robert grinste, weil er wußte, daß er sich solche Frechheiten

erlauben konnte. Er kannte Josef Maria seit der Schulzeit, sie hatten nebeneinander gesessen und voneinander abgeschrieben. Damals war er spindeldürr gewesen, mit dicken, blonden Locken, jetzt war er kugelrund mit Haarkranz; sein alter Schulfreund Josef dagegen hatte sich, wie er neidvoll anerkennen mußte, kaum verändert. Er war, wie sein Hausarzt es nennen würde, »trocken gealtert«, das heißt vom Zahn der Zeit sensibel und vorsichtig benagt. Die Welt war ungerecht.

»Darf ich vorstellen? Gina Baumgarten, meine Frau.« Selbst leicht angesäuert sah der alte Knacker noch sensationell aus, stellte Robert fest, wischte sich die fettigen Finger an der Schürze ab und ergriff Ginas Hand. Kleines, zartes Patschhändchen, dachte er, hoffentlich ist sie ihm gewachsen. »Ich freue mich«, strahlte er, »und meine Bratkartoffeln sind heute ganz besonders lecker.«

»Nicht viel los bei dir«, bemerkte Baumgarten, während sie auf den Fenstertisch zugingen. »Laufen die Geschäfte schlecht?«

Robert lachte. »Du machst mir Spaß.« Seine Hand krachte auf Baumgartens Schulter. »Heute läuft doch dein alter Film *Tulpenkavalier* im Fernsehen. Deine Fans hocken vor der Glotze, statt bei mir zu essen. Du kannst übrigens deine Sonnenbrille abnehmen, hier ist keiner, den du kennst.«

In der Sekunde, als Josef Maria Baumgarten seine Brille abnahm, sah er sie durchs Fenster. Sie entquollen einem Minibus wie eine Schar grellbunter Paradiesvögel. Sofort setzte er die Brille wieder auf, murmelte etwas von »zu grelles Licht, empfindliche Augen«. Gina und Robert musterten ihn besorgt. Gut, daß ich ein ganz normaler Mann bin und kein Superstar, dachte Robert, er wird langsam wunderlich.

»Ich habe Hunger«, verkündete Gina energisch und setzte

sich. »Bitte eine Riesenschüssel Bratkartoffeln mit Speck und Zwiebeln. Und dazu mindestens vier Spiegeleier.« Eine Frau nach meinem Geschmack, dachte Robert und verneigte sich. »Dasselbe für dich?« fragte er seinen Jugendfreund, der intensiv in die Speisekarte vertieft war. Robert nahm sie ihm aus der Hand. »Meine Karte ist wie immer«, sagte er und klappte die Karte zu. »Sperenzchen gibt's woanders.«
Er war schon in Richtung Küche unterwegs, als die Eingangstür aufging. »Doch noch Kundschaft«, rief er erfreut und schritt auf seine neuen Gäste zu, die in einem lauten Schwall hereinströmten. Große, kräftige Frauen waren es und allesamt gekleidet wie für den Opernball. Es rauschte und wuselte und kicherte, dann ertönte eine tiefe Stimme mitten aus dem bunten Gefieder: »Ruhig, Ladies.«
Gina, die aus dem Fenster geschaut hatte, horchte auf. Eindeutig eine Männerstimme. Transis unterwegs, dachte sie, wie schnurzelig. »Schau mal, lauter Transvestiten«, flüsterte sie und stupste ihren Mann an, der noch immer in die Speisekarte vertieft schien. »Die sehen ja zum Schießen aus.«
Er schaute nicht hoch. »Interessant«, murmelte er und studierte weiter. Daphne und Anhang, ausgerechnet! Er kannte diese Ausflüge, hatte selbst vor einem Jahr einmal an einem teilgenommen. Ziel war es, als Frau anerkannt zu werden, nicht als Transi aufzufallen, nur einen einzigen Abend lang. Denn die meisten Männer trugen ihre Frauenkleidung ja nur zu Hause, trauten sich nicht aus den eigenen vier Wänden. Er tat es ja auch so gut wie nie. Gelegentlich zum Briefkasten oder nachts einmal um den Häuserblock, aber er fand diese Exkursionen so stressig, daß er sie wieder eingestellt hatte.
Daphne war da wesentlich erlebnisfreudiger. Sie ging regelmäßig als Frau zum Einkaufen, ins Kino, selbst zum Gottesdienst, wo sie auf ihrem Stammplatz in der dritten Reihe saß und großzügig für die Kollekte spendete. Blicke, getuschel-

te Bemerkungen, all das prallte an ihrer buntglitzernden Fassade ab. Josef Maria war sehr viel dünnhäutiger, aber er war ja auch nur selten Maria, und Josef war zu berühmt. Als er vor einem Jahr einen Ausflug mit dem Tiffany-Club unternahm, vollgepumpt mit Valium, aber getrieben von einer fast zerstörerischen Abenteuerlust, war alles gut verlaufen, keiner hatte ihn erkannt. Aber er hatte sich auch bis zur Unkenntlichkeit zugeschminkt, eine blondlockige Damenperücke auf- und seine Sonnenbrille nie abgesetzt.

»Guten Appetit.« Robert stellte eine dampfende Schüssel mit Bratkartoffeln auf den Tisch. »Ich will keine Reste, sonst bin ich beleidigt.«

Er entschwand, Gina, die sich bereits den Teller vollhäufte, wobei sie darauf achtete, die besonders knusprigen Kartoffeln zu erwischen, sah ihren Mann erstaunt an. »Was ist denn los mit dir, Josef?« Sie legte ihre Hand auf seine, die eiskalt war. Er war in Gedanken so weit weg, daß er sie ganz erstaunt ansah. Was machte diese Frau – in diesem Lokal, in dieser Ehe? Er legte sich zwei Kartöffelchen auf den Teller. Gina zog die Augenbrauen hoch. »Meine Linie«, begründete er, piekste eine Kartoffel mit der Gabel auf, führte sie zum Mund, als er aus den Augenwinkeln sah, wie Daphne sich erhob und auf ihn zukam. Das Gefühl einer drohenden, unabwendbaren Katastrophe machte ihn bewegungslos. Seine Gabel blieb in der Luft. Daphne hatte ihn erkannt, trotz der Sonnenbrille. Gina war in ihre Spiegeleier vertieft, ahnte nichts, die Gute.

»Guten Abend.« Daphnes baßtiefer Stimme war nicht anzumerken, daß es unter den Damen eine hitzige Diskussion darüber gegeben hatte, ob frau sich an Marias Tisch trauen sollte oder nicht. Aber Daphne, die es wurmte, verleugnet zu werden, wenn auch aus guten Gründen, hatte sich durchgesetzt.

»Sie wünschen?« fragte Josef Maria, nahm die Brille ab, sah sie ärgerlich an. »Ich hab meine Autogrammpostkarten leider nicht dabei.«
Gina lächelte Daphne an. »Wir können Ihnen gern ein paar schicken«, bot sie an, »vielleicht freuen sich Ihre – ähem – Freundinnen auch über eine.«
Daphne sagte nichts, sah ihren alten Freund Josef Maria nur an. Judas, oder doch Petrus? dachte sie, und dreimal krähte der Hahn. Aber so leicht kommst du mir nicht davon. »Sorry«, sagte sie mit Stentorstimme. »Ich dachte, Sie sind Götz George. Sorry.« Sie drehte sich auf dem Absatz um und ging an ihren Tisch zurück.
Gina kicherte. Ein zu komischer Abend. »Ich muß mal für kleine Mädchen«, raunte sie und ging die Treppe runter. Josef sah ihr nach, sah, daß ihr drei Tiffany-Damen folgten. Sie wollten auch aufs Damenklo, das gehörte als Krönung zu solchen Ausflügen. Einmal auf der Brille sitzen. Mist, dachte er, warum sind wir nicht zu Hause geblieben? Aber er wußte, warum. Ein Abend ohne seine Mutter. Fast sehnte er Bertha herbei.
»Hallo, Maria.« Er hatte Daphne nicht bemerkt, die wieder Platz genommen hatte. »Deine Frau pinkelt, da bist du entspannter, denke ich mir.« Sie hatte sich wirklich schwer in Schale geworfen, völlig unpassend für Bratkartoffeln mit Sülze. Ein feuerrotes Kostüm spannte sich um ihren üppigen Altmännerkörper, um ihren weichfaltigen Hals baumelte eine dreifache Perlenkette.
»Gut schaust du aus, Daphne«, sagte Josef Maria ohne Überzeugung, »aber ich bin als Josef hier, nicht als Maria. Deswegen darf ich dich nicht kennen, verstehst du das nicht?«
»Nein, das verstehe ich überhaupt nicht«, erwiderte Daphne streng. »Freunde verleugnet man nicht. Du hättest mich ja als deine Cousine vorstellen können.«

»Dich, als meine Cousine?« Fast mußte er lachen. »Ich bitte dich, Daphne, sei realistisch.«

Gina saß auf der Klobrille und wollte gerade loslegen, als die Tür aufging und Marlene, Evita und Melissa hereinkamen. Sie hatten sich vergewissert, daß keiner sie beim Betreten der Damentoilette beobachtete (Marias Frau zählte nicht), denn vor einer Woche hatte sie die Polizei vom Klo gezerrt, weil sich einige Frauen durch ihre Gegenwart beim Pinkeln gestört fühlten. Peinlich, peinlich, so ein Auftritt, obwohl einer der Polizisten ihnen freundlich zugezwinkert hatte.
»Die Luft ist rein«, sagte Marlene. »Hast du einen Ladyshave dabei? Mein Scheißbart kommt wieder durch, dabei hab ich ein Vermögen für Elektrolyse ausgegeben.« Gina, die auf ihrer Brille sitzenblieb, hörte leichtes Surren.
»Alles weg?« fragte eine Männerstimme.
»Alles weg«, erwiderte eine andere Männerstimme. »Mist, ich hab mein Teesieb vergessen.«
»Wozu brauchst du denn ein Sieb?« fragte jemand.
Die dritte Stimme seufzte ungeduldig. »Mensch Meli, zum Pinkeln, Warst du nicht dabei, als Angelique uns das erklärt hat? Okay, also noch mal. Männerpinkeln klingt anders als Frauenpinkeln. Wenn wir also auf einer Damentoilette nicht auffallen wollen, müssen wir so frauenähnlich wie irgend möglich pinkeln. Das geht am besten durchs Sieb.«
»Durchs Sieb?« fragte Meli.
Gina biß sich kurz und schmerzhaft in den Handballen, um nicht laut loszulachen. Sie hatte die Beine hochgelegt, weil sie sich unsichtbar machen wollte. Allerdings mußte sie jetzt ganz dringend. Richtig dringend. Aber sie hielt sich zurück.
»Durchs Sieb«, bestätigte Marlene. »Ich hab jetzt immer eins dabei. Paßt mal auf ...« Die Tür neben Gina wurde geöffnet, Gina hielt die Luft an. »Hört mal genau zu ....«

Eine Sekunde Stille, dann strullerte und pullerte es aus der Nachbarkabine.
Anschließend war das Ziepen und Ratschen diverser Reißverschlüsse zu hören. »Na, wie klingt es?« ertönte eine triumphierende Stimme. »Eine Frau könnte so was nicht besser.«
Es ging nicht mehr. Gina seufzte tief und ließ locker. Schschschschschsch. Das Gespräch verstummte schlagartig. Als sie fertig war, verharrte sie bewegungslos. Stille, dann ein kräftiges Räuspern.
»Tja, Marlene«, sagte Meli dann, »sooo kriegt das keine von uns hin.« Dann klappte die Tür, und Gina konnte sich in Ruhe die Strumpfhose hochziehen.

»Ich geh dann wieder«, sagte Daphne, »sonst kriegst du Ärger mit deiner Frau.«
Sie erhob sich, Josef Maria hielt sie fest. »Sei mir nicht böse«, bat er mit leiser Stimme. »Ich komm demnächst mal wieder vorbei.«
»Bemüh dich nicht«, zischte Daphne und sah auf den Sitzenden herab. »Du Verräter du.«
Als Gina sich lachend auf ihren Stuhl fallen ließ, hatte er sich schon wieder unter Kontrolle. »Wußtest du, daß Frauenpinkeln sich so anhört wie Männerpinkeln durch ein Teesieb?« japste sie.
Er hob die Augenbrauen. »Guten Appetit!« meinte er, ohne auf ihre Frage einzugehen. »Deine Bratkartoffeln werden kalt.«
Natürlich wußte er das. Er hatte es schließlich schon selbst getan.

Raimi, Schleimi?
Wie nett, daß die Frau des Superstars noch Zeit für alte Freunde findet.

Bist du allein?
Warum?
Weil du so' ne zickige Show abziehst. Das tust du doch am liebsten vor Publikum.
Ludo betrügt mich grade mit einem Hetero.
Wie soll das denn gehen?
Lenk nicht ab. Warum rufst du an?
Weil wir uns seit dem Ende der Dreharbeiten nicht mehr gesehen und ich Sehnsucht nach dir habe.
Das kann sich ja bald ändern. Das Hügel-Arschloch schreibt doch was für deinen Ehemann. Dann treffen wir uns wieder am Schminktisch. Wenn dein Gatte dich weiter arbeiten läßt.
Wie du das sagst! So ... so abfällig.
»Gatte« meinst du? Weil ich's nicht komisch finde, du und er. Ihr paßt zusammen wie die Faust aufs Auge.
Find ich auch manchmal.
Warum habt ihr überhaupt geheiratet?
Aus Liebe.
Willst du mich verscheißern?
Warum denn sonst?
Vielleicht hat dein Mann so seine Gründe.
Josef? Der kann doch jede haben.
Man hört so manches.
Ich geb nichts auf dummes Gerede.
Ist auch besser. Soll ich dich mal besuchen?
Lieber heut als morgen.
Du klingst so tränendrüsig.
Das bin ich auch im Augenblick.
Ich komm morgen nachmittag. Soll ich Kuchen mitbringen?
Brauchst du nicht. Marittel backt super.
Wer ist das denn?
Die Haushälterin.
Ich sag gar nichts mehr. Bis morgen.

25

Nach der Begegnung mit Daphne spürte er wieder diese Unruhe. Er schlief schlecht, wachte immer wieder schweißgebadet auf, voller süßer, verbotener Träume. Morgens war er dann übel gelaunt und hatte ein schlechtes Gewissen, weil Gina und Jenny völlig schuldlos waren und er trotzdem oder gerade deshalb auf vieles unangebracht aggressiv reagierte. Auf Ginas im Bad herumliegende Schminksachen zum Beispiel. Seine waren auf mysteriöse Weise verschwunden. Heimlich hatte er alles ersetzen müssen. Es machte ihn einfach gallig, daß sie ihre weiblichen Utensilien so unbesorgt zur Schau stellen konnte, während er seine in hinteren Schubladen verstecken mußte. Nur weil sie eine Frau war? Genau. Weil sie eine Frau war. Ginas Anwesenheit führte ihm ständig vor Augen, was er sich nur unter größten Seelenqualen, hinter dunklen Vorhängen erlauben konnte. Das Wühlen in seidiger Unterwäsche, das Anprobieren diverser Büstenhalter, das lässige Auflegen von Lippenstift und Rouge. Für Gina war alles selbstverständlich, keine sorgfältig geplante Inszenierung, wenn endlich alle aus dem Haus waren und er allein sein konnte. Was seit seiner unüberlegten Eheschließung so gut wie nie mehr vorkam.
Gestern waren die drei Frauen zum Einkaufsbummel losgezogen. Er hatte hinter der Gardine beobachtet, wie sie in Ginas Miniflitzer (sie wollte kein größeres Auto) einstiegen. Endlich allein, dachte er. Jenny war zur Nachbarin gegangen, deren gleichaltrige Tochter Gilian ihre neue Busenfreundin war. Er stürzte ins Badezimmer, holte seine Schminksachen heraus, baute alles vor dem großen Spiegel

auf. Halt, was zog er an? Er hatte höchstens eine Stunde, keine Zeit also für textile Extravaganzen. Hastig schlüpfte er in Berthas bequemes Hauskleid aus schwarzem Nickystoff, das er vor ein paar Wochen aus dem Wäschekorb stibitzt hatte. Irgendwann würde er es wieder in den Korb legen, Marittel würde den Kopf schütteln und etwas von »Ich glaub, langsam werd ich richtig alt« murmeln. Egal. Perücke auf, vor den Spiegel gesetzt. Er legte Make-up und Puder auf, Rouge, Lidschatten, Wimperntusche. Als er die Lippen spitzte, um den Lippenstift besser zu verteilen, hörte er, wie die Haustür aufging. Verdammt, wer war das jetzt?
»Papi, die Gilian ist so zickig, ich will lieber mit dir spielen«, tönte Jennys fröhliche Kinderstimme die Treppe hoch. Wie erstarrt saß er da. Es war zu spät.
»Papi?« Jenny riß die Tür zum Badezimmer auf. »Spielst du Verkleiden, Papi?« rief sie begeistert. »Darf ich mitspielen?« Und so kam es, daß er sich, legal und pädagogisch wertvoll, von seiner kleinen Tochter schminken lassen konnte. Es war ein wonniges Gefühl, sich von dieser leicht zittrigen Kinderhand einen dicken, roten Clownsmund malen zu lassen und Augen wie reingeboxt, weil sie alle Lidschattenfarben durcheinandermixte. Stunden-, tagelang hätte er so weiterspielen können. Da hörte er das Knirschen der Wagenreifen in der kiesbestreuten Auffahrt. *Die Eltern waren zurück.*
»Wir müssen leider aufhören«, sagte er, so ruhig es ging. »Ich muß noch arbeiten.«
Jenny murrte, aber er zog bereits seine Jeans wieder an und steckte seinen Kopf ins Waschbecken, als Gina hereingestürmt kam. »Ich hab den tollsten Mantel für dich gesehen. Sie legen ihn zurück, du mußt nur ... was machst du denn da unterm Wasserhahn?«
»Wir haben Verkleiden gespielt, Papi und ich«, erklärte

Jenny, »und ich hab ihn ganz toll geschminkt.« Sie umarmte ihn von hinten, drückte ihn dabei noch tiefer ins Waschbecken. So tief, daß Gina sein Gesicht nicht sehen konnte, als sie ausrief: »Hast du etwa in meinen Schminksachen gewühlt? Das hab ich dir doch ausdrücklich verboten.«

Ehe sie antworten konnten, stürmte Bertha herein. »Mein neues Nachthemd ist weg. Das ist schon das dritte. Hast du es vielleicht gesehen, Gina?«

Gina runzelte die Stirn. »Was soll ich mit deinen Nachthemden, Bertha?« fragte sie mit spitzem Ton, »da paß ich doch dreimal rein.«

Josef Maria, der sich in der Zwischenzeit so gut wie möglich abgeschrubbt hatte, kam tröpfchensprühend wieder hoch. »Darf ich die Damen jetzt bitten, mich einen Augenblick allein zu lassen?« bat er, während er zur Nivea-Dose griff und sich das rotgescheuerte Gesicht eincremte. Eigentlich mochte er den Geruch von Nivea überhaupt nicht, aber er konnte vor Frau und Mami schlecht in seine privaten Duftdosen greifen. »Ich hab noch 'ne Drehbuchbesprechung.«

Bertha zog sich sofort zurück. »Komm, Kind«, sagte sie zu Jenny, »deine Eltern wollen ungestört sein.«

Sie waren allein. »Du siehst so genervt aus.« Gina sah ihn prüfend an. »Hast du irgendwelchen Ärger?« Er roch wirklich penetrant nach eingecremtem Kinderpopo.

»Ärger?« wiederholte er, während er seinen Lidschatten vorsichtig hinter die Seifenschale schob. »Quatsch. Ich bin nur etwas angespannt wegen meiner neuen Rolle. Ich hab keine Ahnung, wie ich die spielen soll.«

Gina lächelte. Der große Mime, ganz klein. Diese Vorstellung rührte an ihre mütterlichen Gefühle. Auch daß er mit Jenny Verkleiden gespielt hatte, machte sie innerlich ganz weich. Er war also ein Spielevater, nicht einer dieser verkru-

steten Männer, die so was als unmännlich ablehnten. »Du meinst die Rolle als Crossdresser?« fragte sie nach. »Hast du Angst, daß du den nicht überzeugend hinkriegst?«
Ach, wie gut, daß niemand weiß, dachte Rumpelstilzchen.
»Ehrlich gesagt ...« begann er und stoppte, als sie hinter ihn trat und ihre Nase zwischen seine Schulterblätter drückte.
»Laß doch einfach die Frau in dir raus«, riet sie ihm, »dann schaffst du das.«
Ihre Worte gingen ihm durch und durch. Die Frau in mir. Maria. Ob er es wagen sollte? »Was weißt du denn von der Frau in mir?« Seine Stimme klang beiläufig, dabei fieberte er innerlich. Jetzt nur ein richtiges Stichwort, dachte er, und ich sag ihr alles.
»Das sagt man doch so«, erklärte sie und begriff nicht, warum seine Miene sich verdüsterte. »Wenn Männer auch mal weich sein wollen. Aber vielleicht bist du so ein Supermann, daß dir solche Bedürfnisse fremd sind. Das mußt du selbst am besten wissen.«
»Was ist denn deine ganz persönliche Präferenz?« fragte er, während er sein Hemd anzog. »Harte oder weiche Männer?«
Sie lachte laut und bedeckte seinen nunmehr hemdbedeckten Rücken mit kleinen Schmetterlingsküssen. »Meine Lieblingskombination ist harte Schale, weicher Kern«, sagte sie. »Sonst noch was?«
Er schob sie von sich. »Sonst nichts«, murmelte er. Sein Handy klingelte. »Wer stört? Elmar, um diese Zeit? Im Club? Gut, ich komme.«
Er klappte das Handy zusammen und seufzte. »Ich muß noch mal los. Änderungen im Drehbuch.«
»Was für ein Club?« fragte Gina.
»Nichts für kleine Mädchen«, sagte er nur und drängte sie

aus dem Badezimmer. »Ich will mich nur ganz kurz frisch machen.«
»Du bist frisch genug«, protestierte sie, aber da war die Tür schon zu.
Sie runzelte die Stirn. Irgendwas stimmte nicht. Ihre Ehe war wurmstichig, und der Wurm wurde immer größer. Aber was genau war der Wurm? Sie beschloß, ihm zu diesem Club zu folgen. Sie haßte Ungewißheit, und Würmer haßte sie am allermeisten.

Zehn Minuten später kam er die Treppe runter, küßte Gina flüchtig zum Abschied, warf Jenny, die auf dem Geländer saß, eine Kußhand zu, ließ seinen Jeep an und verschwand in die Nacht.
Auf geht's, dachte sie und holte den Produktionsplan des letzten Films, auf dem die Telefon- und Handynummern aller Beteiligten gedruckt waren.
»Buch: Elmar Hügel, Handy 0172 ...« Gina wählte, lauschte mit angehaltenem Atem dem Freizeichen – hoffentlich kein Funkloch, denn eine Nachricht in der Mailbox zu hinterlassen, war sinnlos.
»Hallo?« Es rauschte und knackte.
»Elmar?«
»Wer ist da?«
»Ich bin's, Gina ...« Sie sprach gleich weiter, um nicht die Nerven zu verlieren. »Josef ist gerade losgefahren, und er hat mir auch gesagt, wohin, aber ich hab den Namen des Clubs vergessen und jetzt muß ich ihm was ganz Wichtiges sagen ...« Ihre Stimme versagte.
»Hast du denn seine Handynummer nicht?« fragte er.
»Doch, schon, aber er hat sein Handy abgestellt«, log sie schnell.
Elmar Hügel überlegte. Ihre Story klang fadenscheinig, und

er war sich sicher, daß Baumgarten ihr nichts vom Tiffany-Club erzählt hatte. Andererseits – hatte sie nicht ein Recht auf Wahrheit? Sollte er ein bißchen Gott spielen, besser gesagt, ein bißchen Teufel?

»Wir treffen uns im Tiffany-Club im Geranienweg«, sagte er. »Ich sag ihm, daß er sich bei dir melden soll.«

»Laß mal.« Ihre Stimme klang gehetzt. »Ich sag's ihm, wenn er nach Hause kommt. Und erzähl ihm nichts von meinem Anruf. Hat sich ja auch schon erledigt.«

»Okiedokie«, klang es durchs Rauschen und Knattern. »Mach's gut.«

»Mach's besser«, sagte Gina.

Das werde ich, dachte Elmar Hügel, als er einen Parkplatz direkt vor dem Club fand, das werde ich mit Sicherheit.

»Unser Star kommt auch gleich.« Küßchen rechts, Küßchen links von Daphne, Elmar Hügel trat ein und schnupperte. »Du riechst nach Sünde, Chefin. Was ist es diesmal?«

Daphne lächelte. Sie gab viel für Düfte aus und freute sich, auf Kenner zu stoßen. »*Black Pearls* von Liz Taylor«, sagte sie. »Ich finde, wir könnten Schwestern sein.«

»Absolut«, bestätigte Hügel ihre Wahnvorstellung. »Hast du mein Drehbuch schon gelesen?«

Gespannt wartete er auf ihre Antwort. Seit Baumgarten notgedrungen sein Okay gegeben hatte, durfte Hügel zwecks Recherche den Club von innen beschnuppern.

»Ich hab und bin begeistert«, sagte Daphne knapp. »Was meint dein Hauptdarsteller dazu?«

Hügel grinste diabolisch. »Deswegen kommt er hierher«, erklärte er, »um alles in Ruhe zu lesen. In eurer Gegenwart. Das entspannt ihn sicher. Er ist noch ambivalent. Das Thema ist zu nah dran. Aber er wird trotzdem phantastisch sein. Der Film wird mein Durchbruch als Drehbuchautor und für ihn der Beginn einer ganz neuen Karriere als Kinoheld.«

»Schön, wenn man so von sich überzeugt ist«, meinte Daphne nur trocken. »Was kann ich für dich tun?« Sie standen vor der großen Mahagoni-Bar im Salon, die Daphne als Schnäppchen auf einem Pariser Flohmarkt erstanden hatte und auf die sie sehr stolz war.
»Ein gut gezapftes Bier wär super«, sagte Hügel.
»Wir sind hier doch nicht in der Kneipe!« Daphnes rechter Zeigefinger wies entrüstet auf die bunten, vielgestaltigen Flaschen in der Bar. »Bestell was Richtiges, oder es gibt nichts.«
Hügel seufzte. Er haßte Cocktails. »Gib mir irgendwas«, sagte er resigniert, als es an der Haustür klingelte.
»Das wird Maria sein.« Daphne ging über den Flur und riß die Tür auf. »Maria!« rief sie. »Du siehst phantastisch aus.«
Von Neugier geplagt, stand Hügel auf, zumal der trockene Martini, von Daphne gemixt, süß wie alter Honig war. Im Flur erstarrte er. Vor ihm stand Baumgarten, von oben bis unten in ein enganliegendes, goldenes Abendkleid gehüllt. Er war nicht geschminkt, sein Haar blondgraukurz. »So stelle ich mir die Ballszene vor«, sagte Baumgarten statt Begrüßung. »Dieses alte Kleid hat meine Mutter zu ihrer Verlobung getragen. Ich hab's durch Zufall auf dem Dachboden entdeckt. Was meint ihr?«
Daphne und Elmar starrten ihn sprachlos an. Josef Maria wirkte wie ein Wesen aus einer anderen, androgynen Welt, halb Femme fatale, halb Geschäftsmann.
»Ich wollte euch überraschen«, lächelte Baumgarten fein, »und ich sehe, die Überraschung ist mir gelungen.«
Es war eine ganz spontane Idee gewesen. Er hatte seine Sportsachen im Kofferraum gesucht und war dabei auf eine Tüte gestoßen, in der sich das goldene Kleid befand. Er hatte es beim letzten Crossdresser-Ball getragen und längst zur Reinigung bringen wollen. Seitdem moderte es in sei-

nem Kofferraum vor sich hin. Soll ich, soll ich nicht, hatte er gedacht, während er die Tüte auf den Beifahrersitz legte und losfuhr. An der vorletzten Ampel ritt ihn plötzlich der Teufel, und er zog sich aus, saß in Unterhose am Steuer und dachte: Dieses Foto würde ich gern morgen früh in der Zeitung sehen. Fast hätte er gekichert. Dann holte er das Verlobungskleid heraus und zog es an der nächsten roten Ampel vorsichtig an, von unten nach oben. Zum Glück hatte er getönte Autofenster.

»Ich dachte schon, du wärest uns verlorengegangen.« Daphnes Stimme klang einen Touch vorwurfsvoll, als sie wieder an die Bar trat. Und mixte, was Maria immer trank. Einen Margherita mit Zuckerrand. Oder Caipirinha. Josef trank Schnaps. Aber in diesem Kleid war Josef hauptsächlich Maria, beschloß sie und kippte Eis, Zucker, Limonensaft und weißen Rum in den Mixer.

»Voilà.« Schwungvoll stellte sie das Glas vor Maria hin. »Mach keine Flecken, Schätzchen«, mahnte sie. »Die gehen aus diesem Stoff nie wieder raus.«

Josef Maria sank in den Sessel und nippte am brasilianischen Cocktail. »Keine Gäste da?« fragte er, leicht enttäuscht. »Ich wollte eigentlich noch ein bißchen Make-up auflegen.«

Hügel rückte seinen Sessel dichter heran und legte Baumgarten sein Drehbuch auf den Schoß. »Wir sind heute eine geschlossene Gesellschaft«, meinte er, »damit wir ganz in Ruhe über das Buch sprechen können. Daphne hat es übrigens schon gelesen und ist begeistert.«

Der absolut falsche Satz. Baumgarten reagierte giftig, wenn er nicht der allererste war, der um seine Stellungnahme gebeten wurde. »Ich lese ungern in Gesellschaft«, sagte er nur, »ich werde es mit nach Hause nehmen.«

Da war er wieder, dieser starre Blick von Hügel. Den Se-

rienmörderblick hatte er diesen Blick genannt. »Ich möchte, daß Sie die letzte Szene hier lesen.« Auch Hügels Stimme klang starr, unerbittlich. »Weil sie die wichtigste Szene im Film ist. Bitte.« Das Bitte klang wie ein Befehl. Wütend, hilflos schlug Josef Maria das Drehbuch auf. »Seite 90 bis 99, wenn's genehm ist.« Hügel lehnte sich zurück und nippte an seinem zuckersüßen Drink.
Baumgarten las, und während er den Blick seines Autors wie einen klebrigen Fluch auf sich spürte, machte sich Mordlust in ihm breit. Vors Auto stoßen. Hungrigen Kojoten zum Fraß vorwerfen. Ihm einen Staubsauger ins Badewasser werfen. Die Szene war der größte Bockmist, den er je gelesen hatte. Grausam schlecht und doch faszinierend.

Bild 88

Innen – Schlafzimmer

Der Crossdresser steht vor dem großen Wandspiegel und zieht sich langsam aus. Dabei murmelt er ...

CROSSDRESSER

Ich bin weder Mann noch Frau.
Ich bin gar nichts.
Ich verdiene mein Leben nicht.
Ich muß die Welt von mir erlösen.

Jetzt ist er nackt. Kamera fährt auf seinen muskulösen Körper, seine weichen Silikonbrüste ...

Silikonbrüste! Angewidert schmiß Baumgarten das Drehbuch auf den Boden. »Unser Held ist ein Crossdresser, kein Transi mit Silikontitten!« Jetzt schrie er. »Was findest du so gut daran?«

Daphne war eingetreten und zuckte zusammen, als er sie so rüde ansprach. »Ich find's gut, weil ich selbst Titten habe«, sagte sie leise, »es ist einfach realistisch.«
»Realistisch«, schnaubte Josef Maria. »Was ist realistisch an einem Mann mit Brüsten?«
Daphne lächelte nur. »Ich rede ja nicht von Männern«, sprach sie milde. »Ich rede von uns.«
Ich bin aber ein Mann, wollte Josef Maria Baumgarten brüllen, ich habe nur einen ganz winzigen Fetisch. Kaum unter der Lupe zu sehen. Aber er sagte nichts. Er drehte sich um, dem leisen Hüsteln entgegen, das Hügels Kehle entfleucht war.
»Herr Baumgarten«, begann Hügel, »wenn diese Rolle einen dramatischen Bogen und eine Zuspitzung erfahren soll, dann muß die Figur teils Mann, teils Frau sein. Brüste sind für die Dramaturgie einfach lebenswichtig. Machen Sie sich doch einfach mal mit einem Paar vertraut. Ich habe welche mitgebracht, zum Ausprobieren.«
Er griff in sein Aktenköfferchen und holte Brüste heraus. Kleine, dicke, apfelige, birnige, jeweils zwei, jeweils weich und anschmiegsam.
»Wo hast du die denn her?« kreischte Daphne begeistert. »Die sind ja wunderbar.«
Auch Josef Maria riskierte einen Blick. Gegen seinen Willen regte sich Interesse in ihm.
»Mal sehen, welche dir passen würden«, schlug Daphne vor und hielt ihm die apfelförmigen vor den Ausschnitt. »Los, stopf sie rein, so ein Kleid ohne Titten ist wie Torte ohne Sahne.«
Ohne seine Antwort abzuwarten, griff sie zu und stopfte die Titten in sein flaches Dekolleté. Unwillkürlich straffte er sich. »Wie seh ich aus?« Er drehte eine Pirouette. Die Sache machte ihm Spaß, obwohl Hügel dabei war, dem er nicht von hier bis zur Tür traute. Aber er war so lange nicht Maria

gewesen, hatte seit Wochen nicht diese wohlige Schwere gespürt, die weiche, glitzernde Stoffe in ihm auslösten, sobald sie seine Haut berührten. Nichts auf der Welt kam diesem Gefühl gleich. Das war sein Verhängnis. »Spieglein, Spieglein an der Wand!« rief Daphne. »Wer ist die Schönste im ganzen Land?«
Kein Drehbuch dieser Welt kann so überdreht sein wie die Wirklichkeit, dachte Hügel, ich muß alles ändern. Er holte seinen Laptop heraus und schrieb:

Bild 92

Innen – Abend
Im Salon hat sich der Crossdresser nackt ausgezogen. Kritisch mustert er seinen flachen Männerkörper.

CROSSDRESSER

Ich brauche Titten.
Richtige Titten.

Hügel schmunzelte. So war's gut. Nicht soviel Schmalz, mehr Komik. Seine kurze, fette Zunge stahl sich zwischen die Lippen und züngelte hin und her. Er war im Rausch. Im Schreibrausch, dem schönsten aller Räusche.

Auftritt Frau des Crossdressers. Sie kommt rein, sieht ihren sogenannten Ehemann, stutzt.

EHEFRAU
– gallig –

Was ist denn hier los? Tittenparade?

Der Crossdresser dreht sich um, lächelt. Dann stopft er ein paar weiche Brüste in seinen Ausschnitt.

CROSSDRESSER

Wie findest du mich?

EHEFRAU
– mustert ihn prüfend –

Du siehst irgendwie gar nicht so übel aus.

CROSSDRESSER
– eifrig –

Wie eine Frau?
Wie eine richtige Frau?

EHEFRAU

Wie eine richtige Frau.

Sie umarmen sich. Betrachten sich, eng umschlungen, im Wandspiegel.

EHEFRAU

Bin ich jetzt eigentlich lesbisch?

Sie lachen. Der Crossdresser nimmt das Gesicht seiner Ehefrau zärtlich in beide Hände. Kamera auf seine langen, rotlackierten Finger.

CROSSDRESSER

Ich liebe dich.

EHEFRAU

Ich muß pervers sein, aber ich liebe dich auch.

Aus und Ende. »Ich liebe euch, ich muß pervers sein!« rief Hügel.

Hier mußte es sein. Gina spähte aus dem heruntergekurbelten Autofenster nach einem Schild, einem Hinweis, aber natürlich waren Clubs wie Tiffany, besonders wenn sie in einer bürgerlichen Wohngegend lagen, peinlich diskret. Sie wollte gerade weiterfahren, da sah sie Josefs Jeep. Sie parkte direkt dahinter, stieg aus und ging auf das Haus zu, das dunkel war bis auf ein erleuchtetes Fenster. Eigentlich wollte sie klingeln, ganz harmlos fragen: »Hallo, ist mein Mann hier?« Aber das mondgelbe Viereck zog sie wie magisch an. Erstaunlich, daß die Vorhänge nicht zugezogen waren. Die Beleuchtung war so schummrig, daß sie ihre Augen anstrengen mußte. Vorsichtig, auf leisen Sohlen, schlich sie sich näher ran. Knack! Sie zuckte zusammen, ein Zweig unter ihren Füßen hatte das Geräusch verursacht. Ein Mann kauerte in einem Sessel und tippte auf einem Laptop. Hügel! Neben ihm stand der nette Transi aus der Bratkartoffelkneipe, von dem Josef behauptet hatte, er kenne ihn nicht. Offensichtlich ein Clubmitglied. Der Transi trug ein ziemlich enges Teil, das von einer Bauchrolle in der Mitte fast gesprengt wurde, und eine der Wahnsinnslockenperücken, von denen Transis glaubten, sie täuschten echtes Frauenhaar vor, dabei gab es keine Frau, die solche Haarpracht in Wirklichkeit hatte. Selbst sie nicht, die von allen um ihre dicken roten Haare beneidet wurde. Vor dem Transi, mit dem Rücken zu Gina, stand eine riesige Frau in einem goldenen Abendkleid. Sie wirkte wie eine gigantische Meerjungfrau. Ihre ebenfalls goldschimmernden Locken fielen bis zur Taille. Ein Wahnsinnsweib, dachte Gina, was macht die hier? Sie drückte sich noch näher ans Fenster heran, preßte ihre Nase an die nachtkühle Scheibe, als die Frau sich umdrehte …

JOSEF MARIA! Gina unterdrückte einen spitzen Aufschrei. Kein Zweifel war möglich – diese Frau war ihr Ehemann.

Sein Gesicht war ungeschminkt, ernst, aber seltsam verklärt. Er sah glücklich aus, entspannt. Jetzt drehte er sich halb um, der Transi gab ihm eine Art Ball oder zusammengeknülltes Taschentuch. Er nahm es in die Hand, roch daran, stopfte sich das Teil danach in den Ausschnitt. Jetzt hatte er einen perfekten Busen. Gina starrte und starrte, bewegungslos. Sie fühlte sich wie im Traum, was sich dort, nur eine Glasscheibe von ihr getrennt, in einem plüschigen Wohnzimmer abspielte, hatte nichts mit ihrem Leben, mit ihrer Wirklichkeit zu tun. In der nämlich war sie mit dem berühmten Schauspieler Josef Maria Baumgarten verheiratet, dem supermännlichen Schwarm aller deutscher Frauen, und führte eine ganz normale eheliche Beziehung. Aber war sie da so sicher?
Sie schüttelte den Kopf und ging zu ihrem Auto zurück. Sekundenlang überlegte sie, ob sie einfach ans Fenster klopfen und ihrem verkleideten Ehemann die Zunge rausstrecken sollte, aber es reichte, wenn *er* sich lächerlich machte. Im Auto, die Hand am Zündschlüssel, lachte sie plötzlich erleichtert auf. Wie dumm von ihr! Er probte für seine neue Rolle! Deshalb war auch Hügel dabei. Und der Transi brachte ihm vermutlich bei, wie man sich als solcher bewegte und sprach. Alles hatte eine ganz vernünftige Erklärung. Schnell weg von hier, damit er ihr nicht auf die Schliche kam. Während sie losfuhr, ganz knapp einen Mercedes streifte – aber nur so knapp, daß sie ohne schlechtes Gewissen diese kleine Fahrerflucht beging –, bohrte sich ein kleiner, feiner Mißtrauensstachel in ihr Herz. Und wurde langsam, ganz langsam größer.
Es kann nicht wahr sein, murmelte sie wie eine Beschwörungsformel vor sich hin, das war nicht mein Mann, nicht Josef Maria. *Maria?*

»Ihre Frau hat mich übrigens angerufen«, sagte Hügel, während er seinen Laptop zuklappte.
»Was wollte sie?« Baumgarten klang beunruhigt. Er wußte, wie wenig Gina diese »männliche Fehlkonstruktion«, wie sie Hügel so treffend nannte, ertragen konnte.
»Sie wollte wissen, wo wir uns heute abend treffen, offensichtlich haben Sie sich Gina gegenüber noch nicht geoutet.« Seine Stimme bekam etwas Lauerndes. »Aber das geht mich ja nichts an.«
»Das geht dich wirklich nichts an, du Saubeutel!« Daphne hatte sich neben Baumgarten postiert und sah sehr angriffslustig aus. »Hast du etwa gequatscht?« Eine Wolke kleiner Speicheltröpfchen zischte in sein Gesicht. Er wagte nicht, sie abzuwischen. »Natürlich nicht«, log er und hob abwehrend die Hände. »Sonst wäre sie doch längst hier, oder?«
Daphne und Josef Maria schwiegen. Er hat recht, dachte Josef, aber warum ruft sie überhaupt an? Vielleicht war was mit Jenny? Oder mit Bertha? Er mußte sofort nach Hause. Während er sich aus seiner goldenen Hülle schälte und die Perücke achtlos auf den Boden warf, tippte er Ginas Handynummer in sein Handy.
»Hallo?« Ihre Stimme klang verzerrt, weit entfernt.
»Wo bist du?« fragte er.
»Josef, bist du es?«
»Ja, ich bin's. Hügel sagte mir, daß du ihn angerufen hast. Ist was?«
Gina lenkte ihr Auto mit einer Hand, die andere hielt das Handy. Sie überlegte. Sollte sie? Lieber nicht. Wissen ist Macht.
»Ich hatte einfach Sehnsucht nach dir.«
Er schwieg, irgendwie sprachlos. Ein dicker Klumpen der Rührung legte sich bei ihren Worten auf seine Seele. Sie hatte Sehnsucht nach ihm, während er …

»Mein Meeting ist sowieso zu Ende«, sagte er mit belegter Stimme. »In einer Viertelstunde bin ich zu Hause.«
»Ich warte auf dich«, sagte sie sanft.
»Ärger an der Heimatfront?« Daphne zupfte Josef besorgt die Titten aus dem Ausschnitt und verstaute sie.
»Alles bestens«, murmelte er nur. Er stopfte das Kleid in die Plastiktüte, küßte Daphne rechts, links, rechts, links auf ihre duftgepuderten Wangen und verließ das Haus.
Hügel und Daphne sahen sich an.
»In dessen Haut möchte ich jetzt nicht stecken«, sagte Hügel und schickte ein kleines Dankgebet zu seinem Schöpfer. Lieber Gott, ich danke dir, daß ich so wunderbar normal bin. Bitte laß mich so.
»In deiner Haut erst recht nicht«, erwiderte Daphne spitz.

26

Gina schloß die Haustür auf. Aufatmend blieb sie im Flur stehen. Zum erstenmal empfand sie die Jugendstilvilla als sicheren Hafen, als Schutz vor einer feindlichen Umwelt.
»Hast du Lust auf eine Tasse Schokolade in der Küche?« Marittel stand in der Küchentür. Sie war bereits im Bademantel, ihre wuscheligen grauen Löckchen kringelten sich wie Schweineschwänze auf ihren Schultern.
»Gern, Marittel«, erwiderte Gina. Dann sitz ich mit ihr in der Küche, wenn er nach Hause kommt, überlegte sie blitzschnell, hängte ihre Jacke an die Garderobe und ging leise in Jennys Schlafzimmer, um sie, wenn nötig – und das war es meist – zuzudecken. Sie setzte sich auf die Kante des Kinderbetts und atmete diesen typischen Geruch aus Milch, Schmutz, Schlaf und etwas Unaussprechlichem ein, der nur Jenny war. Die Kleine lag auf dem Rücken und schnarchte. Im Arm hielt sie ihr Schmusetuch. Gina beugte sich über sie und schnupperte ganz zärtlich, ganz sacht, um sie nicht aufzuwecken, an ihrem heißen, weichen Gesicht.
Danach ging's ihr besser. Was immer auch passiert, ich hab ja noch Jenny, dachte sie. Als sie hochblickte, sah sie ihren Mann im Türeingang stehen. Wo ist deine Perücke, wo ist dein verdammtes Abendkleid? hätte sie am liebsten gerufen und genau darauf geachtet, was für ein Gesicht er machte. »Hi«, grüßte sie statt dessen, »Jenny schläft tief und fest.«
Er kam näher, unwillkürlich trat sie einen Schritt zurück. Eine goldene Frau drängte sich zwischen sie. Er sagte nichts, aber sie fühlte seine fragenden Augen, die ihr Gesicht in der

Dunkelheit abtasteten. »Marittel hat heiße Schokolade gemacht«, sagte sie und verließ das Kinderzimmer. »Willst du auch was, oder ist Kakao nichts für richtige Männer?«
Ohne ihm Gelegenheit zu einer Antwort zu geben, ging sie in die Küche.
Was wußte sie? Oder war ihre Frage rein zufällig gewesen? Diskret musterte sich Josef Maria im Flurspiegel. Alles normal. Zur Sicherheit wischte er sich noch mal über die Lippen, prüfte seinen Handrücken. Mist, eine Spur Rot. Er wischte sie weg.
In der Küche saßen die Frauen am Tisch. Aus ihren Tassen stieg leichter Dampf hoch. Ein friedliches Bild. Er trat ein. »Für mich bitte auch eine Tasse, Marittel«, sagte er und setzte sich neben Gina, »obwohl ich ein richtiger Mann bin.«
»Wie schön, das zu wissen«, meinte Gina nur und trank weiter.
Josef Maria rückte näher. Er hatte auf einmal ein unheimliches Bedürfnis nach Körperkontakt. Sie roch so gut. »Du riechst so gut«, murmelte er.
»Du auch.« Sie rückte weg. »Wonach?«
Marittel beobachtete die beiden liebevoll. »Ich geh dann mal«, sagte sie und verschwand.
»Wie war deine Besprechung?« fragte Gina, ganz bemühte Ehefrau. »Alles gut gelaufen?«
Josef Maria musterte sie prüfend. Sie hatte doch was. »Bist du sauer?« fragte er.
»Warum sollte ich sauer sein?« antwortete sie im ehelichen Ich-bin-sauer-aber-ich-sag-nicht-warum-Ton.
»Weil ich heute abend keine Zeit für dich hatte.« Er legte seine Hand beschwichtigend auf ihren Arm. »Aber es war wirklich wichtig.«
Sie holte tief Luft. »Wo habt ihr euch denn getroffen?« fragte sie.

»Im Tiffany-Club«, erwiderte er prompt, weil er wußte, daß sie es wußte, auch wenn sie so tat, als wüßte sie nichts. So ehrlich wie möglich, und wenn unmöglich, dann lügen, bis die Schwarte kracht – so hatte Kai Kuschel mal seine Verhandlungsstrategien beschrieben. Guter Kuschel.
»Ist das nicht ein Transvestitenclub?« Ihre Stimme klang harmlos, aber selbst er erkannte das Trügerische darin.
»Woher weißt du das?« scherzte er. »Ich denk, ich hab eine anständige Frau geheiratet.«
Ich bin anständig, dachte sie, und du?
»Vielleicht nehm ich dich mal mit«, sagte er, und seine Stimme klang merkwürdig. »Wenn du willst.«
Ob er mir jetzt was beichten will, dachte Gina plötzlich. Etwas, das ich eigentlich gar nicht hören möchte? »Bist du Stammgast im Tiffany-Club?« fragte sie und hielt die Luft an.
Er schwieg. »Ich bin gelegentlich dort«, sagte er dann. »Die Atmosphäre gefällt mir.«
»Die Transvestiten?« Sie wollte es jetzt doch genau wissen. »Was gefällt dir denn an ihnen? Die meisten Männer, die ich kenne, fühlen sich in Stripteasebars wohler.«
Sie war die erste Frau, bei der er die Regung verspürte, sich zu offenbaren, weil er bei ihr – und das zum allerersten mal – die leise Hoffnung hatte, daß sie ihn verstehen, vielleicht sogar weiter mit ihm leben würde. Es war eine Regung, die kam und ging. Und jetzt, wo er in ihre fragenden, zweifelnden Augen blickte, ging sie wieder. »Ich werde in der nächsten Zeit vielleicht öfter dort sein«, meinte er vorsichtig. »Recherche, du verstehst. Du weißt, wie gründlich ich in solchen Sachen bin. Was machst du da?«
»Mein Ohrläppchen juckt.« Sie kratzte und zog an ihrem Ohr, entfernte dann den Ohrring. »Mist, wahrscheinlich doch kein Gold. Auf alles andere reagiere ich allergisch.«
Jetzt war nur noch das kleine Zäpfchen drin. Sie spürte es

ganz kurz im angeschwollenen Läppchen, dann war es weg. Sofort rutschte sie unter den Tisch, tastete den Fußboden vorsichtig nach dem winzigen Teilchen ab.
Josef Maria beugte sich zu ihr herunter: »Kann ich dir irgendwie helfen?« fragte er.
»Nee, das finde ich schon selbst«, murmelte sie und tastete weiter. Unterm Tisch, unter der Sitzbank. Da ganz hinten, blinkte was. Sie fuhr mit dem Arm unter die Bank, irghhh, hier hatte Marittel offensichtlich lange nicht mehr gewischt: eine vergammelte Wurzel, ein zerknülltes Tempotuch und ein Teesieb. Ein Sieb, dachte Gina und betrachtete es unterm Tisch, woran erinnert mich das bloß? Das Zäpfchen war vergessen. Sie kroch wieder hervor, hielt ihm das Sieb hin. »Hier, das lag unter der Bank.«
Er nahm es kopfschüttelnd. »Danke, aber was soll ich damit?«
»Weiß ich auch nicht«, lachte sie, und dann fiel es ihr ein. Weibliches Pinkeln war für einen Mann nur durchs Sieb möglich. Ihr Lachen ging in Kichern über, das sie selbst als blöd empfand, aber nicht stoppen konnte. »Weißt du, wofür Transis ein Teesieb benutzen?« prustete sie.
Sein Gesicht war absolut leer. »Du wirst es mir gleich sagen«, meinte er nur.
Er hat bei diesem Thema überhaupt keinen Humor, dachte sie. Sehr schade. Lachen ist schließlich das wichtigste in einer Ehe. Wichtiger als Sex, jedenfalls für mich. »Ich hab's vergessen«, sagte sie deshalb und stand auf. »Leg das Sieb am besten in die Spüle. Es ist ziemlich staubig.«
Er blickte ihr nach. Sie war eine Frau in Mini, alles klein, aber alles dran. Und wie! Vorne und hinten, wie es sich gehörte. Er liebte ihren kleinen, kompakten Körper, was er ihr oft, nicht nur im Bett, auch sagte, sie ihm aber nicht glaubte. Wie alle Frauen hatte sie tausend Kleinigkeiten an sich auszusetzen. Kritische Bestandsaufnahme nannte sie

diese Nörgelei, die er, im Gegensatz zu anderen Männern, nur allzugut verstand, weil auch er Phasen kannte, wo ihm sein Körper nicht gefiel. Diese Phasen waren kurz und nicht so intensiv, daß er ernsthaft etwas hätte ändern wollen, aber es gab sie. Beim letztenmal hatte er seinen gesamten Körper entwachst, seine haarlose Brust war für Dreharbeiten nötig, und er war anschließend ein bißchen über Bord gegangen. Streß, Überforderung, wenig Sex, all das hatte dazu beigetragen, daß er nachts auf dem Rand seiner Badewanne saß und seine schwer behaarten Beine mit einem Folterinstrument entwachste; danach waren sie dermaßen rot und wund gewesen, daß er sie dick mit Penatencreme einreiben und hochlegen mußte. Danach hatte er sich daran gewöhnt. Seine Hochzeitsnacht hatte er deshalb haarlos erlebt, aber Gina mochte seine »Frauenhaut«, wie sie sie ahnungslos nannte, nicht besonders. »Es irritiert mich, wenn du so weich und glatt bist«, sagte sie. »Ich mag behaarte Männer.« Schade, hatte er gedacht, aber er wollte seine Körperbehaarung nicht zum Kriegsschauplatz machen und ließ sie deshalb wieder wachsen. Doch es gab Momente, wo sie ihn störte. Wo sie Maria störte.

Sie lag schon im Bett, als er endlich ins Schlafzimmer kam. »Ich hatte das Ding noch drin, stell dir vor«, sagte sie und tippte an ihr Ohrläppchen. »Komm mal her!« Sie klopfte auf ihre Bettkantenseite, er setzte sich folgsam. »Ich wollte dir nur sagen, daß ich gern mit dir verheiratet bin«, flüsterte sie. »Vielleicht weißt du das gar nicht.«

»Im Guten wie im Bösen?« Es sollte scherzhaft klingen.

Sie rückte etwas ab. »Wie meinst du das?«

Jetzt, dachte er, jetzt.

Er ging zu seinem Wandschrank und holte ein kariertes Nachthemd heraus, das er vor Jahren bei Dreharbeiten in Schottland erstanden hatte. Er zog es an und ging ins Bett.

»Du trägst Nachthemden?« Ihre Stimme klang ungläubig.
»Manchmal«, erwiderte er vorsichtig. »Ich mag die Bewegungsfreiheit, Pyjamas engen mich ein.«
Sie zuckte die Schultern. »Jedem Tierchen sein Pläsierchen.«
Vielleicht ein Anfang, dachte er, als er unter die große Bettdecke schlüpfte.
»Hast du nichts darunter?« fragte sie und schmiegte sich an ihn.
»Warum überzeugst du dich nicht selber?« Da überzeugte sich ihre Hand bereits, und er schwieg und genoß.
»So ein Nachthemd ist gar nicht so schlecht«, seufzte sie, denn auch seine Hände gingen auf Entdeckungsreise. »Hast du noch andere?«
»Ein paar«, murmelte er.
Definitiv ein Anfang, dachte er.
Und dann gar nichts mehr.

27

Wo hast du denn diese Fotos her?« Hügel schaute leicht genervt von seiner Frühstückslektüre hoch, als die aufgeregte Stimme seiner Frau ertönte. In der Hand hielt sie einen Stapel Schwarzweißabzüge. »Gib mal her«, sagte er und legte seufzend die Kleinanzeigen seiner Morgenzeitung beiseite, in denen Nadine, die blondgelockte Zaubermaus mit den zärtlichen Händen, auf seinen geilen Anruf wartete. Er fuhr hoch: »Wo hast du das jetzt wieder her, Erika?« Seine Baumgarten-Schnappschüsse, sie wühlte wirklich überall herum. Erst gestern hatte sie unter seinen Socken eine große Packung Kondome gefunden und mit den Worten »*Ich* profitiere *nicht* davon, mein Lieber« hochgehalten. Stimmte sogar, aber das wollte er nicht zum ehelichen Gespräch machen.

»Ist doch egal«, meinte Erika nur spitz und holte sich blitzschnell die Fotos zurück. »Das gibt's doch nicht! Baumgarten als Tunte! Die Dreharbeiten haben doch noch gar nicht angefangen!«

Natürlich hätte er ihr etwas von Kostümproben erzählen können, sie war schlicht und glaubte alles. Aber sie war in der letzten Zeit so nörgelig gewesen, so unausgefüllt, ein Zustand, den zu ändern er im wahrsten Wortsinn im Augenblick keine Lust verspürte; deshalb würde er sie wohl besser mit einer interessanten Geschichte bei Laune halten. Und Stories über Promis waren für Erika Hügel das größte. Sie löcherte ihn jeden Abend, wenn er von den Dreharbeiten nach Hause kam. Wenn er bei Laune war, erzählte er ein paar wahre Geschichten, den Rest dachte er sich aus. So

hatte er Loni Gassmann eine Lesbenbeziehung angedichtet und Bäder kurzfristig zum Sadomaso-Lüstling gemacht. »Du bist die einzige, die das jetzt weiß, Schatz«, hatte er seine nahezu vibrierende Ehefrau danach ermahnt. »Das muß absolut unter uns bleiben. Versprich mir das.«
»Großes Indianerinnenehrenwort«, sagte sie, um in der Sekunde, wo er endlich die Wohnung verließ, ihre beste Freundin Carmen anzurufen, die als Reporterin bei *Gala* arbeitete. Ihr Status als Promi-Kennerin stieg dadurch im Freundinnenkreis ungemein.
»Das war keine Kostümprobe«, sagte Elmar Hügel jetzt, und Erika spitzte die Ohren. Da kam was Gutes, das spürte sie. »Was war's dann?« fragte sie.
Er schwieg. Wenn er schon so einen Bonbon spendierte, sollte sie vorher wenigstens ein klitzekleines bißchen leiden. Erika, die ihn durchschaute, schwieg auch. So schwiegen sie beide und starrten sich an.
Er gab als erster auf. »Ich hab ihn vor einem Transiclub fotografiert«, sagte er endlich. »Er ist Stammgast da.«
Erika konnte ihr Glück kaum fassen. »Und was meinst du mit Stammgast?« Sie konnte den Satz nicht zu Ende sprechen, zu köstlich war das, was sich an Möglichkeiten dahinter verbergen mochte.
»Josef Maria Baumgarten ist ein Transvestit.« Hügels Stimme klang feierlich, so als verkünde er ein Prophetenwort von der Kanzel. »Aber das weiß keiner außer uns. Also halt die Klappe.«
»Meine Lippen sind versiegelt.« Erikas Augen glühten.
»Das sollen sie auch bleiben«, sagte er streng. »Sonst sind wir wegen Rufmord dran. Und das kann kosten.«
»Wieso Rufmord?« fragte sie. »Wir haben doch die Fotos?«
»Er wird behaupten, er habe nur für die neue Rolle recher-

chiert«, meinte Hügel und erhob sich. »Aber wir wissen es besser, nicht wahr, mein Schatz?« Sie nickte.
Die Haustür fiel ins Schloß. Sie hechtete zum Telefon. »Carmen? Ich bin's. Du wirst es mir nicht glauben ...«

»Nein, ich habe im Moment keine Lust auf Talkshows.« Genervt legte Daphne den Hörer auf. Gestern war ein Szenemagazin erschienen, auf dessen Titelbild sie prangte. Unterschrift: *Ob Mann, ob Frau, nur Daphne weiß es ganz genau.* Seitdem klingelten Fax und Telefone ununterbrochen. Alle Talkshows wollten sie als Gast. Zu allem möglichen Schwachsinn sollte sie sich als »Expertin« äußern.
Sind Männer die besseren Frauen?
Diskriminierung von Exoten jeder Art.
Ist ein großer Busen besser als ein kleiner?
Können Transis Kinder kriegen?
Klingeling. »Ja, wer nervt? Hallo, Lilo, schöne Frau, wie geht's?« Daphnes Stimme wurde spürbar weicher, denn Lilo Wanders war ein bundesweit geschätzter Transvestit, dessen Talkshow *Wa(h)re Liebe* in Transi-Kreisen äußerst beliebt war. »Was ist dein Thema? Crossdresser outen sich bei dir? Im Ernst? Okay, in Ernestine. Gut, ich komme, das interessiert mich.«
Sie legte auf und schmunzelte. Crossdresser outen sich. Sie war gespannt, wen Lilo für diese Sendung aufgetrieben hatte. Ob Daphne einen ihrer Gäste dort treffen würde? Den Banker und vielfachen Großvater, der enge Lederkleidung liebte? Oder den spießigen Sozialarbeiter, der sich vom Roten Kreuz einkleiden ließ? Sie hätte natürlich den absoluten Clou zu bieten. Josef als Maria! Ha! *Hätte!* Konjunktiv. Leider.
An diesem Morgen ritt sie die Teufelin. Sie wählte Marias Geheimnummer, die sie ihm, seinen Zustand schwerer

Trunkenheit ausnutzend, einmal abgeschwatzt hatte. »Hier ist der automatische Anrufbeantworter von Josef Maria Baumgarten. Ich bin nicht da, ich komme wieder. Bitte eine Nachricht nach dem Pfeifton.«
Daphne räusperte sich: »Hier ist Daphne. Lilo rief mich an. Sie macht eine Sendung über Crossdresser, die sich outen. Vielleicht interessiert dich das Thema. Bis die Tage.«

Gina wollte gerade abheben, als der Anrufbeantworter ansprang. Warum bin ich noch nicht auf seinem Anrufbeantworter, ging es ihr kurz durch den Kopf, als sie Daphnes Stimme hörte.
Sie lauschte, ohne die Nachricht zu unterbrechen.
Die Ahnung, die sie seit Tagen, seit Wochen mit sich herumtrug, verdichtete sich immer mehr. Aber sie brauchte handfeste Beweise. Sonst würde er alles abstreiten.
Es klingelte wieder. Diesmal war's ihr Handy.
»Ich bin's.« Ihr Herz klopfte, als sie seine Stimme hörte. »Es wird später heute, Hügel hat wieder Änderungen im Drehbuch gemacht. Warte nicht auf mich.«
»Okay«, sagte sie nur und klappte ihr Handy wieder zusammen.
Sofort klingelte es wieder.
»Ich hab dich lieb.« Seine Stimme klang sehr zärtlich.
»Ich dich auch«, seufzte sie, denn leider stimmte es.
»Ist das Maria?« Bertha stand im Türrahmen und streckte die Hand aus.
»Schon aufgelegt, Bertha«, bedauerte Gina. »Er ist sowieso im Streß. Änderungen im Drehbuch.«
Bertha lächelte mütterlich. »Er hat kein leichtes Leben.«
»Wer hat das schon?« sagte Gina, schärfer als beabsichtigt.
»Wollt ihr eigentlich noch Kinder, ihr beiden?« fragte Bertha und sah ihre Schwiegertochter eindringlich an. »Wenn

ja, solltet ihr euch beeilen, ich will schließlich noch was von meiner Enkeltochter haben.«
Gina runzelte die Stirn. Bertha war manchmal wirklich merkwürdig. Ob das schon der Altersstarrsinn war? »Wieso Enkel*tochter?*« fragte sie. »Es könnte doch auch ein Sohn sein.«
Die alte Dame schüttelte energisch den Kopf. »Maria zeugt keine Söhne. Das tut sie mir nicht an.«
Doch Altersstarrsinn, Gina war sich jetzt sicher. »Was findest du denn so schlimm an Söhnen?« fragte sie trotzdem. »Du hast doch selbst einen.«
Ein feines Lächeln umspielte die Lippen der alten Frau. »Aber einen ganz besonderen«, sagte sie. »Oder hast du das noch nicht gemerkt?«
O doch, dachte Gina, das habe ich sehr wohl gemerkt.
Sie ging nach oben und schloß alle Schränke auf. Für das hintere Abteil in seinem begehbaren Kleiderschrank benutzte sie eine Haarnadel. Sie öffnete die Tür. Und blieb stocksteif stehen.
Es ist also alles wahr, flüsterte sie und ließ die Kleider, Blusen und Röcke durch ihre zitternden Finger gleiten. Und was mach ich jetzt?
»Ich geh noch mal mit Jenny los.« Berthas laute Stimme störte sie in ihren trüben Überlegungen. »Das Kind hat ja nichts mehr zum Anziehen. Willst du mitkommen?«
Gina schloß den Kleiderschrank und trat an die Treppe. Unten standen Bertha und Jenny, Hand in Hand. Ihre Tochter steckte in ihrem Lieblingsoutfit, Jeans und pinkfarbenem Barbiepullover. »Oma Bertha kauft mir was Schönes«, strahlte sie und zog die alte Dame zur Tür. »Was für kleine Mädchen.«
Gina ahnte Schreckliches, aber sie wollte keine Spielverderberin sein. »Viel Spaß«, rief sie deshalb, »gebt nicht zuviel Geld aus.«

Das laß nur meine Sorge sein, dachte Bertha und holte ihre mentale Einkaufsliste aus dem Kopf – rosa und hellrote Lackschuhe, dazu passendes Samtkleid mit Spitzenkragen, sie hatte da kürzlich etwas ganz Bezauberndes gesehen … »Und diese schmutzige blaue Hose geben wir dann dem Roten Kreuz, nicht wahr?« Sie lächelte Jenny verschwörerisch an. »Und wenn du dich von diesem scheußlichen Pullover auch noch trennst, gibt's 'ne tolle Überraschung für dich …«

28

Gina erkannte ihre kleine Tochter kaum wieder, als Bertha sie zwei Stunden später mit den triumphierenden Worten »Wir waren sehr aktiv, meine Liebe« bei ihr ablieferte. Jenny war in ein rosarüschiges Gebilde gehüllt, das ihr vom spitzenbesetzten Hals bis zu den Knöcheln reichte. Ihre Füße steckten in goldenen Ballerinas. Sie strahlte: »Oma Bertha sagt, ich seh jetzt aus wie eine richtige Prinzessin.«
»Das tust du wirklich«, erwiderte Gina leicht resigniert, denn ihr frauenbewegtes Bestreben war es immer gewesen, Jenny so geschlechtsneutral wie möglich zu kleiden. Sie haßte Lackschuhe und Rüschen, ihre Tochter ganz offensichtlich nicht.
Angora, die auf Jennys Bett geschlummert hatte, gähnte und streckte sich, bevor sie sich an den ebenfalls rosa bestrumpfhosten Beinen ihres neuen Frauchens rieb. »Paß auf, Angora, mach da bloß keine Laufmaschen rein«, mahnte Bertha besorgt, aber Jenny hatte die Katze schon hochgehoben und beschmuste sie. Welche Idylle, dachte Gina, und in ihre Freude darüber, daß Jenny offensichtlich in Berthas bislang verwaisten Großmutterschoß aufgenommen war und sich dort außerordentlich wohl fühlte, mischte sich eine düstere Vorahnung über die mögliche Vergänglichkeit dieses Glücks. Sie dachte wieder an einen bestimmten Schrank, nur zehn Meter Luftlinie von ihnen entfernt. Wenn Bertha wüßte! Aber vielleicht wußte Bertha ja längst ...
Sie schaute auf die Uhr. Viertel nach acht, gleich begann die Talkshow mit Daphne, die sie nicht verpassen wollte.
»Ab ins Bett«, sagte sie deshalb und legte Widerstand-ist-

zwecklos-Timbre in ihre Stimme. »Zähneputzen, Gesicht und Hände waschen.«

»Und ’ne Geschichte«, sagte Jenny schnell, »und zwar ’ne selbstgemachte, nicht aus dem Buch.«

Bertha nahm Jenny an die Hand. »Das mach ich heute«, sagte sie entschieden. »Ich erzähl dir die Geschichte, die ich früher immer meiner Maria erzählt habe.«

»Au ja!« Wie der Blitz war Jenny im Bad.

»Erst ausziehen«, schrie Bertha, die um die neuen Kleider fürchtete. Angora flitzte hinterher und posierte auf der Badewannenkante.

»Was ist das für ’ne Geschichte?« fragte Jenny und schälte sich aus ihrem neuen Kleid, das Bertha sofort glattstrich und Marittel zum Aufbügeln hinlegte. Bertha schmunzelte, während sie Jenny ihre Zahnbürste hinhielt, auf die sie einen Kringel Zahnpasta gedrückt hatte. Jenny fing wie wild an zu bürsten. »Die Geschichte handelt von der kleinen Prinzessin Yasmine, die in einer goldenen Muschel geboren wurde«, begann Bertha und tupfte Jenny etwas Zahnpastaschaum aus dem Mundwinkel. »Den Rest erzähl ich, wenn du unter deiner Decke liegst.«

Bertha hängte die nassen Handtücher auf, eine Arbeit, die sie normalerweise der tüchtigen Marittel überließ, und seufzte. Ein tiefes Gefühl von Befriedigung durchströmte sie. Endlich, dachte sie, endlich hab ich wieder ein kleines Mädchen. Und diesmal sogar ein echtes. Auf dem Weg zu Jennys Zimmer ging sie an der »Elternkoje«, wie sie das ehemalige Schlafzimmer ihres Einzigen spitzmündig nannte, vorbei. Die Tür war offen, Gina saß mit dem Rücken zu ihr auf dem Ehebett und sah fern. »Komm in zehn Minuten zum Gutenachtsagen vorbei«, rief Bertha ins Zimmer.

»Du bist ein Schatz«, sagte Gina dankbar und streckte sich.

»Das weiß ich«, murmelte Bertha nur und verschwand im Kinderzimmer.

Gina lauschte den Nachrichten nur mit Viertelohr. Es war sowieso immer nur Unerfreuliches. Der Tag auf dem Set war lang gewesen: Drehbeginn für Josef Marias neuen TV-Film *Ein Mann aus Samt und Seide.* Autor Hügel lief auf dem Set herum wie ein aufgeplusterter Gockel, aber Josef Maria hielt sich auffallend zurück, nur ab und zu wagte er sich an winzige Dialogänderungen im Drehbuch, auf die Hügel wie immer empfindlich reagierte.

In Ginas Augen war es ganz normal, daß es Streit zwischen Schauspieler und Autor gab. Sie hatte mal bei einer Produktion gearbeitet, wo die Hauptdarstellerin, frisch und unerfreulich geschieden, ihren emanzipatorischen Powertrip unter anderem dadurch auslebte, daß sie jedes »man« durch »frau« ersetzt haben wollte. Aus: »So was tut man nicht« wurde: »So was tut frau nicht.« Sogar der Ausruf »Mannomann« mußte durch »Frauofrau« ausgetauscht werden. Der Autor war kurz vor dem Streßinfarkt gewesen, seine Messer im Blick hätten eine ganze Kompanie abgeschlachtet. Aber es half nichts, der Star war König, in diesem Fall natürlich die Starin. Deswegen schob Gina die gereizten Worte, die zwischen ihrem Ehemann und seinem »Schreiberling«, wie er ihn privat nannte, hin- und hergingen, auf branchenüblichen Streß und schenkte dem Hickhack keine besondere Beachtung. Bis jetzt. Seit ihre Ahnung sich zur Sicherheit verfestigt hatte, sah sie rückblickend Josef Marias Verhalten in einem ganz anderen Licht. Hatte er das arme Fräulein aus der Requisite nicht unangemessen zusammengestaucht, weil ihm sein Kleid zu kurz erschien? »Meine Knie schauen ja raus«, hatte er gebrüllt. »Das sieht doch total unweiblich aus.« Ein ausgesprochen unmännlicher Satz, wenn sie genauer darüber nachdachte.

»Und jetzt das Wetter ...« Sie stellte den Fernseher lauter und schenkte sich Wein nach. Nicht mehr aus der großen Zweiliterflasche, wie vor ihrer Ehe, sondern einen edlen Chardonnay aus Neuseeland. Ich werde immer feiner, dachte Gina und prostete der Ansagerin zu, die jetzt die Talkshow *Wa(h)re Liebe* ankündigte. Lilo Wanders, der damenhaft-verruchte Transi mit den Marlene-Dietrich-Beinen, erschien und lächelte. Gut geschminkt, konstatierte Gina. Lilo saß in der Mitte einer Halbmondrunde, umkränzt von anderen Tanten Charley's, von denen die meisten jedoch längst nicht so gut aussahen wie sie.
»Guten Abend, liebe Freunde.« Lilo lächelte professionell in die Kamera. »Heute haben wir ein ganz besonders süffiges Thema für Sie: Heterosexuelle Crossdresser – Männer also, die auf Frauen stehen. Ein Widerspruch in sich? Verkappte Lesben, die zufällig einen Schwanz haben? Wir werden sehen. Zunächst möchte ich Ihnen meine mutigen Gäste vorstellen. Obwohl alle Anwesenden natürlich einen männlichen Namen im Paß haben, wollen wir sie heute ausschließlich mit ihrem weiblichen anreden. Sonst wird's zu verwirrend.« Sie stieß einen ihrer berühmten, wiehernden Lacher aus und zeigte auf eine türkissilbrige Kugel, aus der oben ein ebenfalls runder, rotlockig perückter Kopf und unten muskulöse, silbrig bestrumpfte Beine schauten. »Bitte Applaus für Carlotta, die in Rostock als Textilfacharbeiter arbeitet und sich heute zum allerersten mal in die Öffentlichkeit traut ...« Frenetischer Applaus, Gina klatschte leise mit. »Weiter geht's mit Yasmin ...« Ein schlankes, schönes Wesen in schwarzen Lederjeans erhob und verneigte sich, »... aus Brasilien, wo nicht nur ganz normale Menschen, sondern auch die Transis leider sehr viel hübscher sind als bei uns.« Diesmal wurde zögerlicher geklatscht. »Und last, aber ganz bestimmt nicht least meine alte Freundin Daphne.«

Daphne, die Talkshow-Auftritte gewöhnt war, blieb sitzen und lächelte in die Runde. Sie hatte ein graues Kostüm und eine weiße Bluse gewählt und hätte damit in jedes gutbürgerliche Kaffeekränzchen gepaßt.

»Daphne, wir beginnen mit dir.« Lilo Wanders beugte sich vor und legte ihrer Freundin die lange Hand mit den schmalen, rotlackierten Nägeln aufs seidig bestrumpfte Knie. »Wann hast du dich geoutet?«

Daphne lachte, und da sie ein Stimmtraining immer abgelehnt hatte, dröhnte dieses Lachen wie eine Bierrampe, auf der Fässer rollen. »Ich hab mich geoutet, als meine damalige Frau ihren Lippenstift in meiner Aktentasche fand.«

»Nur ihren Lippenstift?« Lilos Lippen spitzten sich maliziös, sie kannte diese Geschichte natürlich längst.

»Na, ja, auch ihren BH«, gestand Daphne und verbeugte sich in das schallende Gelächter des Studiopublikums. »Es war nämlich ihr Lieblings-BH.«

»Wessen Lieblings-BH?« fragte Bertha, die hereingekommen war, und setzte sich neben Gina aufs Bett. »Jenny wartet auf ihren Gutenachtkuß, sonst ist alles erledigt.« Sie sagte das ohne vorwurfsvollen Unterton, denn sie war glücklich, endlich wieder ein richtiges kleines Mädchen versorgen zu dürfen. Endlich wieder Pink, endlich wieder Puppen. Maria war zum Schluß so undankbar geworden, hatte auf Gewehren und Eisenbahnen bestanden. Sie schüttelte sich innerlich bei dem Gedanken. Jetzt konnte sie endlich wieder, nicht die Sau, aber das niedliche rosa Schweinchen in sich herauslassen. »Wessen Lieblings-BH?« wiederholte sie gutgelaunt, als Gina sich erhob.

»Bertha, ich glaube, das ist nicht dein Thema«, sagte Gina nur und ging ins Kinderzimmer Jenny lag in einer rosa Bettwolke und hatte in jedem Arm eine Puppe. Ihre Augen waren bereits geschlossen. Sie sah selbst wie eine kleine

Puppe aus. Was war aus ihrer wilden, immer leicht verdreckten Maus geworden? Ein richtiges kleines Mädchen, würde Bertha sagen. Gina wußte nicht, ob sie sich darüber freuen sollte. Sie wurde sowieso nicht um ihre Meinung gebeten.
»Schlaf gut, mein Schatz«, flüsterte sie und hauchte Jenny einen Kuß auf die Stirn. Bloß kein schlafendes Kind wekken.
Da schlug das Kind die Augen auf:
»Mami?« Sie war schon halb weg.
»Was ist?« flüsterte Gina.
»Ich hab alle hier ganz doll lieb.« Jetzt war sie ganz weg. Zu ihren Füßen hatte sich Angora eingekringelt.
»Runter hier«, sagte Gina und wollte zugreifen, aber der Zischlaut aus dem Katzenmaul war so energisch, daß sie erschrocken zurückzuckte. »Schon gut, schon gut, Angora«, sagte sie deshalb leise, »aber bleib da unten. Jenny hatte nämlich mal eine schlimme Katzenallergie.«
Bertha hatte es sich in der Zwischenzeit auf dem Ehebett ihres Sohnes gemütlich gemacht. »Oft sind tatsächlich die Mütter schuld«, sagte Lilo Wanders gerade. »Meine hat sich zum Beispiel immer eine Tochter gewünscht, und als ich dann kam, hat sie mich einfach in Mädchenkleider gesteckt. So fing's an.« Mhm, dachte Bertha, und etwas stieg in ihr auf, eine Ahnung, eine Befürchtung, mit der sie nichts zu tun haben wollte. Das Leben war gerade so angenehm. Bloß nicht dran rühren, auch in Gedanken nicht.
»Hast du was Süßes da?« fragte sie deshalb ihre Schwiegertochter, die wieder ins Zimmer kam. »Likörchen oder so?«
»Ich hab alles«, erwiderte Gina, die eine richtige Naschkatze war. Am Gläschen nippend verfolgten sie danach die Talkshow, die langsam auf ihren Höhepunkt zusteuerte.
»Und jetzt zum Superknaller, liebe Zuschauer«, verkündete

Lilo und rieb sich die Hände. »Was Rosa kann, kann Lilo schon lange. Wir wollen outen!« Das Klatschen im Publikum war frenetisch, Gina wurde flau im Bauch. »Wie sieht es denn im Tiffany-Club aus, liebe Daphne?« Lilo sah die Clubchefin aufmunternd an. »Da kommt doch bestimmt einiges an Prominenz aus Kunst und Gewerbe.«
»Da kommt so einiges«, stimmte Daphne zu.
»Und?« Lilo machte runde, fragende Augen.
Bitte nicht, dachte Gina, und ein runder harter Stein legte sich auf ihr Herz.
»Ich geh dann mal«, sagte Bertha und erhob sich ächzend.
»Schlaf gut«, rief ihr Gina hinterher und widmete sich, inzwischen im Nachthemd und unter der Decke, dem weiteren Geschehen auf der Mattscheibe.
»Namen kann ich natürlich nicht nennen«, sagte Daphne gerade.
»Ein paar aufschlußreiche Hinweise vielleicht?« bohrte Lilo weiter.
Gina zuckte zusammen. Das Klappen der Haustür, Schritte auf der Treppe – Josef Maria kam nach Hause. Jetzt war er an der Tür, steckte den Kopf herein. »Du bist noch wach?« Seine Stimme klang müde und genervt. »Was siehst du denn da?«
»Eine Sendung über Crossdresser«, entgegnete sie. »Sehr aufschlußreich für mich. Diese Daphne ist auch dabei.«
Auch das noch, dachte Josef Maria, als er ins Bad ging. Er setzte sich auf den Badewannenrand, zu Tode erschöpft, und stierte ins Leere. Die Produktion mit Hügel, dessen mit jedem Drehtag wachsende Penetranz, dazu Josef Marias neue, nicht unanstrengende Familiensituation: all das schnürte ihn zusammen, nahm ihm immer öfter die Luft zum Atmen. Er fühlte sich wie ein Hamster im Laufrad, dessen Fell immer mehr an Glanz verlor.

»Komm ins Bett«, rief Gina, »die Sendung ist gleich zu Ende.« Er zog sich aus und schlüpfte nackt unter die Decke, weniger aus erotischem, mehr aus Kuschelbedürfnis. »Ich glaube, den Wirtschaftsminister erkennen wir alle«, lachte Lilo Wanders gerade, als Josef Maria seinen rechten großen Zeh um den von Gina hakte. »Keine Namen, klar. Aber hast du nicht noch was Süffigeres auf Lager, liebe Daphne? Showbiz zum Beispiel?«
Das Publikum grölte. Baumgarten lag still und starr, wie ein Brett, wie eine Leiche. Genauso fühlte er sich auch. Du wirst doch nicht, du altes Biest, dachte er, als er Ginas Hand auf seinem Bauch spürte. »Leider nennt sie keine Namen«, flüsterte sie, und als sie sich über ihn beugte, glaubte er, ein kleines Funkeln in ihren Augen zu entdecken. Oder waren das bloß ihre Kontaktlinsen?
»Showbiz, Showbiz«, sagte jetzt Daphne und sah direkt in die Kamera. »Da denke ich allerdings an einen ganz bestimmten Menschen. Schaust du jetzt zu, meine Liebe? Liegst du gerade im Bett mit deiner Ehefrau? Die keine Ahnung hat?«
Gina und Josef Maria lagen Seite an Seite und starrten auf den Bildschirm. Keiner sagte ein Wort, keiner schien zu atmen.
»Wen meinst du denn? Spann uns doch nicht so auf die Folter!« kreischte Lilo jetzt. »Sag wenigstens, wie er heißt. Wenigstens die Anfangsbuchstaben.«
Daphne lächelte. »Jesses Maria«, sagte sie. »Du bist wirklich neugierig, Lilo.«
Gina stand auf und stellte den Fernseher ab. Dann löschte sie das Licht und legte sich wieder ins Bett. Es war dunkel im Zimmer, nur durchs Fenster leuchteten die Straßenlaternen und warfen ein milchiges Licht auf zwei Menschen, die wieder nebeneinander lagen und zur Decke blickten.

»Ich weiß alles«, sagte Gina plötzlich.
Schweigen.
»Maria?« Ihre Stimme klang fest. »Hast du Angst vor mir, Maria?«
Sein Herz klopfte so stark, daß er Angst hatte, etwas zu sagen. Es rauschte in ihm und glühte, als gingen tausend Sterne auf und verzischten wieder.
»Küß mich, Maria«, flüsterte Gina und beugte sich über ihn. Das Weiße seiner Augen leuchtete, sein Kinn schimmerte dunkel. »Du bist schlecht rasiert, Maria.« Ginas Stimme war kaum zu hören, als sie sein Gesicht mit kleinen Schmetterlingsküssen bedeckte. »Du bist doch sonst so eigen damit.«
Er drehte sich halb um, in ihre Umarmung hinein, und ihm war, als würde er nach einem langen Winterspaziergang in ein warmes, duftendes Schaumbad steigen. Ein derart intensives Wohlgefühl durchfuhr seinen Körper vom Scheitel bis zum großen Zeh, daß er die warme Bettdecke von sich stoßen mußte. »Zieh dein verdammtes Nachthemd aus«, befahl er heiser.
»Es ist dein Nachthemd«, erwiderte sie, und ein Kichern stieg ihr den Hals hoch. »Oder ist es etwa Berthas?«
Und sie fing an zu kichern, hoch und heftig, er stimmte ein, und die Welle, die ihn jetzt überrollte, hatte nichts mehr mit Lust zu tun. Nur noch mit Liebe. Er hätte sie auffressen können. Und dann in seinem Bauch lassen. Damit sie immer bei ihm blieb.
»Verlaß mich nie«, bat er sie mit einer Dringlichkeit, die sie beide überraschte. »Ich liebe dich.« Und während ihre Körper miteinander verschmolzen, mußte er diese ewigen Worte wieder und wieder in ihre heißen Ohren flüstern, wie eine Beschwörung: Ich liebe dich, ich liebe dich, ich liebe dich.

29

Am nächsten Morgen fühlte sie sich wie Scarlett nach der Nacht, wo Rhett sie die dunkle, rote Treppe hochgetragen hat. Knochenlose Weichheit, Wohlgefühl im ganzen wundervoll geschundenen Körper. Gähnend streckte sie die Hand aus, um Josefs Gesicht zu streicheln. Sein Kopfkissen war leer. »Josef?« rief sie, als die Tür aufging und Marittel mit einem Frühstückstablett hereinkam. Es duftete nach Kaffee, frischen Brötchen und Erdbeermarmelade.
»Guten Morgen«, rief Marittel fröhlich und setzte das Tablett auf dem Nachttisch ab. »Viele Grüße vom Gemahl, er ist bereits auf dem Set und erwartet dich dort. Frau Baumgarten hat Jenny zum Kindergarten gebracht. Du kannst also in Ruhe frühstücken und dich dann fertigmachen.« Mit geübtem Blick erspähte sie die schmutzige Wäsche, die Josef wie üblich auf den Boden geworfen hatte, ergriff sie und entschwand.
Er ist gegangen, weil er nicht weiß, wie er sich mir gegenüber jetzt verhalten soll, dachte Gina und biß in ein knuspriges Brötchen. Es ist heller Tag, und er schämt sich. Sie trank einen Schluck Kaffee und stand auf. Auch ihr war mulmig zumute, wenn sie an die nächste Begegnung mit ihrem Mann dachte. Jetzt, wo sie mit offenen Karten spielten, ja, was war jetzt? Hatte sich alles geändert? Konnte jeder Schritt einen Blick in den Abgrund bedeuten? Sie fühlte sich so unsicher, so zerrissen zwischen Liebe und Angst. Im Grunde wußte sie ja gar nichts über Josef. Vielleicht war er längst auf dem Weg zur Frau, innerlich zumindest, äußerlich schien allerdings noch alles dran zu sein.

Vielleicht war er sogar lesbisch? Nein, vorige Nacht hatte er sie als ganzer Mann geliebt, da war sie sicher. War sie sicher? Vielleicht war sie auch pervers und wußte es nur noch nicht. Oder sogar lesbi...

Sie zog sich an und ging die Treppe hinunter. Es war still im Haus, nur ein leises Klappern war zu hören. Gina öffnete die Tür zur Küche, steckte ihren Kopf hinein und schnupperte. Ein köstlicher Duft nach gebratenem Fleisch und frischen Kräutern stieg aus den Töpfen, die Marittel auf dem Herd hin und her schob.

»Lammragout«, rief Marittel und wischte sich den Schweiß mit der Schürze vom Gesicht. »Seid ihr zum Abendessen da? Dann wärm ich's für euch auf.«

»Wir sind da«, versprach Gina, denn Marittel kochte köstlicher als jeder Dreisternekoch. Überhaupt war diese alte Frau der absolute Superschatz, die Seele des Hauses. Wie habe ich je ohne eine Haushälterin leben können, dachte Gina, als sie ins Auto stieg, und verbot sich den Gedanken sofort. Jetzt heb nicht ab, Mädel, murmelte sie streng vor sich hin und fuhr rückwärts aus der Einfahrt. Bis vor kurzem hast du zu jedem Besuch bei der Bank deinen kürzesten Minirock anziehen müssen, damit der trichterbrüstige Sparkassenangestellte dir deinen Überziehungskredit nicht sperrt.

Sie fuhr auf das Filmgelände und fand einen Parkplatz direkt neben dem Jeep ihres Mannes. Soll das ein Omen sein, lieber Gott? sprach sie nach oben ins Blaue, dann bitte ein gutes. Ich hab jetzt zur Abwechslung mal 'ne Glückssträhne verdient. Sie parkte, stieg aus und betrat das große Studio, in dem jetzt ein Nachtclub aufgebaut war. Der Ort, wohin sich Violetta flüchtete, wenn sie ungestört ihre Frauenkleider tragen wollte. Hügel hatte den Club selber stylen wollen, ganz in Gold und Schwarz, aber Bäder, der auch dieses Mal Regie führte, hatte nahezu hysterisch sein Veto eingelegt.

»Du bist nicht Gott, mein Lieber!« hatte er den verblüfften Drehbuchautor vor versammelter Mannschaft angebrüllt. »Schreiberling, bleib bei deinen verdammten Drehbüchern!« Da Bäder jedoch keine Leiche im Keller hatte, sondern ein langweiliger Familienvater war, der nach Drehschluß mit seinen Lieben in eine Bäderlandschaft fuhr, hatte Hügel nichts tun können, als sich cool zurückzuziehen und in der Herrentoilette hart gegen das Pissoir zu treten. Dabei brach er sich den rechten kleinen Zeh, was seine Laune nicht verbesserte.

Gina war spät dran, deshalb ging sie, ohne weiter nach Josef Ausschau zu halten, in die Maske, wo Raimund bereits an Violettas Ehefrau Manuela herumpinselte. Manuela wurde von Liesel Gabriel gespielt, einer vitalen Enddreißigerin mit schwarzer Kurzhaarfrisur, von der böse Zungen behaupteten, sie liebe ihre Intimpartner weiblich und in engen, schwarzen Lederoutfits, eine Journalistenbehauptung, die ihre Managerin regelmäßig mit den Worten »Habt ihr nichts Besseres um die Ohren, ihr Fuzzis?« zurückwies.

»Tut mir leid, Liesel«, sagte Raimund gerade und pinselte konzentriert einen dunklen Schatten um Manuelas Augen. »In diesem Film mußt du verhärmt aussehen, aber eitel bist du ja noch nie gewesen.«

Liesel grinste nur. »Sind wir aber zickig heute. Loverboy finito?«

Raimund fletschte innerlich die Zähne. Ludo war in der Tat gerade mit einem brasilianischen Tänzer zugange, rein freundschaftlich, wie er behauptete. »Und was machen diese dicken, blauen Flecken auf deinem Hals, du Wurm?« hatte Raimund gekreischt und Ludo aus der Wohnung geworfen, splitterfasernackt. Im letzten Augenblick hatte er eine barmherzige Aufwallung verspürt, die ihn das Fenster öffnen und Ludos Klamotten auf die Straße werfen ließ.

Seitdem war Funkstille, und er fühlte sich, als würde jemand den Schorf, der sich gerade über einer blutigen, tiefen Wunde bildete, immer wieder wegkratzen. Liebeskummer war nicht das richtige Wort, Liebeswahnsinn war's.
»Du bist gesehen worden, Liesel«, entgegnete er nur, was nicht stimmte, ihr aber für einen Augenblick das verdammte Maul stopfte, denn die Frage, wo denn, stellte sie natürlich nicht. Sie wußte ja, wo.
Gerade rechtzeitig zum Dampfablassen erspähte er Gina, die schnellen Schrittes auf ihn zukam. »Tagchen, tut mir leid«, keuchte sie und ging auf ihren Arbeitsplatz zu.
Raimund legte seinen Pinsel weg und ging zu ihr. »Du siehst außerordentlich gut durchblutet aus, Darling«, flüsterte er ihr von hinten zu. »Was ich dir aus tiefstem Herzen mißgönne.«
Erschrocken drehte sie sich um, aber er lächelte sie an. »Immer noch so schlimm?« fragte sie leise, denn Liesel hatte Ohren wie ein Luchs.
»Jeden Tag schlimmer«, erwiderte er betrübt. »Dann gib dir doch einen Ruck«, sagte sie. »Ruf ihn an, kriech zu Kreu...«
»Hallo Josef, schönster aller Männer!« Liesels heisere Stentorstimme ließ die beiden zusammenschrecken. Gina drehte sich um. Josef stand neben Liesel und sah prüfend in den Spiegel. »Du siehst noch zu gut aus, Liebste«, grinste er. »In diesem Film gibt es nur eine schöne Frau.« Dann erst schien er seine eigene wahrzunehmen. Ein kleiner, nur für sie wahrnehmbarer Ruck ging durch seinen Körper. Mokant hoben sich seine Augenbrauen: »Dasselbe könnte man von dir sagen, liebe Gina.« Er lächelte sie an, freundlich-kühl, abwartend.
»Danke, mir geht's auch gut.«
Ihre Augen machten ihm Mut, er setzte sich in ihren Schminkstuhl. »Machst du mich zur Frau?« fragte er, und

während die Umstehenden in ahnungsloses Gelächter ausbrachen, trafen sich ihre Augen im Spiegel.
»Sehr gern«, sagte sie ernst und lächelte ihn an.
Er lehnte sich zurück und schloß die Augen. Wie gut, daß niemand wußte, auch Gina nicht, wie angespannt er die letzten Stunden gewesen war.
Wieviel Angst er gehabt hatte, daß sie ihm, am Morgen danach, kühl und voller Verachtung gegenübertreten würde. Ich liebe dich, sagte er mit tonlosen Lippenbewegungen und hielt ganz kurz Ginas Hand fest.
Gina erwiderte kurz den Druck, ihre Finger waren kühl und trocken. Ich dich auch, sagten ihre Augen. »Wie doch das Leben so spielt«, meinte sie dann und griff zum Gesichtspuder. »Mal sehen, ob ich das nicht besser kann als du.«
Während sich Raimund in seinen Schmerz vertiefte, beugte sich Gina über ihren Mann und wunderte sich, daß sie sich ganz normal fühlte. Ob Mann, ob Frau, wer weiß das schon genau, summte sie und stupste ihren Mann ans Kinn. »Nicht gut rasiert, meine Liebe«, flüsterte sie dicht an seinem Ohr. »Da muß ich kräftig überschminken.« Und das tat sie. Unter ihren kundigen Händen wurde aus Josef Violetta. Ihre Haut leuchtete in Rosabeige, ihre Wangen wie blasse Äpfel und ihre Augen wie tiefschwarze Kohlen. »Du siehst wunderschön aus, Violetta.« Gina war selbst erstaunt, wie gut ihr die Verwandlung gelungen war. Selbst Josefs graublonde, noch unperückte Männerhaare störten kaum. Hab ich jetzt womöglich die letzten schlafenden Hunde geweckt, fragte sich Gina plötzlich, indem ich ihm gezeigt habe, wie schön er als Frau aussehen kann?
»In der Tat«, staunte Baumgarten und stand auf. Alle klatschten, und er verbeugte sich. Ach, scheiß drauf, dachte er plötzlich und drehte eine schwungvolle Pirouette. »Ab in die Garderobe«, rief Bäder, der aus dem Hintergrund auf-

getaucht war, und klatschte in die Hände. »Gute Arbeit, Gina«, nickte er anerkennend in ihre Richtung. »Liesel, Josef, in einer halben Stunde seh ich euch im Nachtclub. Bringt euch in Stimmung. Die Fetzen müssen fliegen.«
Hoffentlich tun sie das auch, dachte Bäder etwas beklommen, denn diese TV-Produktion machte ihm angst. Josef Maria Baumgarten, der Liebling aller Schwiegermütter, als Crossdresser im gewagten Abendkleid und Lockenperücke. Was würde seine eigene Schwiegermutter aus Ulm dazu sagen, die sich schon darüber aufregte, wenn sein 15jähriger, eindeutig heterosexueller Sohn (hoffte er zumindest) sich die Haare grün färbte. Und all die weiblichen Fans, die beim Bügeln und Kochen davon träumten, daß Josef Maria sie auf Bügelbrett oder Herd (abgeschaltet natürlich) werfen und sie dort wie ein Hengst besteigen ... Jetzt gehen die Pferde mit dir durch, Bäder, rief er sich zur Ordnung. Baumgarten ist immerhin ein Schauspieler, der kann sich alles erlauben. Jeder weiß schließlich, wie glücklich er verheiratet ist. Glück und Ehe – paßte das zusammen?
Als wollte das Schicksal ihn beruhigen, reichte ihm jetzt seine Assistentin Mona – handverlesen von Ehefrau Bäder, deshalb gedrungen, krisselige Dauerwelle, aber sehr tüchtig – die neueste Ausgabe der *Gala*, dem Klatschmagazin für die gebildete Hausfrau. *Endlich im Glück* hieß die Schlagzeile auf der Titelseite, die Josef Maria, im Arm Gina, auf dem Schoß die kleine Jenny, zierte. Alle strahlten. Ach, wie gut, dachte Bäder erleichtert und reichte Mona die Zeitschrift zurück, ach, wie gut, daß niemand weiß. Denn daß er wußte, wußte außer ihm niemand. Glaubte er zumindest.
Er ging zum Set und prüfte die Details. Standen Gläser auf der Bar? Waren diese Gläser auch mit Wasser (für Gin oder Wodka) oder mit Tee (für Scotch oder Rum) gefüllt, damit seine Darsteller nicht trocken schlucken mußten, was hin-

terher scheiße aussah? Mit dem Drehbuch in der Hand schritt er die Fußmarkierungen ab, weiße Kreidezeichen, damit die Darsteller wußten, wie sie wann zu gehen hatten. Alles in Ordnung. Der Setdesigner hatte gute Arbeit geleistet.

»Hat Josef Maria schon meine letzte Drehbuchänderung gesehen?« Hügels immer leicht aufgeregte Stimme kratzte an Bäders ohnehin angekratzten Nerven wie ein Fingernagel auf einer Schiefertafel. »Mir gefiel die letzte Fassung nicht. Violetta muß zickiger sein, viel zickiger.«

Bäder unterdrückte den kurzen, heißen Impuls, ein stumpfes Kartoffelschälmesser aus der Kantine zu holen, es in Hügels weichen Bauch zu rammen und dort genüßlich umzudrehen. Es war ihm völlig unklar, warum Baumgarten erstens auf Hügel als Drehbuchautor bestanden hatte und sich zweitens soviel von ihm gefallen ließ. Es war nicht seine Art, ein Drehbuch so kritiklos zu übernehmen, wie er es in diesem Fall zu tun schien. Die Ehe macht ihm die Eier weich, dachte Bäder respektlos, aber mir ist es ja genauso gegangen. Wenn ich einmal im Monat randarf, muß ich schon dankbar sein.

»Gib her, den Mist«, sagte er deshalb kurz und nahm Hügel das Drehbuch aus der Hand. Während er zu Baumgarten ging, warf er einen kurzen Blick auf die Nachtclubszene, die sie in zehn Minuten drehen wollten. Er hoffte inbrünstig, daß Hügel sie nicht wieder, wie sonst, verschlimmbessert hatte.

Bild 101

Im Nachtclub – innen – Nacht

Manuela betritt den Nachtclub. Sie ist nervös und aufgeregt. In der Tür dreht sie sich um und betrachtet die Gäste. Der Club ist voll, laute Musik, gute Stimmung. Sie geht zur Bar, setzt sich. Der Barkeeper, ein schwarzer Transvestit, lächelt sie an.

BARKEEPER

Was darf's sein, Gnädigste?

MANUELA

Ein Glas Weißwein, bitte.

Der Barkeeper schenkt ein Glas voll, stellt es vor sie auf den Tresen.

BARKEEPER

Zum erstenmal hier?

MANUELA

Zum ersten- und zum letztenmal.

BARKEEPER
– leicht zickig –

Sind's die Tage – oder schon der Wechsel?

Die Tür geht wieder auf, und Violetta kommt herein. Offensichtlich ein Stammgast, denn sie grüßt nach links und rechts. Dann sieht sie ihre Ehefrau und erstarrt. Eiskalter Blickkontakt. Violetta kommt näher. Manuela erhebt sich. Jetzt stehen sie voreinander.

MANUELA
– eisgekühlt –

Guten Abend.

VIOLETTA
– unsicher, trotzig –

Guten Abend, Manuela.

MANUELA

Gut siehst du aus.
Ist das mein Lippenstift?

VIOLETTA

Ich brauch deine blöden Lippenstifte nicht. Ich hab meine eigenen.

Bäder klappte das Drehbuch wieder zu. Ihm wurde dieser ganze Transikram zuviel. Manchmal beschlich ihn das unheimliche Gefühl, als gäbe es keine richtigen Frauen oder Männer mehr, nur noch Mischformen. Schwule, verheiratete Männer. Lesbische Mütter. Bisexuelle Großväter.
»Na, wie gefällt es dir?« fragte Hügel erwartungsvoll. »Ist der letzte Satz nicht wundervoll?« Er verschwuchtelte seine Stimme: »Ich brauch deine blöden Lippenstifte nicht, ich hab meine eigenen. Ha, dieser Satz aus Baumgartens Mund, die absolute Fernsehsensation.«
Er klingt richtig bösartig, dachte Bäder erstaunt, fast rachsüchtig. »Ich weiß nicht, wie mir der Satz gefällt«, sagte er. »Mir gefällt das ganze Thema nicht. Zuviel Geschwuchtel und Getunte. Als nächstes möchte ich einen Western machen. Nur mit Männern.«
»Ein schwuler Western? Toll. Da hätte ich schon eine gute Idee«, Hügels Stimme wurde eifrig. »Ein Mann kommt in ein bayrisches Dorf ...«
Doch Bäder war schon in Richtung Maske verschwunden. Wo war Josef? Er näherte sich den Schminktischen. Rai-

mund sprach gerade aufgeregt in sein Handy, in das er beim Sprechen förmlich hineinkroch: »Nein, ich mach's nie wieder, mein Spatz. Du hast dich erkältet? Laß mich deine Brust einreiben. Tiefer willst du gerieben werden? Wie tief?«

Bäder tippte ihm ungeduldig auf die Schulter: »Schluß mit dem Gesäusel, Reimi. Spar dir das für den Feierabend auf. Wo ist unser Crossdresser?«

Raimund zuckte zusammen. »Talk to you later, alligator«, wisperte er noch, klappte das Handy zusammen, schraubte seine Stimme wieder auf normal. »Herr Baumgarten und seine Frau sind in der Garderobe. Sie hilft ihm beim Ankleiden«, sagte er und vermied Augenkontakt mit dem Regisseur. Es war ihm peinlich, von einem Hetero beim Telefonschmus erwischt zu werden. Strikte Trennung von Business und Pleasure war seine Devise. Aber daß er Ludo so überraschend ans Telefon bekommen hatte, und dann noch in versöhnungsbereiter Stimmung, hatte ihn seine sonstige Vorsicht vergessen lassen.

In der Garderobe stand Gina vor ihrem Mann und rückte sein Dekolleté zurecht. »Deine Brüste sind ungleich«, kicherte sie. »Laß mich mal.«

Josef Maria alias Violetta drückte seinen ungleich gefüllten Büstenhalter nach vorn und sah voller Rührung auf den Scheitel seiner Ehefrau. Ach, Gina, dachte er zärtlich, du bist wirklich eine Zauberfrau. »Stört es dich gar nicht?« fragte er und ließ ganz sacht seinen rechten Zeigefinger auf ihrem Kopf kreisen.

»Stört mich was?« fragte sie zurück und nahm die Schulterpolster aus seinem Kleid. »Die brauchst du nun wirklich nicht«, meinte sie. »Ob mich was nicht stört?«

»Mich als Frau zu sehen.« Seine Stimme klang ernst. »Jetzt, wo du alles weißt.«

Sie lächelte ihn an. »Aber ich weiß ja noch gar nicht alles«, sagte sie. »Ich weiß nur, das du dich gern als Frau verkleidest. Ich weiß nicht, ob du das jeden Tag tun willst oder nur ab und zu. Ob du mit dem Verkleiden zufrieden bist oder im Grunde deines Herzens eine richtige Frau werden willst. Mit allem Drum und Dran. Ob du heimlich Hormone schluckst und eines Tages als Maria neben mir aufwachst. All das weiß ich noch nicht. Ich weiß nur eins. Ich liebe dich. In guten und in schlechten Tagen. Solange du ehrlich zu mir bist.«
Er schluckte, weil die Liebe und die Hochachtung vor ihrem großen, liebesfähigen Herzen ihn stumm machten. Was bin ich klein neben dieser Frau, dachte er beschämt. Und dieser etwas schmalzige Gedanke war ihm kein bißchen peinlich.
»Ich verspreche dir hoch und heilig, daß ich immer ein Mann bleiben werde.« Er ergriff ihre Hand und sah ihr in die Augen, in denen kleine, goldene Lichter tanzten. »Ich bin nämlich sehr gern ein Mann. Einer, der dich von ganzem Herzen liebt. Und das werde ich auch bleiben. Nur ab und zu brauche ich ein bißchen Erholung vom Mannsein. Dann will ich zart sein und weich, mich in Samt und Seide hüllen. Nicht mehr, aber auch nicht weniger ...«
»Wunderbar, Josef, ganz wunderbar ...« Unbemerkt war Bäder hereingekommen und hatte die letzten Sätze mitgehört. »Eine tolle Rede. Genau so muß Violetta reden. Hast du endlich wieder selbst Hand angelegt ans Drehbuch? Lang genug hat's ja gedauert diesmal.« Er drückte Baumgarten das Buch in die Hand: »Hügel hat wieder rumgefummelt. Schau's dir an, du hast das letzte Wort. Ich kann damit leben.«
Mit diesen Worten verschwand er. Baumgarten sah Gina an.
»Wollen wir heute abend mal einen Bummel machen?« fragte er.

Gina verstand ihn sofort. »Nur wir zwei Frauen?«
»Genau. Als Rollenstudie sozusagen.«
»Gern, Violetta«, sagte Gina. »Dann gehen wir am besten nicht mehr nach Hause. Damit Mami keinen Herzinfarkt bekommt.«
»Eine Frau, die mitdenkt.« Josefs Stimme klang liebevoll. »Ich bin wirklich ein Glückspilz.«
»Das bist du«, sagte sie und ging zur Tür. »Viel Spaß und toi, toi, toi.«

Das Telefon klingelte im Hause Baumgarten, und Bertha tauchte aus dem Puppenhaus auf, in dem sie gerade die kleinen Biedermeiermöbel umarrangierte. Jenny kniete davor und wischte alles sauber, Angora saß neben ihr und leckte das Puppengeschirr ab.
»Baumgarten«, sagte Bertha. »Hallo, Gina. Ihr wollt ausgehen? Das macht mal ruhig. Ich hab hier alles unter Kontrolle. Viel Spaß.« Sie legte auf und ging zum Puppenhaus zurück, das sie als kleines Mädchen von ihrem Vater bekommen und für das sie endlich wieder Verwendung hatte. »Wir sind heute abend ganz allein«, sagte sie, und Jenny strahlte.
»Kann ich dann bei dir im Bett schlafen? Bitte bitte!« Sie sprang auf, schlang ihre Arme um Berthas beperlten Hals. »Und du liest mir vor, und dann essen wir Trüffel, und ich muß hinterher nicht die Zähne putzen.«
»So machen wir's«, versprach Bertha. »Aber verrat uns nicht.«
Jenny lachte. »Kann ich dann auch deine Zähne ins Glas tun, Omi? Und die Sprudeltablette drauf?«
»Aber vorsichtig«, sagte Bertha nur, »und aufpassen, daß Angora nicht wieder ans Glas kommt und das Wasser trinkt.«

Raimund hatte immer noch dieses idiotisch-verklärte Grinsen im Gesicht, als sich Gina von ihm verabschiedete. »Du siehst aus wie eine schwangere Kuh«, sagte sie.
»Und genauso fühle ich mich auch«, erwiderte Raimund. »Wohin des Wegs, so deutlich vor dem offiziellen Feierabend?«
»Mit meinem Mann auf die Piste«, antwortete Gina vage. »Er hat heute keine Szenen mehr.«
Raimund seufzte. »Ich bin noch längst nicht fertig. Liesel hat jetzt diese lächerliche Szene, wo sie für ihre Göttergattin ein Kleid in einer Edelboutique aussucht. Total bescheuert, wenn du mich fragst. Eine Ehefrau, die ihrem Mann beim Verkleiden hilft! So masochistisch bin ja selbst ich nicht.« Er seufzte, offensichtlich war ihm bei diesem letzten Satz etwas Schönes eingefallen.
»Alles wieder okay mit Ludo?« fragte Gina.
»Ich hoffe«, sagte Raimund, »obwohl es mich schon fuchst, daß er mich betrogen hat, und zwar kräftig, und ich mich bei ihm entschuldigen muß, nur weil ich ihn in meiner berechtigten Wut ein bißchen ausgesperrt habe.«
Gina lachte: »Ein bißchen ausgesperrt? Du hast ihn nackt auf die Straße gesetzt. Bei drei Grad plus.«
»Nun sei doch nicht so pingelig«, schmollte Raimund und knuffte sie. »Hau schon ab, du Treulose, und amüsier dich. Ich halte hier die Stellung.«
Er sah ihr nach, als sie beschwingt zur Studiotür ging, leicht hüpfend, wie ein kleines Mädchen. Sie ist tatsächlich glücklich, dachte er und wollte schnell dreimal auf Holz klopfen. Aber er fand nichts und klopfte statt dessen auf die Plastikkonsole seines Schminktisches. Das müßte reichen, dachte er. Ein leichtes Gefühl von Unruhe aber blieb.

Auf dem Parkplatz hielt Gina Ausschau nach Violetta, denn sie hatten verabredet, daß Baumgarten im »Kostüm« erscheinen würde. »Ich schleich mich einfach davon«, hatte er versprochen, »sonst muß ich das Kleid in der Requisite lassen, und zu Hause ...« Er ließ den Satz in der Luft hängen, aber Gina verstand ihn auch so. Zu Hause war Bertha mit ihrem Adlerblick, und Jenny, die überall herumschnüffelte. Zu kompliziert.
»Hier bin ich.« Gina zuckte zusammen, als sie Josefs Stimme hörte. »Ich seh dich nicht«, rief sie und verrenkte den Kopf.
»Heiß«, hörte sie, als sie auf seinen Jeep zuging, dessen hintere Scheibe heruntergekurbelt war. Sie ging um den Jeep herum, sah ihn noch immer nicht. »Hallo.« Sie zuckte zusammen, als seine Hand aus dem Fenster fuhr und sie am Handgelenk ergriff. Er hatte auf dem Rücksitz gelegen, schnellte jetzt hoch wie ein Stehauffrauchen.
»Mein Gott, hast du mich erschreckt«, keuchte sie und öffnete die Fahrertür. Sie hatten verabredet, daß sie am Steuer sitzen würde, falls, wie so oft, Autogrammjäger auf der Straße lauerten.
»Tut mir leid«, sagte Josef Maria.
»Deine Stimme klingt komisch«, meinte Gina, während sie durch das Studiogelände fuhr.
»Das ist Violettas Stimme«, meinte er und suchte im Rückspiegel Blickkontakt. »Stört dich ihre Stimme?«
»Ich finde sie ein bißchen gewöhnungsbedürftig«, sagte Gina zögernd. »Benutzt du sie oft?« Sie fuhr jetzt durch den Ausgang, deshalb legte er sich flach auf den Rücksitz.
»So gut wie nie«, sagte er mit Josef-Stimme, »ich finde nur, sie paßt zu meinem Outfit heute abend. Was meinst du?« Gina lächelte dem kleinen Häufchen hartnäckiger Fans zu, das vor dem Eingang lauerte und hoffnungsvoll in den Jeep spähte, bog dann schnell auf die Hauptstraße, wo zum

Glück kein Gegenverkehr war, und fuhr in Richtung Innenstadt. »Ich glaube, wir beide müssen für die Zukunft ein paar Regeln aufstellen«, meinte sie, während sie geschickt den Jeep durch den Feierabendverkehr lenkte. »Du kannst dich übrigens wieder hinsetzen. Die Luft ist rein.«
Er setzte sich und holte einen Spiegel aus der Handtasche. Sein Make-up war noch perfekt, nur die Lippen mußten nachgezogen werden. Er schraubte seinen Lippenstift auf.
»Schon komisch«, sagte Gina, »wenn der eigene Mann sich schminkt.« Ihre Stimme klang ein bißchen ängstlich.
Er schraubte den Lippenstift wieder zu und steckte ihn in seine Handtasche. »Ich kann deine Ängste völlig verstehen«, sagte er dann und bemühte sich um eine ganz besonders tiefe, männliche Stimme. »Aber ich kann dich beruhigen: Ich will keine Frau werden. Ich bin gern ein Mann. Ich will nur ab und zu ein bißchen experimentieren. Das ist vielleicht schwer zu begreifen, aber die Wahrheit. Und je entspannter ich mich fühle, desto weniger brauche ich es.«
Gina zündete sich eine Zigarette an, nahm einen tiefen Zug und reichte sie dann nach hinten. Als er sie zurückgab, war das Mundstück tiefrot. Sie betrachtete es, rauchte dann weiter. »Wenn du also Streß hast, brauchst du es mehr«, konstatierte sie, »das heißt auf gut deutsch, bei jedem Streit mit mir wirst du zur Frau.« Diese Vorstellung war so merkwürdig, daß sie laut zu kichern anfing. »Oder gibt es da Abstufungen? Beim kleinen Streit reicht ein BH, beim mittleren kommen Strumpfhalter und Seidenstrümpfe dazu ...« Sie sah nach hinten. Violetta sah gut aus, alles saß perfekt. Das rote Kleid, die Perlenkette. In der Hand hielt sie einen Hut mit Schleier, den sie zur Sicherheit aufsetzen wollte. Schließlich sollte dieser Abend nicht in einer Katastrophe enden.
»Du hast völlig recht, meine Liebe«, sagte Violetta jetzt und

zog sich lange, schwarze Handschuhe über, denn ihre Handgelenke waren breit und männlich, und heute abend, nur heute abend, sollte Josef ihr nicht in die Quere kommen.
»Es gibt ganz erhebliche Abstufungen. Manchmal trage ich ein Seidenhöschen unterm Anzug, nur weil mich der Gedanke an den weichen, glänzenden Stoff auf meiner Haut einfach beruhigt. Manchmal hab ich auch nur einen Seidenstrumpf in der Tasche. Aber nur manchmal. Meistens«, und wie zur Bestätigung verfiel er wieder in seine Josef-Stimme, »meistens bin ich ein ganz normaler Mann.«
»Ein Mann aus Samt und Seide«, flüsterte Gina. »Sag mal, was weiß Elmar Hügel eigentlich von dir?«
Unmerklich zuckte er zusammen. Was ahnte sie? »Elmar weiß gar nichts«, log er schnell und setzte seinen Hut auf, weil sie sich jetzt dem Alsterpavillon näherten, wo sie einen Drink mit Alsterblick zu sich nehmen wollten. »Der Film ist wirklich reiner Zufall.«
»Ein komischer Zufall«, meinte Gina, aber ihre Stimme klang arglos. »Wir sind da. Bist du bereit, Violetta?«
»Ich bin bereit«, sagte Violetta.

30

Mist, dieser Tag nahm wirklich überhaupt kein Ende! Raimund fluchte innerlich, als er Manuela schon zum drittenmal frisch abpudern mußte. »Was ist denn los mit dir, Liesel?« fragte er enerviert, als sie sich ächzend auf den Stuhl fallen ließ. »Steigende Hitze? Oder heißt es fliegende?« Er lachte dünn über seinen kleinen Scherz, Liesel Gabriel lachte nicht mit.

»Halt die Klappe bei Sachen, von denen du nichts verstehst«, zischte sie nur giftig. Ihre Augen glänzten, als sie sich mit zittrigen Händen die Haare hinter die Ohren strich. Gottchen, dachte Raimund, sie säuft wieder! Das hat uns gerade noch gefehlt. Alkoholisierte Schauspieler bedeuteten Superstreß für den Maskenbildner. Ewig glänzende Gesichter, trübe Augen, zerbissene Lippen, und wer war natürlich schuld, wenn sie trotz all seiner Bemühungen scheiße aussahen ...

»Du hängst also wieder an der Flasche, Liesel.« Keine Frage, eine schlichte Feststellung. Sie sagte gar nichts, sah ihn nur mit großen, plötzlich abgrundtief traurigen Augen an. »Meine Liebste hat mich verlassen«, sagte sie. »Ist mit dem Sohn meiner besten Freundin durchgebrannt. Würdest du da nicht saufen?« Raimund erwiderte nichts, drückte ihr nur tröstend die Schulter.

»Kann ich was für dich tun, Schnuckelputz?« sagte er und massierte ihren Rücken. Massagen waren immer angebracht, das wußte er. Sie sah ihn dankbar an. »Ich brauch was zu trinken«, bat sie, »sonst steh ich die nächste Szene nicht durch.«

Er sah sich ratlos um. »Wo soll ich denn jetzt was herkriegen?« fragte er. »Das Bier ist ausgesoffen, die Kantine längst geschlossen.«
Sie winkte ihn zu sich heran. »Bäder hat 'ne Flasche Whisky in seinem Büro«, flüsterte sie. »Kannst du mir die bitte beschaffen? Ich will nur einen Schluck. Nur einen einzigen.«
Er richtete sich auf. »Mal sehen, was ich für dich tun kann«, sagte er und verschwand.

Bäder war ganz kurz davor, seinen Drehbuchautor aus dem Fenster zu schmeißen. Dieser dreiste Widerling! Wie unappetitlich er sich auf seinem Sofa fläzte. Bäder glaubte den Käsegeruch seiner weißen Füße durch die ungeputzten Schuhe riechen zu können. »Nein!« schrie er. »Wir ändern die Szene nicht schon wieder. Erst sollte Violetta Selbstmord begehen, dann von ihrer Ehefrau umgebracht werden, dann schwebt dir eine Geschlechtsumwandlung Violettas vor, und jetzt soll auch Manuela unters Messer und ein Mann werden? Du hast sie nicht mehr alle, mein Lieber. Es wird nichts mehr geändert, kein einziges Wort.«
Hügel schwang seine Beine auf den Boden, in Geruchsnähe von Bäders vibrierenden Nasenflügeln. »Kein einziges Wort?« sagte er nur und baute sich vor dem Regisseur auf. »Es ist mein Drehbuch, mein Lieber, und was ich sage, passiert.«
Bäder stieß ein höhnisches Lachen aus. »Du bist nicht Chef, du bist ein Auftragsschreiber. *Mein* Auftragsschreiber Ich muß geradestehen für diesen Film. Und Josef Maria hat sicher auch keine Lust, sich seine Karriere durch einen Scheißfilm ruinieren zu lassen.«

Raimund blickte nach rechts und links und wollte gerade vorsichtig die Tür zu Bäders Büro öffnen, als er die aufgeregten Männerstimmen hörte. Mist, dachte er, wollte wieder gehen, als er den Namen Josef Maria hörte. Was war mit ihm? Neugierig preßte Raimund sein Ohr an die Tür und lauschte …

»Josef Maria hat keine Probleme mit meinem Drehbuch.« Hügels Stimme klang sehr siegessicher. »Er weiß, daß er mit diesem Film seinen Durchbruch als internationaler Star schaffen kann.«
Bäder trat ans Fenster und biß sich kurz und schmerzhaft in den rechten Handballen, sonst hätte er seine Faust in Hügels Gesicht gedrückt. »Josef ist außerordentlich handzahm«, gab er dann zu, »aber glücklich ist er auch nicht.«
»Ich könnte ihn noch viel unglücklicher machen, mein Lieber«, rutschte es Hügel heraus, der die ewige Kritik und Nörgelei an seinem Drehbuch bis obenhin satt hatte. »Du weißt nämlich nicht alles.« Er lehnte sich zurück und schenkte sich einen Whisky ein.

Raimunds Ohr tat weh, also wechselte er die Seite. Sein Höschen kniff im Schritt, ungeduldig ruckelte er es zurecht. Zum Glück schrien die beiden Idioten da drinnen so laut, daß er jedes Wort verstehen konnte.

Violetta und Gina gingen unterdessen Arm in Arm auf den Alsterpavillon zu, zwei elegante Damen auf dem Weg zu einem schicken Cocktail.
»Wie fühlst du dich, Violetta?« flüsterte Gina, die beschlossen hatte, diesen Abend als Abenteuer zu genießen und sich nicht mit Zukunftsängsten zu quälen.
»Ein bißchen schwummrig«, gab Violetta zu und drückte Ginas Arm. »Hoffentlich errege ich kein Aufsehen.« Das hoffe ich auch, dachte Gina und musterte ihre Gefährtin

prüfend von der Seite. »Du siehst phantastisch aus«, sagte sie, »besser als ich.« Aber sie klang dabei nicht unglücklich. Sie betraten den Alsterpavillon, ein großes, schiffartiges Restaurant direkt an der Binnenalster. Jahrelang war es beliebter Treffpunkt alter Damen mit Hütchen gewesen, die hier nachmittags genüßlich eine Schwarzwälder-Kirsch-Torte verspeisten, dann war es verkauft worden, und die neuen Besitzer hatten die spleenige Idee gehabt, einen Szenetreff daraus zu machen. Weg mit dem Plüsch, hinein mit kargem Mobiliar. Die alten Damen blieben weg, die jungen kamen gar nicht erst. Wieder Verkauf. Der allerneueste Besitzer hatte eine Synthese zwischen Plüsch und Pep gefunden, jetzt waren alle glücklich.
An diesem Abend war es rappelvoll. Und Gina und Violetta hatten keine Reservierung. Violetta schob ihren Hut zurecht und blieb etwas unsicher an der Bar stehen, neben der eine Treppe in den oberen Restaurantbereich führte. »Laß mich mal machen«, flüsterte Gina und ging auf einen jungen Mann zu, der mit Wichtigtuermiene vor der Treppe stand und in dem Reservierungsblock blätterte. »Guten Abend«, sagte Gina freundlich und sah ihm fest ins Auge. »Wir haben einen Tisch am Fenster reserviert.«
»Name?« sagte der junge Mann, ohne hochzublicken.
»Rockefeller«, erwiderte Gina. »19 Uhr 30. Der Butler meiner Tante hat vor einer Stunde bestätigt.«
»Rockefeller, Rockefeller«, murmelte der junge Mann ratlos. »Ich finde hier gar nichts auf der Liste.« Gina lächelte eisig.
»Das ist Ihr Problem«, meinte sie kühl. »Vielleicht holen Sie den Manager?« Kopfschüttelnd klemmte er seinen Block unter den Arm und wies in Richtung Restaurant.
»Ein Mißverständnis, aber zufällig haben wir was frei.« Er ging nach oben, während Gina ihre Freundin Violetta von

der Bar winkte, wo diese gerade einen Flirt mit dem Barkeeper begonnen hatte.
Sie ist wirklich mutig, dachte Gina, als Violetta zum Abschied mit ihrer behandschuhten Hand wedelte und auf hohen Hacken herbeigetänzelt kam. »Wir haben einen Tisch«, flüsterte Gina. Violetta, die sich inzwischen richtig wagemutig fühlte, ging hocherhobenen Hauptes hinter dem Maître her. Den Hut behielt sie vorsichtshalber auf, so ganz war sie sich ihres Gesichts bei so viel Öffentlichkeit dann doch nicht sicher.
»Bitte, die Damen.« Der Maître wies auf einen Tisch am Fenster und entfernte sich.
Gina blickte hinaus auf die dunkle Alster, auf der ein paar versprengte Boote wie große Teelichter leuchteten. »So schön ist unser Hamburg«, erklärte sie mit Besitzerstolz, denn sie liebte ihre Heimatstadt über alles. Wenn sie nach längerer Abwesenheit über die Kohlbrandbrücke in die Stadt fuhr, hätte sie jedesmal aussteigen und den Hamburger Hafen küssen können.
»Bestellst du mir bitte einen Champagner?« flüsterte Violetta, die ihrer weiblichen Stimme nicht recht traute. Alles sollte perfekt sein.
»Herr Ober!« Gina winkte einen Kellner herbei. »Eine Flasche Champagner bitte.« Der Kellner deutete galant eine Verbeugung an und verschwand. Gina lachte Violetta an: »Reicht mein Haushaltsgeld dafür?« Die beiden Frauen sahen sich an, die kleine, rothaarige und die große, blonde. Violetta nahm Ginas Hand und küßte sie.
»Muß Liebe schön sein«, flachste ein junger Mann am Nachbartisch. »Prost die Damen.« Er hielt sein Bierglas hoch.
»Prost«, sagte Josef ganz leise.
Ich bin richtig glücklich, dachte er. Wer hätte das geahnt?

»Was weiß ich nicht, du Blödmann?« Bäders Stimme war noch lauter geworden. »Sprich nicht immer in Rätseln.« Es raschelte, Raimunds Ohr war ganz flach gedrückt, aber er konnte das Geräusch nicht identifizieren.
»Was soll das sein?« fragte Bäder aufgebracht. »'ne alte Tunte?«
»Guck mal genau hin.«
Pause.
»Das gibt's doch nicht.«
»Das gibt es doch. Josef Maria, wie er leibt und lebt. Wie *sie* leibt und lebt, sollte ich besser sagen.«
»Woher hast du diese Fotos?«
»Das ist ein Berufsgeheimnis.«
»Erpreßt du ihn damit, du Ratte? Redet er dir deshalb so wenig ins Drehbuch?«
Schweigen. Dann Kichern. »Was glaubst du, warum er auf einmal geheiratet hat?«
»Weil er sich verliebt hat, warum denn sonst?«
»Du kannst vielleicht naiv sein, Peter. Weil er Angst hatte, daß seine dunklen Triebe an die Öffentlichkeit geraten. Gina ist sein Alibi, nicht mehr und nicht weniger. Die Ärmste hat natürlich keine Ahnung. Ich hab das Gefühl, sie liebt ihn wirklich.«
»Er liebt sie auch, da bin ich sicher. So ein Schwein ist er nicht.«
Wieder dieses hohe, triumphierende Kichern. »Du hast ja keine Ahnung.«
Raimund hatte genug gehört. Sein Herz dröhnte wie ein Preßlufthammer. Er ging zu seinem Handy und wählte Ginas Nummer.

Der alte Transi soll sich bloß nicht einbilden, daß ich ihn für eine echte Frau halte, dachte der Ober, der früher in der

Erika-Bar im Hafen gearbeitet hatte, Treffpunkt der schönsten Transvestiten aus aller Welt, und stellte die zweite Champagnerflasche auf den Tisch. »Zum Wohl –«, er machte eine beziehungsreiche Pause, hob leicht die rechte Augenbraue, während er Violetta nachschenkte, »– die Damen.«
Violetta sah seinen Blick und deutete ihn richtig. Angst kroch eine heiße Sekunde lang in ihr hoch. Er würde doch nicht? Sie lächelte ihn an. »Danke, Herr Ober«, sagte sie leise, denn laut klang ihre Stimme zu maskulin. »Übrigens ...«
Er hatte sich bereits einen Schritt entfernt, drehte sich wieder um: »Ja, bitte?«
»Ihr Hosenstall ist offen«, sagte Violetta und wandte sich wieder Gina zu. »Blöder Kerl«, meinte sie nur.
Ginas Handy klingelte. »Hoffentlich nichts mit Jenny«, murmelte sie. »Ja bitte? Raimund? Bist du immer noch im Studio? Mir geht's gut, danke der Nachfrage. Was ist los?«

Er konnte es ihr nicht sagen. Nicht so. Nicht mit ihm dabei – mit *ihr* dabei? »Ich wollte nur mal deine Stimme hören«, meinte er.
Sie lachte schallend. »Mach's gut, mein Schatz. Grüß Ludo von mir.« Sie klappte das Handy wieder zusammen und schüttelte den Kopf. »Gibt's denn keine ganz normalen Männer mehr?«
»Was wollte Raimund von dir?« fragte Josef mißtrauisch mit plötzlich tiefer Stimme.
»Keine Ahnung.« Gina runzelte die Stirn. »Ihr seid wirklich merkwürdige Wesen. Sag mal, schräg hinter uns, ist das nicht die Frau von Hügel? Dreh dich jetzt nicht um, sie guckt gerade her.«
Violetta stierte angestrengt ins Glas. »Ich muß mal für kleine Mädchen«, flüsterte sie. »Kommst du bitte mit?« Sie

erhoben sich und gingen hocherhobenen Hauptes an dem Tisch vorbei, wo Erika Hügel mit ihrer Freundin Carmen saß.

»Das ist er«, flüsterte Erika aufgeregt. »Ich hab ihn genau erkannt. Schau mal her.« Sie kramte ein Foto aus der Tasche und hielt es Carmen hin.

»Du hast recht«, bestätigte Carmen. »Mein Gott, was für ein Coup! Meine Zeitung wird ausflippen.« Sie verrenkte den Kopf, Violetta und Gina gingen gerade die Treppe hinunter. »Ich wette, die beiden sind auf dem Klo«, sagte sie zu Erika. »Auf geht's.«

Sie erhoben sich ebenfalls und folgten dem Frauenpaar.

Vor der Tür zur Damentoilette blieb Carmen stehen. »Vielleicht ist er ja auf dem Männerklo«, mutmaßte sie.

»In *den* Klamotten?« Erika lachte. »Du spinnst ja.« Sie öffneten die Tür und traten ein. Gina stand allein vor dem Spiegel und zog sich die Lippen nach.

Superscheiße, dachte sie, als sie Erika sah. »Hallo, Erika«, sagte sie so laut, daß Violetta sie gut verstehen konnte. »Die Welt ist doch ein Dorf.«

Erika lächelte, während ihre Augen umherschweiften. Zwei der insgesamt drei Klotüren waren geschlossen, in einer der beiden Kabinen mußte er sein. »Darf ich dir meine Freundin Carmen vorstellen? Sie arbeitet für *Gala*«, sagte sie und schob ihre Freundin vor.

Gina streckte lächelnd die Hand aus. »Angenehm. Schön, so ein Abend unter Frauen, finden Sie nicht? Ich bin auch mit meiner Freundin hier.« Sie hüstelte, wußte momentan nicht weiter.

Erika entschloß sich, den Stier bei den Hörnern zu packen. »Deine Freundin?« wiederholte sie und senkte vertraulich die Stimme. »Wo hast du die denn aufgegabelt?«

Erika war bekannt für ihren außerordentlichen Mangel an

Takt, den sie selbst für erfrischende Ehrlichkeit hielt, aber diese Bemerkung ging zu weit. Selbst Carmen räusperte sich unbehaglich.
»Ich weiß nicht, was du jetzt wieder meinst«, erwiderte Gina kühl. »Violetta ist eine langjährige Schulfreundin von mir. Wir haben uns endlos nicht gesehen.«
Am liebsten hätte sich Erika blitzschnell flach auf den Boden gelegt und von unten in die Kabinen geblinzelt, aber das traute selbst sie sich nicht. Statt dessen entschloß sie sich zur Provokation. Sie lachte und tippte Gina mit dem Zeigefinger an die Brust. »Mich kannst du nicht verscheißern, meine Liebe. Ich kenn mich aus bei Transis. Und daß deine sogenannte Schulfreundin ein Transi ist, das erkennt doch ein Blinder mit dem Krückstock. Fragt sich nur, was für ein Transi. Mir kommt sein Gesicht irgendwie sehr bekannt vor ...«
Carmen stand der journalistische Geifer schon in den Mundwinkeln. Fotos hatte sie zwar bereits, aber sie wollte versuchen, auch ein paar hier in der Damentoilette zu schießen. Sie mußte nur abwarten, bis eine der Türen aufging.
Es rauschte im Wasserkasten, eine Tür öffnete sich. Eine elegante, ältere Dame kam heraus. »Seit wann wissen Sie, daß Sie ein Transvestit sind?« fragte Carmen blitzschnell und knipste. »Haben Sie schon mal mit dem Gedanken an eine Geschlechtsumwandlung gespielt?«
»Was erlauben Sie sich eigentlich?« empörte sich die Dame. Carmen erkannte ihren peinlichen Irrtum. »Entschuldigen Sie bitte«, sagte sie verlegen. Die andere Tür also.
Was mach ich bloß, dachte Gina panisch. Sie war ein gradliniger Mensch, die leicht verschlagene Verschmitztheit eines Kai Kuschel fehlte ihr völlig. Auf die Idee, Violetta als Rollenstudie zu erklären, kam sie deshalb nicht. Aber auf eine andere.

»Du hast natürlich völlig recht«, sagte sie. »Violetta ist Transvestit. Deshalb ist er auch aufs Männerklo gegangen. Hier wollen wir schließlich unter uns sein, was Mädels?« Sie lachte laut und verzweifelt. »Laßt uns nach oben gehen, wahrscheinlich wartet sie längst am Tisch. Dann können wir noch ein Glas Wein zusammen trinken.«
Erika hatte schon die Türklinke in der Hand. »Gute Idee!« sagte sie, vom Jagdfieber gepackt. »Komm, Carmen.«
Gina nickte in Richtung Kabinen. »Ich muß noch mal schnell. Sagt Violetta, daß ich gleich komme.«
Die Frauen verschwanden, Gina riß die Klotür auf, wo Violetta mit hochgezogenen Beinen auf der Brille kauerte.
»Das war knapp«, keuchte Gina. »Wo sind deine Männerklamotten?«
»Im Kofferraum«, sagte Violetta. Gina war schon weg.
Erschöpft preßte Josef seine heißen Wangen gegen die kühlen Kacheln der Kabine. Das ist entwürdigend, dachte er, so will ich nicht leben. Und er beschloß, hier und jetzt, auf einer Klobrille der Damentoilette des Hamburger Alsterpavillons, in Zukunft nur noch ganz privat die Frau herauszulassen. Wenn überhaupt. Seit Gina da war, war der Josef in ihm irgendwie immer dominanter geworden, der Ärger über eine Weiblichkeit, die er nicht so ausleben konnte wie seine Frau, war einer größeren Gelassenheit gewichen. Gerade weil sie bei diesem Thema so friedlich blieb. Ihn sogar freiwillig schminkte. Und seine kleine Tochter auch. Vielleicht würde er sogar zu Hause im Kleid herumlaufen können, ohne daß dies zum sofortigen Zusammenbruch seiner Ehe führte. Bei dem Gedanken wurde ihm ganz leicht und warm ums Herz. Er konnte Josef sein und ab und zu ein bißchen Maria – und die Welt würde nicht untergehen. Ein riesengroßer Stein wälzte sich von seiner Brust.

»Hier.« Die Tür wurde aufgerissen, Gina warf ihm Hose, Hemd und Schuhe zu. »Ich muß nach oben, mir was ausdenken. Du kommst in fünf Minuten rein und holst mich offiziell ab. Sieh zu, daß du keine Schminke mehr im Gesicht hast.« Sie schloß die Tür und ging nach oben.
»Haben die Herrschaften noch einen Wunsch?« Der Kellner stand neben ihrem Tisch und sah sie vorwurfsvoll an.
»Meine Freundin mußte leider dringend weg, aber ich warte noch auf meinen Mann«, sagte Gina und freute sich jetzt schon auf das Gesicht dieses Lakaien. »Wir werden dann vielleicht noch eine Flasche trinken.«
»Sehr gern.« Der Ober entfernte sich. Bin mal gespannt, wie dieser sogenannte Mann aussieht, dachte er.
Gina stand wieder auf und ging zu dem Tisch, wo Erika und Carmen ihr mit unverhüllter Enttäuschung entgegenblickten. »Habt ihr meine Freundin gesehen?« fragte Gina mit gespielter Besorgnis. »Hat es etwa Ärger gegeben?«
»Wir haben deine Freundin überhaupt nicht mehr gesehen«, sagte Erika spitz. »Sehr merkwürdig.«
»Allerdings«, gab Gina zu, »zumal ich auch nicht mehr so lange warten kann. Josef holt mich nämlich hier ab.« Sie lächelte breit. »Da ist er ja schon.«
Sein Auftritt war wirklich perfekt. Er stand im Eingang und tat so, als sei ihm das Rascheln und Flüstern, das diskrete Fingerzeigen, das ausschließlich seiner Person galt, überhaupt nicht bewußt. Köpfe drehten sich, Augen bohrten sich in seinen großen, männlichen Körper, seinen graublonden Löwenkopf. JOSEF MARIA BAUMGARTEN – wie ein Feuerzeichen malte sich sein Name über alle Tische.
Dem Ober fiel vor Schreck das Tablett aus der Hand. BAUMGARTEN kam, und alle Tische waren besetzt. Superscheiße. Er stürzte herbei: »Herr Baumgarten, welche Ehre, schön, daß Sie uns mal besuchen, wenn Sie einen ganz kleinen Au-

genblick warten ...« Leicht hysterisch schweifte sein Blick über die besetzten Tische, jetzt ging natürlich erst recht keiner. Und diese blöde Tussi, deren Transi-Freund auf einmal verschwunden war, sie glotzte ganz besonders blöd. Der totale Groupieblick. Mal sehen, was sich da machen ließ.
Mit schnellen Schritten ging er auf den Tisch zu, aber Baumgarten war schneller. Alle Augen ruhten auf ihm, als er Gina von ihrem Stuhl zog und sie zärtlich umarmte.
»Warum kannst du nicht so sein wie er?« zischelte eine Frau, deren Mann am Nachbartisch über seinem Bierglas fast eingeschlafen war. »Nur eine einzige Nacht lang?«
»Du siehst ja auch nicht wie seine Frau aus«, sagte der Mann nur und gähnte.
Das gibt's doch wohl nicht, dachte Erika Hügel, bin ich denn total blind und blöd? Carmen hatte sich bereits erhoben und steuerte zielstrebig auf den Fenstertisch zu. »Kompliment, Herr Baumgarten«, sagte sie leise. Josef Maria, der sie aus früheren Interviews kannte, sah sie cool an, obwohl innerlich all seine Alarmglocken klingelten. »Ich bin heute abend privat hier«, sagte er, zog Ginas Hand zu sich heran und küßte sie. »Meine Frau und ich wollen noch in Ruhe einen Nightcap trinken. Dafür haben Sie sicher Verständnis.«
Er wandte sich ab, als er eine leichte Irritation am rechten Auge spürte. Er blinzelte. Ach, du Schreck, seine künstlichen Wimpern! In der Eile hatte er nur ein Paar abgerissen.
»Kompliment für Ihre nächste Rolle«, fuhr Carmen fort, während er diskret die Wimpern entfernte und in den Aschenbecher legte. »Eine mutige Entscheidung, einen Crossdresser zu spielen.«
Er beamte sein allermännlichstes Lächeln direkt in ihre harten Reporterinnenaugen. Die jetzt auf dem Aschenbecher ruhten. »Darf ich, Liebes?« Er nahm Gina die Zigarette aus dem Mund, inhalierte tief und drückte dann die

Kippe direkt in die Wimpern. »Vielen Dank«, sagte er dann. »Sie haben völlig recht, aber Herausforderungen reizen mich als Schauspieler natürlich. Wenn Sie wollen, gebe ich Ihnen das erste Presseinterview. Als Violetta.«
Carmens Augen glänzten. Das wäre in der Tat eine heiße Sache. »Nur noch eine Frage«, sagte sie, denn selbst sie merkte, daß sie jetzt störte.
»Eine noch.« Baumgarten trennte sich nur ungern von der weichen Halsbeuge seiner Frau. Sie hatte sein Parfüm auf der Haut, außerordentlich animierend. »War es nicht schwierig für einen so männlichen Mann wie Sie, ausgerechnet eine Frau zu spielen?«
Er lächelte fein. »Ich bin Profi«, sagte er nur, »und ich recherchiere gut. Sonst noch Fragen?«
Ihren Abschiedsgruß hörte er nicht mehr. »Was für ein Abend«, flüsterte er in Ginas Haar, das sie an diesem Abend aufgesteckt trug. »Ist alles weg?« Sie schob sein Gesicht etwas von sich und musterte ihn. »Nur noch ein bißchen Lidschatten.« Sie spuckte auf ihren Zeigefinger und wischte sein Lid sauber. »Hast du die Fingernägel abgemacht?«
Er legte seine unmanikürten, quadratischen Männerhände auf den Tisch. »Wollen wir dann?« fragte er und hatte es auf einmal sehr eilig. Er wollte allein sein mit ihr, ganz allein, und dann ...
Aller Augen ruhten auf ihnen, als sie aufstanden und zum Ausgang gingen. Er ignorierte die ausgestreckten Hände, die Autogrammwünsche. Heute abend nicht.
Fünf Minuten zuvor hatten Erika und Carmen vor dem Jeep gestanden. »Das ist sein Auto«, sagte Erika verschwörerisch. Sie spähten hinein.
»Siehst du was?« fragte Carmen, die ziemlich nachtblind war.
»Tennisschläger«, zählte Erika auf, »und ein Kindersitz.«
Carmen seufzte ungeduldig. Erika ging ihr heute abend

ziemlich auf den Keks. Und die Fotos von Baumgarten bedeuteten gar nichts. Keine von ihnen schenkte der Plastiktüte einen zweiten Blick, die neben den Schlägern lag. Und in der ein wunderschönes rotes Cocktailkleid und ein Hut mit Schleier steckten.

Josef Maria schloß den Jeep auf, ließ sich aufseufzend in den Fahrersitz fallen. »Mein Gott, was für ein Abend«, sagte er und steckte den Schlüssel ins Zündschloß.
»Ich fand's irgendwie ganz lustig«, kicherte Gina. »Es ist zumindest nicht langweilig mit dir. Wo sind übrigens Violettas Kleider? Die Leute von der Garderobe flippen aus, wenn wir die morgen nicht tipptopp zurückbringen.«
Er küßte sie. »In der Plastiktüte auf dem Rücksitz«, antwortete er. »Kannst du bügeln?«
»Ungern«, erwiderte Gina und küßte ihn zurück. Seine Lippen schmeckten nur noch leicht nach Lippenstift. Josef war zurückgekehrt.
Als er wenig später die Haustür aufschloß, kam ihnen Marittel im Bademantel entgegen. Ihre Schweinelöckchen kringelten sich grau und ungebärdig. »Ein gewisser Raimund war hier«, sagte sie, während sie mit geübtem Blick das aus der Tüte quellende Kleid entdeckte und mit spitzen Fingern herausholte. »Das arme Kleid«, rief sie und legte es sich über den Arm. »Er war ziemlich aufgeregt. Ruf ihn am besten gleich mal an.« Sie verschwand mit dem Kleid.
»Was kann er wollen?« überlegte Gina, während sie seine Nummer wählte. »Ich bin's. Marittel sagt, du warst hier. Was ist denn los?«
Der Anruf erreichte Raimund, als er gerade mit Ludo eine außerordentlich lustvolle Brezel bildete. Nicht hier, nicht jetzt, dachte er schwitzend. »Wir reden morgen in Ruhe drüber«, sagte er nur und legte wieder auf.

»Was ist denn jetzt wieder los?« fragte Ludo, als sein Lover sich entbrezelte und eine Zigarette anzündete.
»Meine Stimmung ist weg«, murmelte Raimund düster.
»Das seh ich«, kommentierte Ludo enttäuscht. »Abgeschlafft wie Rübenblätter. Wegen Gina?«
Raimund inhalierte tief, aber das machte ihn nur nervöser. »Ich muß es ihr sagen«, stieß er hervor. »Sie ist meine beste Freundin. Ich bin's ihr schuldig.«
Ludo, der keine Lust auf Gespräche hatte, rollte sich zusammen. »Sag bloß nichts. Halt dich da raus.« Er gähnte. »Wenn nichts mehr passiert, schlaf ich jetzt ein.« Sekunden später kamen die ersten Schnarchtöne aus dem Kissen.
Raimund dagegen wälzte sich noch Stunden. Ludo hat recht, beschloß er, bevor er endlich ins Schlummerland eintauchte. Ich halt mich da raus.

Gina dagegen schlief tief und fest. In Löffelchenposition mit Josef. Vor dem Einschlafen hatte er sie gefragt, ob sie was gegen sein Nachthemd habe. »Nicht, wenn du darunter wieder nackt bist«, hatte sie erwidert. Er war's, also faßte sie unter sein Nachthemd und hielt ihn fest. »So kann ich gut einschlafen«, flüsterte sie. »Ich aber nicht«, hatte er zurückgeflüstert, doch da war sie schon weggedämmert. Für ihn dagegen war an Schlaf nicht mehr zu denken. Also ging er unter die kalte Dusche. Die eiskalte.
Als er gerade ins Bett schlüpfen wollte, klopfte es leise. Er öffnete die Tür. Draußen stand Marittel. Über ihren Armen lag das gebügelte Kleid von Violetta.
»Dein Kleid, Maria«, sagte sie und zwinkerte ihm zu.
»Danke, Marittel«, sagte er leise, um Gina nicht aufzuwecken.
»Deine Mutter vermißt ihre Bluse«, meinte sie nur und ging die Treppe wieder herunter.

31

Als Raimund am nächsten Tag aufwachte, mit einem Kopf, der sich anfühlte, als sei ein Lastwagen durchgefahren, fiel ihm alles sofort wieder ein. Schlagartig war er wach. Arme, ahnungslose Gina! Selbst der Anblick von Ludo, der wie ein weicher, puscheliger Kater neben ihm schnarchte, konnte seine trübe Laune nicht verbessern. Das Wissen um den Verrat, den Baumgarten an Gina begangen hatte, lastete ihm wie ein Fels auf der Brust. Dieses Schwein, dachte er wütend, sie so ins offene Messer laufen zu lassen. Nicht nur, daß Gina mit einem Crossdresser leben mußte, was ja schon kompliziert genug war für eine Hetera, sondern auch noch mit einem, der sie gar nicht liebte, sondern nur geheiratet hatte, um vor der Öffentlichkeit weiterhin als der große Macho, der männlichste Leinwandheld aller Zeiten zu gelten.
Er überlegte, ob er zu Baumgarten selbst gehen sollte. Ihn kurz und männlich zusammenschlagen, ihm dann einen Fuß auf den Bauch stellen und nur den einen Satz sagen: Du weißt, warum! Aber das war wohl nur ein Traum. Baumgarten war mindestens einen Meter größer und zwei Zentner schwerer als er, und David und Goliath war ein Märchen aus der Bibel. Also verwarf er diese Überlegung.
»Ich hab 'ne Mola.« Ludos Stimme riß Raimund aus seinen unerfreulichen Morgenträumen. Ludo schlug die Bettdecke zurück, und tatsächlich, da regte sich ein kleiner Eiffelturm. »Ich kann jetzt nicht«, jammerte Raimund und stand auf. »Ich muß ins Studio.« Er warf einen bedauernden Blick aufs Bett, ging ins Badezimmer und stieg auf die Waage, ein morgendliches Ritual. Er zog den Bauch ein, sah nach

unten, der Pimmel blieb verschwunden. Scheiße, wieder zugenommen. Auch der Blick in den Spiegel verschönte diesen Morgen nicht. Hatten sich da nicht neue Falten um die Augen eingeschlichen? Und wieso gingen diese blöden Mitesser auf den Nasenflügeln nicht weg? Er drückte ein bißchen, jetzt sah er noch schlimmer aus.
»Kaffee oder Tee?« rief Ludo aus der Küche. Er war tatsächlich aufgestanden, sonst blieb er meist liegen und ließ sich bedienen. Vielleicht war auch ihm die kleine Nacktepisode auf der Straße gut bekommen.
»Espresso mit viel Milch!« rief Raimund aus der Dusche. Während das warme Wasser über seinen Körper prasselte, riskierte er wieder einen Blick. Na endlich – da war sein kleiner Pimmel. Also war er doch nicht zu dick. Schon sah der Tag besser aus.
Nach dem Duschen schlang er sich ein Handtuch um den Bauch und folgte dem Espressoduft in die Küche. Ludo stand nackt vor dem Herd und schlug Eier in eine große Pfanne, in der bereits reichlich Speck brutzelte. »Wie viele willst du?« fragte er.
»Ich bin auf Diät«, Raimund setzte sich und ließ zwei Süßstofftabletten in seinen Milchkaffee plumpsen.
Es klingelte.
»Wahrscheinlich der Briefträger«, murmelte Raimund. »Zu doof, einen dicken Umschlag durch den Briefschlitz zu kriegen.« Da die Kette noch vorlag, öffnete er die Tür nur einen Spaltbreit.
»Gina!« Erschrocken trat er zurück, um sie hereinzulassen. »Was machst du denn schon hier um diese Zeit?«
Sie schnupperte. »Ich komm ja grade richtig.« Schon war sie in der Küche, hatte Ludo kurz geküßt und einen großen Schluck aus Raimunds Tasse genommen. Er folgte ihr, während er fieberhaft überlegte, was er sagen sollte.

»Du warst so komisch am Telefon«, sagte sie und nahm am Tisch Platz, »und damit wir in Ruhe darüber reden können, bin ich extra vor der Arbeit gekommen. Also, schieß los.«
Raimund warf Ludo einen hilflosen Blick zu, den dieser mit wortlosem Kopfschütteln beantwortete. Tu es nicht, hieß dieser Blick. Denk dir irgendeine dünnschissige Erklärung aus.
»Ludo?« Raimunds Stimme klang sehr viel sicherer, als er sich fühlte. »Laß uns bitte einen Augenblick allein.«
»Ich will aber hierbleiben«, schmollte Ludo, dem die Neugier unterm Mieder brannte. »Meine Eier werden sonst kalt.«
»Bitte«, wiederholte Raimund. Widerwillig legte Ludo seinen Pfannenschieber zur Seite und verschwand.
»Mach bitte die Tür hinter dir zu«, sagte Raimund. Ein lauter Knall, sie war zu. Ein paar Minuten später ein noch lauterer Knall, Ludo hatte die Wohnung verlassen.
»Was ist denn los?« Gina war es sehr bang geworden, so kannte sie ihren Freund überhaupt nicht. »Hast du einen Test gemacht? Bist du positiv?« Sonst fiel ihr nichts Schlimmes ein.
»Bitte, setz dich«, sagte Raimund.
»Ich sitz doch.« Gina spürte, wie ihr Adrenalinspiegel langsam, aber sicher in die Höhe schnellte.
Raimund stand am Fenster und sah auf die Straße hinaus. Der Tag erwachte, Menschen führten Hunde spazieren, die, da unerzogene Stadtkreaturen, bereits an der nächsten Straßenlaterne ihre Hundebeine hoben oder ein Häufchen setzten. Kinder hüpften zur Bushaltestelle, Männer mit Aktenkoffer und Ernährermiene schlossen ihre Autos auf oder sprangen ins Taxi. Da kam auch Ludo aus dem Haus, warf noch einen schnellen Blick nach oben, Raimund winkte ihm zu, aber sein Lover war beleidigt und ignorierte ihn. Er

seufzte tief. Das Leben fing an zu wirbeln, nur er stand hier am Fenster, spürte die bohrenden Blicke seiner Freundin im Rücken und wußte, daß sie seine Wohnung todunglücklich und gebrochen verlassen würde. Er fühlte sich wie ein Arzt, der einem ängstlichen Patienten sein Todesurteil verkünden mußte. Krebs mit Metastasen, so ähnlich war's ja wirklich.

»Wenn du mir nicht in dieser Sekunde sagst, was los ist, verlasse ich die Wohnung und kündige dir die Freundschaft«, sagte Gina mit zitternder Stimme. Sie war aufgestanden und stand jetzt neben ihm.

»Mit Narkose oder ohne?« fragte er nur und legte seine Hände auf ihre Schultern.

»Ohne«, sagte sie und schob seine Hände wieder weg.

»Dein Mann ist ein Crossdresser.« Raimund wußte nicht, was die schlimmere Nachricht war, Pest oder Cholera, deshalb wählte er die Pest.

Gina hatte Mühe, ihre Mimik unter Kontrolle zu bekommen. Wie er da stand, sein Gesicht eine einzige Leichenbittermiene. Fast rührte er sie.

»Das weiß ich doch«, lächelte sie.

»Du weißt ...?« Es verschlug ihm die Sprache.

»Er hat es mir gesagt.« Das war ein bißchen zurechtgebogen, aber unwesentlich. Letztendlich hatte er es ja zugegeben.

»Er hat es dir gesagt? Und wann? Gleich zu Anfang?« Raimund konnte es nicht fassen. Dann war sie ja noch naiver und liebessüchtiger, als er geglaubt hatte.

»Schätzchen«, sagte Gina nur und tätschelte seine Wange, mit einem Ausdruck im Gesicht, in dem Raimund zu seiner Verärgerung eine Prise Herablassung zu erkennen glaubte. »Du bist zwar mein bester Freund, aber auch beste Freunde sind manchmal zu neugierig. Ich weiß Bescheid, das muß dir genügen.«

Es war dieser Gesichtsausdruck, der den dicken Knoten in ihm ruckartig platzen ließ. Die Nerverei mit Ludo, der Ärger im Studio, die Angst vor Ginas Reaktion. Jetzt war ihm alles egal. »Weißt du denn auch, warum er dich überhaupt geheiratet hat? Ausgerechnet er, ausgerechnet dich?«
Über ihr Gesicht fiel ein Schatten. Nicht schon wieder, dachte sie, und schon gar nicht von dir. »Du meinst, weil ich eine nicht besonders hübsche, nicht besonders spannende Frau bin und er Deutschlands beliebtester Schauspieler? Vielleicht war es ja gerade meine Normalität, die ihn gereizt hat? Schöne Filmstars hat er sicher reichlich gehabt.«
Raimund sah in ihre von Traurigkeit leicht verschleierten Augen und fühlte sich wie ein Medizinstudent im ersten Semester, der seinem Patienten den Blinddarm ohne Betäubung herausnehmen muß. Mit einem stumpfen Skalpell. »Ach, Mäuschen«, seufzte er, ebenfalls traurig. »Ich kann doch auch nichts dafür.«
Gina fühlte plötzlich eine rasende Wut in sich aufsteigen. Sie schlug mit einer solchen Wucht auf den Küchentisch, daß ein kaltes Spiegelei vom Teller hüpfte. »Sag jetzt endlich, was los ist, du dummes Arschloch!« schrie sie. »Sonst ...« Aus den Augenwinkeln registrierte sie das Spiegelei, nahm es in die Hand und warf es, ohne weitere Überlegung, Richtung Raimunds Gesicht. Obwohl es weich und deshalb kein gutes Wurfgeschoß war, landete es platschend auf seiner linken Wange, bevor es zu Boden glitt. Sie waren beide so aufgeregt, daß keiner das Ei aufhob.
»Gut, ohne Narkose also. Josef Maria Baumgarten hat dich geheiratet, weil Hügel von seinem G«eheimnis weiß und ihn erpreßt. Du bist sein bürgerliches Aushängeschild. Wenn jetzt Gerüchte auftauchen, kann Kai Kuschel auf dich verweisen und sagen: ›Mein Klient – ein Crossdresser? So was Lächerliches hab ich ja noch nie gehört. Er ist glücklich

verheirat und Familienvater.‹ Und da die meisten Leute blöd sind, werden sie ihm glauben. Sie werden sich die Fotos in den Magazinen anschauen, wo du und Jenny in die Kamera lachen. Nee, ich muß mich getäuscht haben, werden sie denken. *Das ist der Grund.*«

Gina war ganz blaß und still geworden. Sogar das Atmen machte ihr Mühe. Der Druck ihres pochenden Herzens schien ihre Rippen zu sprengen. So war das also. Er hatte sie angelogen. Aber wieso war sie auch auf sein blödes Liebesgefasel hereingefallen und nach seinem blitzschnellen Heiratsantrag nicht mißtrauischer gewesen? Schließlich war sie weiß Gott nicht die einzige Frau, die sich ihm an den Hals geworfen hatte. Mensch, Gina, dachte sie, wie konntest du nur so verblendet sein! Sie hatte tatsächlich an Josefs Liebe geglaubt.

Raimund trat auf das Spiegelei, als er langsam, ganz vorsichtig auf sie zuging, um sie in die Arme zu nehmen. Das Ei, schön vermatscht in seiner dicken Profilsohle, ignorierte er. Das war jetzt eins seiner allergeringsten Probleme. »Gina, Schatz«, flüsterte er beschwörend und wollte sie an sich ziehen. »Vielleicht gibt es ja eine plausible Erklärung ...«

Sie zuckte vor ihm zurück wie von der Tarantel gestochen. »Geh weg!« schrie sie, weil sie merkte, wie ihr die Tränen kamen, und sie wollte nicht heulen, nicht hier, nicht jetzt, nicht vor ihm. »Hat er es dir gesagt?« Wenigstens das mußte sie noch wissen, bevor sie die Scherben ihres trügerischen Glücks auf ein Kehrblech fegen und in den Abfalleimer schmeißen würde.

»Dein Ehemann mag ein Schwein sein«, schnaubte Raimund höhnisch, »aber er ist kein dummes Schwein.«

»Wer dann?« Ihre Stimme war leise geworden, sie sah an ihm vorbei aus dem Fenster, blicklos.

»Ich hab zufällig einen Streit zwischen Bäder und Hügel mitgekriegt.«

»Zufällig? Du hast also wieder gelauscht. Egal. Worum ging es bei diesem Streit?«
Er griff zur halbleeren Kaffeetasse und trank einen Schluck kaltgewordenen Kaffee. Halbleer, das paßt zu mir, dachte er plötzlich, nie halbvoll. »Um Änderungen im Drehbuch«, sagte er dann. »Hügel hat sich durchgesetzt, weil er, wie er sagte, deinen Mann in der Hand hat ... Du weißt schon.«
Gina ließ sich auf den Stuhl fallen. Es klang alles so furchtbar glaubwürdig. Das überhebliche Gesicht von Elmar Hügel in letzter Zeit, er, der sonst immer so geduckt und bissig gewesen war. Wie ein räudiger Köter, der zu oft getreten wurde. Jetzt, bei diesem Film, benahm er sich wie ein Bullterrier – auch bissig, aber stolz und selbstbewußt. »Hügel ist absolut schamlos«, hatte Josef Maria mal zu Gina gesagt, »um im Geschäft zu bleiben, leckt der dir die ungewaschenen Füße. Und bedankt sich auch noch dafür.« Bei diesem Film wurden sie ihm tatsächlich geküßt. Allein schon der Titel: *Ein Mann aus Samt und Seide* – daß ihr das nicht früher aufgefallen war! Spätestens nach seinem Geständnis. Aber so berauscht war sie gewesen von seinem vorgetäuschten Gefühl, daß sie ihren Verstand, der doch sonst so gut funktionierte, völlig ausgeblendet hatte. Das würde ihr nie, nie, nie wieder passieren.
Entschlossen schob sie den Stuhl zurück und stand auf. »Vielen Dank, Raimund«, sagte sie und verließ die Küche, bevor er sie zurückhalten konnte.
»Gina!« Er stürzte in den Flur, sie war schon im Treppenhaus. »Gina!« Auf bloßen Füßen lief er die eiskalten Treppenstufen herunter. »Gina, so warte doch.« Die Haustür klappte, er stand da, in Boxershorts und T-Shirt, und fror wie ein Schneider.
»Vielen Dank für diesen absolut beschissenen Morgen, lieber Gott«, murmelte er wütend. »Mal sehen, was du dir jetzt noch einfallen läßt.« Beim letzten Wort stand er vor ver-

schlossener Haustür. Und er war ohne Schlüssel. Und mußte ganz dringend püschern. Er rüttelte und rüttelte, die Tür blieb zu. Er linste durch den Briefschlitz. Da lag sie, seine kleine Wohnung, so greifbar nah und doch so fern. Wenn ich nicht gleich ... dachte Raimund panisch, als ihm der Blumenkübel ins Auge fiel, dem er bislang noch nie einen näheren Blick geschenkt hatte. Er stand zwischen seiner und der Wohnung seiner Nachbarin, einer vornehmen, älteren Dame. Tut mir leid, Azalee, dachte er kurz und stellte sich vor den Topf. Ich muß dich jetzt begießen. Er holte seinen Schniedel aus dem Schlitz der Boxershorts, ein nahezu perfekter Pinkelbogen ging auf die Pflanze nieder.
Er war so erleichtert, daß er das leise Öffnen der nachbarlichen Tür nicht hörte. »Ich seh doch wohl nicht recht ...« Die Stimme seiner Nachbarin ließ seinen schönen Regenbogen sofort versiegen, nur ein paar Tröpfchen fielen noch auf die befeuchtete Blumenerde. Blitzschnell steckte Raimund alles zurück und lächelte seine Nachbarin an. »Meine Tür ist zugeklappt«, sagte er. »Der Schlüssel steckt drin, und ich ...«
»Kommen Sie rein«, befahl die alte Dame und öffnete die Tür. »Und pinkeln Sie in aller Ruhe zu Ende.«
Danke, lieber Gott, dachte Raimund, als er sich auf der nachbarlichen, hellblauen Klobrille (Stehen fand er in diesem altjüngferlichen Haushalt irgendwie unangebracht) niederließ, und jetzt tröste bitte meine Freundin Gina. Ich brauch dich im Augenblick nicht mehr.
»Haben Sie Appetit auf frische Brötchen?« rief seine Nachbarin.
»Gern, wenn Sie ein Mann in Unterhose nicht stört«, rief Raimund durch die Tür zurück.
Ein Kichern ertönte. »Sie wären nicht der erste.« Na, wenn das so ist, dachte Raimund und stand auf, dann kann ich den Rest ja im Stehen erledigen.

32

Aber Gina fühlte sich im Augenblick alles andere als getröstet. Im Gegenteil. Eine Mischung aus Wut, Angst, verletzter Liebe tobte mit solcher Wucht in ihr, daß sie beim Einparken auf dem Studio nur ganz dicht an Josefs Jeep vorbeischrammte.
Warum eigentlich nicht, dachte sie, fuhr ein Stück zurück, und *rrrummms,* an seine Stoßstange. Sie kurbelte die Scheibe herunter, keiner weit und breit. Also noch mal. *Rrrrummmms.*
Klar war es mies, die Rache der ganz kleinen Frau, aber sie fühlte sich einen winzigen Tick wohler.
Außerdem *war* sie ja auch ganz klein, ihre Rache also angemessen.
Sie betrat das Studio, in dem heute das eheliche Schlafzimmer von Violetta und Manuela aufgebaut war. Hügel hatte eine Szene konzipiert, die er als einziger für einen der Höhepunkte seines Drehbuches hielt. Abwesend blätterte sie in ihrem Exemplar und las:

Bild 112
Im Schlafzimmer – innen – Nacht

Violetta und Manuela machen sich fürs Bett zurecht. Die Handlung spielt im Schlaf- und im angrenzenden Badezimmer. Manuela steht vor dem Badezimmerspiegel und schminkt sich ab, während Violetta auf dem Bett sitzt und ihre Seidenstrümpfe auszieht. Sie unterhalten sich.

VIOLETTA

Mist, ich muß mich schon wieder rasieren.
Hast du meinen Schaum gesehen?

MANUELA

Damit habe ich mir die Beine rasiert, Darling.

VIOLETTA
– küßt in Richtung Spiegel –

Ich mag's, wenn du mich Darling nennst.
Dann fühl ich mich so herrlich ...

MANUELA

Weiblich?

VIOLETTA

Genau. So herrlich weiblich.

Sie lachen. Manuela steht auf, holt die Schaumdose, stellt sich neben Violetta. Der ist inzwischen abgeschminkt, dadurch halb Mann, halb Frau. Beide starren in den Spiegel.

MANUELA

Dreh dich um, Darling.

VIOLETTA

Und jetzt?

Manuela sprüht Violetta den Schaum ins Gesicht. Dann greift sie zur Rasierklinge.

MANUELA

Jetzt rasier ich dich.

Gina klappte das Drehbuch zu. Diese Szene gab ihr irgendwie den Rest. Warum war er nicht ehrlich gewesen? Und wenn er zu ihr gesagt hätte: Heirate mich, sei mein Alibi, dafür kannst du in einer wunderschönen Jugendstilvilla wohnen, mit Haushälterin und vier Bädern? Was hätte sie gesagt? Na also. War ihm folglich etwas anderes übriggeblieben, als sie anzulügen? Wahrscheinlich konnte er als Halbmensch gar keine Frau lieben. Jedenfalls nicht richtig. Und die Nächte mit ihm? War er da nicht ganz eindeutig Mann gewesen? Und wie, dachte Gina, und sekundenlang wallte die alte Zärtlichkeit wieder auf. Aber die Sekunde verging.
Er, das hieß sie, das hieß Violetta, unterhielt sich gerade mit dem Regisseur. Bäder redete gestikulierend auf ihn/sie ein, Violetta ohne Perücke hörte konzentriert zu. Wie magisch angezogen ging Gina auf die beiden zu. Sie war drei Meter entfernt, Josef sah sie nicht. In der Hand hielt er einen Rasierpinsel, den er jetzt auf seiner Wange kreisen ließ.
»Meinst du nicht, ein Pinsel wäre erotischer?« fragte Baumgarten Bäder gerade, als sich Hügel mit schnellen Schritten näherte. Wie immer, wenn er Regisseur und Hauptdarsteller miteinander reden sah, fühlte er sich ausgeschlossen und vage beklommen. Was mochten sie jetzt wieder aushecken – ohne ihn? Hügel sah den Pinsel sofort. Aha, da war er ja gerade noch rechtzeitig gekommen. »Ich bestehe auf einer Klinge!« Er merkte selbst, wie hoch seine Stimme klang, wie schrill. Färbte das Thema etwa auf ihn ab? Unbewußt griff er sich an die Brust. Nichts da, Gott sei Dank. »Es muß was Aggressives sein, damit der Zuschauer Angst um Violetta

hat. Wird Manuela ihn doch noch entmannen, ihm das Gesicht zerstören?« In weitem Bogen warf er den Pinsel ins Studio. »Ich hab mir schließlich was dabei gedacht«, sagte er bestimmt und verschwand wieder.

Bäder und Baumgarten schauten sich an und seufzten kollektiv. Josef Maria drehte sich um und sah seine Frau, die mit finsterer Miene den Schlagabtausch beobachtet hatte. »Hallo, Schatz«, sagte er leise, und sie sah, daß er bereits erschöpft war. »Du warst heute morgen so schnell verschwunden. Wo warst du denn?« Bäder entfernte sich. Ihm war nach einem Brötchen mit viel Butter und noch mehr Honig drauf. Nervennahrung.

»Ich war bei Raimund«, sagte sie und beobachtete ihn scharf. Aber er sah sie nur freundlich an und zog die rechte Augenbraue belustigt in die Höhe. Ein Trick, den Jenny sehr liebte. »Mach mal die linke, Papi«, rief sie dann, aber er konnte nur die rechte. »Hatte er Probleme mit seinem Lover?« fragte er und fuhr mit feuchtem Zeigefinger seine Augenbrauen nach. Solange er Violetta war, durften sie nicht verstrubbelt sein.

»Auch«, sagte Gina und war sekundenlang hin- und hergerissen zwischen dem Wunsch nach Rache und der Angst vor einer Szene. »Er hat mich aufgeklärt«, sagte sie schließlich zögernd.

Josef Maria lachte schallend. »Ich hatte nicht den Eindruck, daß das bei dir noch nötig ist.« Die linke Augenbraue blieb widerspenstig, er preßte seinen feuchten Zeigefinger auf sie, damit die kurzen Haare flachlagen.

In diesem Moment rastete etwas in ihr aus. Unfähig, ihre verknäuelten Gefühle in adäquate Worte zu kleiden, machte sie einen Schritt auf ihn zu, holte aus – und gab ihm eine schallende Ohrfeige. Und gleich noch eine.

Baumgarten war so verblüfft, daß er sprachlos war. Während sich Ginas Handabdruck langsam und immer röter auf seinen Wangen abzeichnete, legte sich ein schiefes Lächeln um seinen Mund. Aus dem Augenwinkel heraus sah er, wie Hügel die Szene beobachtete; ... das Arschloch hatte einen geradezu orgastischen Ausdruck im Gesicht. In zwei Minuten würde es seine Frau wissen, in dreien diese blöde Kuh von *Gala*.

Baumgarten mußte jede Unze seiner Schauspielkraft aufbringen, damit dieses schiefe Lächeln ganz entspannt, ganz easy wirkte. Nichts Besonderes, so eine Ohrfeige. »Ist was, Liebling?« preßte er zwischen seinen sorgfältig geschminkten Lippen hervor. »Kriegst du deine Tage?«

Gina stand mit flammenden Augen vor ihm. »Ich weiß jetzt, warum du mich geheiratet hast, du Mistkerl«, zischte sie. »Raimund hat's mir erzählt.«

»Und woher will dein kleiner Schwuli das wissen?« Sein Herz sank, aber seine Stimme blieb sorglos, sarkastisch. »Ich habe ihn nicht in meine geheimsten Wünsche eingeweiht.«

Das falsche Stichwort. Es juckte wieder in Ginas rechter Hand, aber sie bezähmte sich. Ein unerwünschtes Publikum hatte sich inzwischen lautlos vermehrt, rückte näher und gierte nach Sensationen. Sie sprach deshalb ganz leise, als sie zu ihm hochblickte. Sein Make-up ist verschmiert, dachte sie automatisch, er muß nachgepudert werden. »Raimund hat einen Streit zwischen Bäder und Hügel belauscht.« Jetzt war die Wut weg und die Traurigkeit kam, mit einer solchen Wucht, daß sie sich abwandte. Bloß nicht heulen jetzt! »Es hat also gar keinen Zweck, wenn du alles abstreitest.«

Hastig blickte er sich um, in neugierige, fragende Gesichter, die er am liebsten alle zur Hölle gewünscht hätte. »Aber Gi...« Er drehte sich um, doch sie war bereits verschwunden. »Gina«, schrie er laut, »Gina, das ist doch alles Blöd-

sinn ...« Er lief durchs Studio, vorbei am Schlafzimmer, am Schminkspiegel, am Ehebett. »Sie ist rausgelaufen«, rief ihm ein Komparse zu. Sein Herz jagte, so schnelles Laufen nicht mehr gewöhnt, aber er ignorierte es. Raus aus dem Gebäude, über den Parkplatz. Wo, verdammt, war sie?
Am liebsten hätte er mit den Füßen aufgestampft wie ein Dreijähriger. Er bückte sich, um einen Schnürsenkel zu binden, der aufgegangen war, als er mit heruntergebeugtem Kopf und Augen, die in dieser Position fast aus den Höhlen quollen, seinen Jeep näherkommen sah. Er schnellte hoch, ein Schwindelgefühl überwältigte ihn. Sein Kreislauf protestierte. Aber Gina war jetzt wichtiger. »Gina!« schrie er voll Wut und Angst, aber sie fuhr bereits zum Tor hinaus. Kurz bevor sie auf die Straße bog, kurbelte sie ihre Scheibe herunter. »Ich komme, warte!« Er hechelte nur noch. Sie wartete, den Rückspiegel im Visier, bis er fünf Meter vom Auto entfernt war. Dann zeigte sie ihm den Mittelfinger und brauste davon.
»Na, mein Freund, ein kleines Eheproblem?« Kai Kuschel, von Bäder hastig herbeitelefoniert, legte Baumgarten die Hand auf die Schulter. Er hatte den Mittelfinger auch gesehen. »Sie weiß alles, Kai«, sagte Josef Maria Baumgarten.
»O Gott.« Beide Männer betrachteten stumm die Ausfahrt. Aber Gina kam nicht wieder.
»Und weißt du, was das Perverse ist?« Baumgarten blickte seinen Manager an. Er sieht richtig vernichtet aus, dachte Kuschel, hoffentlich kann er in diesem Zustand überhaupt noch drehen.
»Du«, erwiderte Kuschel in dem schwachen Versuch, einen kleinen Scherz zu machen.
»Daß ich sie zwar aus Berechnung geheiratet habe, aber dann ...« Er verstummte, weil etwas in ihm heiß und feucht aufwallte, er sich aber vor seinem Manager nicht gehenlassen wollte.

»Und dann?« fragte Kuschel sanft. Er fühlte sich wie auf Eierschalen. Bloß kein falsches Wort.
»Und dann hab ich mich in sie verliebt«, sagte Baumgarten und sah seinen Manager an. »Ich liebe sie. Wie ich noch nie geliebt habe. Aber ...«
»Aber sie wird dir nicht glauben«, seufzte Kuschel. »Weißt du, was ich mit Hügel, diesem Abschaum, dieser Mißgeburt, am liebsten machen würde?«
In Baumgartens Mundwinkel stahl sich ein Lächeln, so kümmerlich wie ein Greisenhaar. »Ich würde dir gern dabei helfen.«
»Aber nur mit einer Kreissäge«, sagte Kuschel, der froh war, daß das trübsinnige Gespräch in deftigere Zonen abglitt. »Und ohne Betäubung.«
Baumgarten stand immer noch an der Ausfahrt. Er wartet wie ein Hund aufs Herrchen, dachte Kuschel und sah einen Riesenberg seelischer Betreuungsarbeit auf sich zukommen. Aufs Frauchen, verbesserte er sich. Wo war das verdammte Frauchen? Sie wurde schließlich am Set gebraucht.
»Sag ihr doch einfach, daß du sie liebst, von ganzem Herzen, wie noch nie bla bla bla ...«, schlug er vor. »Frauen stehen auf so was. Und dann quetschst du dir ein paar Reuetränen ab, sinkst in die Knie, wozu bist du schließlich Schauspieler. Los, fahr nach Hause. Bring's hinter dich.«
Er hat recht, dachte Baumgarten und fühlte sich plötzlich erleichtert. Auf der Straße sah er ein Taxi. Er steckte Zeige- und Mittelfinger in den Mund und pfiff. »Ich bin in einer Stunde wieder da«, rief er und stieg ins Taxi.
»Viel Glück!« rief ihm Kuschel hinterher. Während er ins Studio zurückging, um Bäder zu beruhigen, dachte er: Eine langweilige, spießige Ehe hat doch manchmal auch ihre Vorteile. Ich schlaf wenigstens gut.

33

Du bist schon zurück?« Marittel öffnete die Tür und ließ Gina eintreten. Sie hatte eine Schürze umgebunden, die mehlbestäubt war, genauso wie ihr Gesicht, und sah nicht besonders erfreut aus. »Jenny und ich wollten dich überraschen«, sagte sie, bereits auf dem Weg in die Küche. »Bitte nicht reinkommen.«

Gina stand auf dem Flur und nahm innerlich Abschied. Von den schwarzweißen Fliesen, die Marittel einmal pro Woche eigenhändig polierte, weil Mirka, ihre slowakische Putzfrau, ihrer Meinung nach immer Schlieren hinterließ. Von der Biedermeierkommode und der bauchigen gelben Vase darauf, in der immer frische Blumen standen; Bertha kaufte sie selbst auf dem Markt. Vom Treppengeländer, das Jenny inzwischen nicht mehr runterrutschte, sondern runtersauste. Auf der untersten Stufe lag ein abgerissenes Barbiebein, Gina hob es auf und steckte es in die Tasche. Es war ein Hausflur, an den sie sich in dieser kurzen Zeit sehr gewöhnt hatte, wie auch an das übrige Haus mitsamt seinen Möbeln und Bildern – und, das hätte sie anfangs nie geglaubt, seinen Menschen. An Marittel sowieso – wer Marittel nicht mochte, sollte zum Psychiater in Behandlung gehen –, aber auch an ihre Schwiegermutter, die gestrenge Bertha, unter deren rauher Krokodilshaut ein so erstaunlich weiches Herz schlummerte, daß es Gina kaum glauben mochte.

Anfangs waren sie umeinander herumgeschlichen, die alte und die neue Frau, bis Bertha eines Abends mit einer Flasche Sherry nach oben gekommen war. »So, mein Mädel«, hatte sie resolut verkündet, »wir beide schließen jetzt

Blutsschwesternschaft. Schließlich sind wir eine Familie, und ich möchte, daß dies eine glückliche wird. Also ...« Sie schenkte zwei Gläser mit Sherry voll, ein Getränk, das Gina eigentlich haßte. Bertha prostete ihr zu. »Keine Macken, Kopf in Nacken«, sagte sie, legte den Kopf zurück, und sie tranken ihre Gläser in einem Zug leer. »Das war gut«, schmatzte Bertha und strahlte ihre Schwiegertochter an. »Friede?« – »Friede«, strahlte Gina auch.

Nie wieder Bertha, dachte Gina jetzt, als sie müde die Treppe hochging. Nie wieder Marittel. Nie wieder eine gemütliche Plauderstunde in der Küche, wo Marittel selbstgebackene Kekse auf den Tisch stellte und sich eine ihrer »Abendzigaretten« ansteckte, weil sie tagsüber nicht rauchen sollte. Nie wieder ein Schaumbad in ihrem Badezimmer, wo sie eintauchen konnte in die wohlige Wärme und Angora auf dem Wannenrand saß und schnurrte. So schnell, wie Gina in ihrem Leben aufgetaucht war, so schnell würde sie wieder verschwinden. Und Jenny auch.

»Mami?« Ihre Tochter war die Treppe hochgelaufen, stand jetzt mit roten Backen vor ihr. In der Hand hielt sie ein keksartiges Gebilde, das sie ihr voller Stolz hinstreckte: »Selbst gebacken, Mami, probier mal.«

Ach, meine Süße, dachte Gina mit einem Herzen, das drei Tonnen wog. Sie ging in die Knie und ließ sich den Keks in den Mund schieben. Er war so süß wie drei gezuckerte Honigtöpfe, aber Gina kaute tapfer.

»Jenny?« begann sie vorsichtig, »wir beide müssen verreisen.«

Ein breites Grinsen breitete sich auf dem Gesicht des kleinen Mädchens aus. »Verreisen? Au ja, Mami, kommen denn Bertha und Marittel auch mit? Und Papi?«

Er ist nicht dein Papi, hätte Gina am liebsten geschrien, er ist ein mieses Schwein, das uns beide belogen und betrogen

hat. Dein sogenannter Papi hat dich überhaupt nicht lieb, er braucht dich nur auf seinen verdammten Familienfotos.
Eine Welle von Übelkeit überrollte sie so plötzlich, daß sie zum Klo stürzte. Aber es kam nichts, nur die Übelkeit blieb. Am liebsten hätte sie sich um die Toilette gerollt und ihr Gesicht an das kühle Porzellan gepreßt, aber Jenny stand mit großen, erschrockenen Augen vor ihr und erwartete eine Mutter, die sich auch so benahm und nicht wie ein ausgerasteter Teenager. »Diese Reise ist unser Geheimnis«, flüsterte sie verschwörerisch. »Wir müssen uns ganz leise davonschleichen. Keiner darf was wissen.«
»Geheimnisse sind mir am allerliebsten«, flüsterte Jenny mit leuchtenden Augen. »Wohin fahren wir denn?«
Ja, wohin fahren wir? Der Wunsch, wegzulaufen, war so übermächtig gewesen, daß Gina sich um so lächerliche Details gar nicht gekümmert hatte. Kofferpacken ging nicht, unten hörte sie Marittel rumoren, und einer tränenreichen Erklärung, womöglich vor dem Kind, fühlte sie sich nicht gewachsen. Nur weg von ihm! Seine trügerischen Augen nicht mehr sehen, seine scheinheiligen Berührungen nicht mehr ertragen müssen. Ganz neu anfangen.
Sie griff zu ihrem Handy und wählte eine Nummer. »Ich bin's, Gina.« Zu Jenny, die erwartungsvoll neben ihr stand, sagte sie: »Pack ein paar Spielsachen in einen Rucksack, Schatz, Mami kommt gleich.« Als Jenny verschwunden war, sprach sie leise weiter. »Ich brauch 'ne Bleibe. Nee, zu gefährlich. Meinst du, das wäre möglich? Danke, ich melde mich.« Sie legte auf, ein Problem gelöst. Jenny kam wieder, ihren Bärenrucksack auf dem Rücken, der so vollgepackt war, daß er überall Beulen hatte. »So richtig, Mami?«
Gina küßte ihre Tochter, voller Schuldgefühl, aber ihr Plan stand fest. Felsenfest.

»Und jetzt gehst du ganz leise die Treppe runter und steigst ins Auto«, befahl sie so gelassen, wie sie sich gar nicht fühlte. »Denk dran – wir beide haben ein Geheimnis. Eine große Überraschung, die Oma Bertha und Marittel nicht wissen dürfen. Kannst du so leise sein?«
Jenny fühlte sich in ihrem kindlichen Ehrgeiz gekränkt. Sie konnte noch ganz andere Sachen. Sie konnte auf ganz hohe Bäume klettern und von dort Kastanien auf die Autos werfen. Sie konnte sich unter Oma Berthas Bett verstecken und dort so lange bleiben, bis Marittel die Polizei anrief, weil alle dachten, ihr sei was Schlimmes passiert. Da war das, was die Mami jetzt von ihr wollte, 'ne absolute Kleinigkeit.
»Klar«, sagte sie deshalb und ging bereits zur Tür. »Kommst du auch gleich?« Gina nickte.
Rasch nahm sie Abschied. Nie wieder dieses Schlafzimmer. Sie strich wie abwesend über die sonnenblumengelbe Tagesdecke. Nie wieder dieses Bett, auf dem Jenny so gern herumsprang und sie und er ... Gedanken kamen hoch, Erinnerungen, die sie sofort energisch verdrängte.
Lüge aus Liebe hieß ein schlechter Film, den sie kürzlich im Fernsehen gesehen hatte. Mit ihm, dessen Namen sie schnell vergessen wollte. Sie hatten hier auf diesem blöden Bett gesessen, und er hatte ihre Füße gekrault. Bereits nach zehn Minuten Lügensliebe hatte ihr das Kraulen nicht mehr gereicht, weil das Kribbeln, das seine Hand verursachte, deutlich höher gekrochen war. Vorbei, finito, vom Winde verweht. *Liebe aus Lüge* – so könnte ihr Ehedrama heißen.
Sie holte sich ein Blatt Papier aus seinem Biedermeiersekretär, auf dem pikanterweise eingerahmte Hochzeitsfotos standen, und kritzelte ihm einen hastigen Abschied.

Lieber Josef,
wie Du weißt, weiß ich jetzt alles. Deshalb verlassen wir Dich, Jenny und ich. Die Publicity als »glücklicher Familienvater« hast Du gehabt, also brauchst Du uns nicht mehr.
Nicht Dein verdammtes Geheimnis ist übrigens der Grund, warum ich ohne Abschied gehe, sondern Deine Lügerei. Ich hab die Wahrheit verdient. Und Deine Liebe. Beides hab ich nicht bekommen.
Mach's gut, grüß Bertha und Marittel und erklär ihnen alles. Ich hab sie sehr lieb.
Deine Gina.

Das »Deine« strich sie durch.

Gina.

Sie legte den Zettel auf sein Kopfkissen und ging die Treppe hinunter. Scheiße, die vorletzte Stufe knarrte so laut, daß Bertha den Kopf aus ihrem Biedermeiersalon steckte.
»Gina, meine Gute!« rief sie erfreut. »Mein Canastaclub hat mich versetzt. Willst du mir bei einem köstlichen Stück Butterkuchen Gesellschaft leisten?«
Gina lächelte ihre Schwiegermutter an. Nie wieder, dachte sie beklommen. Nie wieder dein breites Gesicht mit den sorgfältig gezupften Augenbrauen und der klitzekleinen Warze am Kinn, die du alle drei Wochen wegätzen oder besprechen läßt und die doch immer wieder kommt. Die ich erst richtig hexig fand und die ich jetzt nicht mehr missen möchte, weil sie einfach zu dir gehört.
»Ich kann leider nicht, Bertha«, erwiderte sie. »Ich muß schnell noch was erledigen. Jenny wartet schon im Auto.«
Berthas Miene verdüsterte sich. Kaffeetrinken allein fand sie todlangweilig. »Beeil dich aber«, rief sie Gina zu, die

bereits die Klinke in der Hand hielt. »Jenny und ich müssen unsere Partie Memory noch zu Ende spielen. Das Gör schlägt mich leider immer.«
»Ich beeil mich«, versprach Gina und öffnete endgültig die Tür. Nie wieder. Jenny saß im Jeep, weil sie den viel spannender fand als »das rollende Elend«, wie Papi immer Mamis Auto nannte. »Wir fahren heute in meinem Auto, Schatz.« Gina riß ihre Tochter fast vom Sitz, weg, nur weg. Endlich waren beide angeschnallt. Sie legte den ersten Gang ein, als sie von Ferne ein Taxi sah. Instinktiv wußte sie, wer in diesem Taxi saß, zumal es mit überhöhter Geschwindigkeit durch ihre stille Vorortstraße preschte. »Festhalten, Jenny, es geht los!« sagte sie mit forcierter Fröhlichkeit und stieg aufs Gas. Sie war jetzt in Panik, kalter Schweiß brach ihr aus den Poren. Bloß keine Auseinandersetzungen, keine Lügen mehr!
Im Rückspiegel sah sie, wie er ausstieg und ins Haus eilte. Sie bog um die Ecke, fuhr Zickzack, dann endlich auf die Hauptstraße. Draußen nieselte es.
»Kommt jetzt die Überraschung, Mami?« fragte Jenny, die inzwischen den Inhalt ihres Rucksacks gleichmäßig auf die Rückpolster verteilt hatte.
»Nicht jetzt, aber bald«, versprach Gina und stellte das Radio an.
Eine dieser nichtssagend sympathischen Moderatorenstimmen. »Wir befinden uns auf dem Set von *Ein Mann aus Samt und Seide,* liebe Zuhörer. Sie haben sicher schon davon gehört oder gelesen. Josef Maria Baumgarten, den ich Ihnen nun wirklich nicht mehr vorstellen muß, spielt einen Crossdresser. Herr Baumgarten, bitte erklären Sie unseren Hörern: Was um Himmels willen ist ein Crossdresser?«
Gina stellte das Radio ab und gleich wieder an. »... Mann

also, der heterosexuell und meistens sogar verheiratet ist...« Sie drehte leiser. Seine Stimme war mehr, als sie im Augenblick ertragen konnte. Aber noch weniger konnte sie ertragen, das Radio nicht doch wieder anzustellen. Nur ganz kurz.

»Ist das nicht unser Papi?« Wie alle Kinder hatte Jenny ein erstklassiges Gehör. Der Moderator lachte eins dieser verklemmten, anbiedernden Journalistenlachen, mit denen man das Opfer seiner Pressegier bei Laune halten will. »Was sagt denn Ihre Frau zu dieser Rolle? Ist es nicht merkwürdig für sie, ihren Mann als Frau zu sehen?« Baumgarten lachte, tief und glücklich. Wie kann er nur, in diesem Moment, dachte Gina, bis ihr einfiel, daß dieses Interview vor zwei Tagen aufgenommen worden war.

»Meine Frau Gina hat ein großes Herz«, sagte er, »darum hab ich sie auch geheiratet.«

Das war's. Gina stellte das Radio ab und schob eine Kindermusikkassette ein. »Wie schön, daß du geboren bist, wir hätten dich sonst sehr vermißt«, sang ein Kinderchor.

Und ich vermiß dich jetzt schon, du Schwein, dachte Gina. Schade, daß du geboren bist.

34

Als er die Haustür aufschloß, merkte er sofort, daß etwas passiert war. Eine ganz andere Atmosphäre war das, nicht so lustig wie sonst, so voller Energie. Jenny rutschte ihm nicht auf dem Treppengeländer entgegen und kreischte: »Papi, Papi!«

Gina sagte nicht mit gespielter Gekränktheit: »Und ich?«

Es war ruhig, nervtötend ruhig. Selbst Angora hatte sich verkrochen.

»Wo sind Gina und Jenny?« fragte er, als Marittel aus der Küche kam und ihm den Mantel abnahm.

»Die mußten noch mal los«, sagte sie und hängte seinen Mantel auf. »Willst du schon mal eine schöne Tasse Tee?«

Er schüttelte den Kopf. »Später.«

Er ging die Treppe rauf, öffnete die Türen zu Jennys Kinderzimmer. Alles wie gehabt. Der Barbiehaufen (nur ein Ken) am Fußende des Rosatüllhimmelbettes. Daneben Angora, die ihn sofort anfauchte. »He, altes Mädchen, ich bin's doch«, sagte er und streckte die Hand zum Streicheln aus, aber Angora spitzte die Ohren und fauchte weiter. Jetzt biederst du dich an, mein Lieber, aber es ist zu spät. Ich hab jetzt ein anderes Frauchen. Eins, das viel lieber zu mir ist als du.

Er ging ins Badezimmer, das zwischen Jennys und seinem Schlafzimmer lag.

Ginas Lippenstiftparade stand wie immer, ordentlich aufgereiht, vor dem Spiegel. Er schraubte einen auf und roch daran. Und sofort kam die Erinnerung hoch an ihre weichen, zärtlichen Hände, an das Funkeln in ihren Augen, als sie ihm die Lippen schminkte. »Deine Lippen sind ungewöhnlich dick für einen Mann«, hatte sie gesagt. »Du hast 'ne richtige Negerflappe. Find ich gut.« Und dann hatte sie ihn geküßt. Mitten auf die Negerflappe.

Als er das Schlafzimmer betrat, sah er den Brief sofort.

Er setzte sich, weil ihm plötzlich die Knie zitterten. Und las.

Verdammt, dachte er, ich lieb dich.

Dann fiel ihm ein, daß dies ein ziemlich kitschiger Schlagertext war.

Aber er *fühlte* sich auch kitschig.

»Gina, Gina, Gina«, flüsterte er wie im Fieber und küßte ihr Kopfkissen, weil es so gut nach ihr roch.

»Maria?« Er hatte seine Mutter nicht gehört, drehte sich um. Sie musterte ihn erstaunt und leicht beunruhigt. »Um Gottes willen, was ist passiert?« Sie setzte sich auf die Bettkante und streichelte seinen naßgeschwitzten Kopf.

»Gina hat uns verlassen«, sagte er, das Gesicht in ihr Kissen gepreßt.

Bertha lachte. »Klar hat sie das. Sie wollte noch was einkaufen.« Da sah sie den Brief, und ohne um Erlaubnis zu bitten – Ausnahmesituationen erfordern Ausnahmeverhalten – las sie ihn.

Sie blickte hoch. Eine kleine Ader an ihrer Schläfe pochte sichtbar. »Hat dieses verdammte Geheimnis, von dem deine Frau schreibt, etwas mit dem häufigen Verschwinden meiner Kleidungsstücke zu tun?« Ihr Ton klang beiläufig, aber ihre Pupillen waren zu kleinen schwarzen Stecknadelköpfen geschrumpft.

Sie wußte es also. Warum hatte sie ihn nicht früher gefragt? Er schwankte zwischen Scham und Erleichterung. »Wäre es schlimm für dich, wenn es so wäre?« fragte er zurück, und ihre Blicke versanken ineinander. Nie hatten sich Mutter und Sohn stärker verbunden gefühlt.

»Du bist mein Sohn«, sagte Bertha dann mit fester Stimme. »Deshalb verzeihe ich dir so ziemlich alles.«
»Ich kann diese ...« Er stockte, suchte nach Worten. »... diese Sache nicht ändern. Hab ich eigentlich deine Klamotten ruiniert?«
Sie lachte. »Sie waren immer ziemlich ausgebeult, wenn ich sie wiedergefunden habe. Und meine hellgraue Seidenbluse ist total fleckig. Laß also in Zukunft die Finger von meinen Sachen, ist das klar?«
Sie lachten, ein kurzes, befreiendes Lachen, das sofort aufhörte, als es ihnen wieder einfiel – Gina und Jenny waren weg.
»Du mußt deine Frau zurückholen«, sagte Bertha, und ihre Stimme klang streng. »Ich will die beiden wiederhaben. Und Marittel auch. Hast du eine Ahnung, wo sie sind?«
Jetzt fühlte Josef Maria den Klumpen auf seinem Herzen wieder. Wo waren sie? Im Hotel? Unwahrscheinlich, Gina war sehr sparsam. Familie hatte sie nicht. Freunde? Vielleicht ...? Aber natürlich! Wo sonst sollten sie sein?
»Ich weiß, wo sie sind«, jubelte er, die Türklinke in der Hand. »Ich fahr gleich los.«
»Viel Glück!« rief ihm Bertha hinterher. »Untersteh dich, ohne die beiden zurückzukommen«, murmelte sie, während sie die Treppe herunterging. In ihr kämpften mütterliche Liebe und heiliger Zorn auf ihren Einzigen. Seine kleine Macke mit Kleidern war schlimm – aber nicht so schlimm, daß er sie nicht seiner Frau hätte beichten müssen, und zwar *vor* dem Standesamt. Aber Männer hatten Hasenherzen, so war es leider. Ihre Schwiegertochter dagegen hatte das Herz einer Löwin, groß und weit und extrem dehnbar. Sie war stärker als er, ohne Zweifel, aber das waren Frauen ja sowieso.
»Ärger?« fragte Marittel, die Berthas sorgenzerfurchtes Gesicht richtig deutete.

»Gina ist weg«, sagte Bertha düster. »Sie hat Jenny mitgenommen. Aber Maria holt sie wieder. Er ist gerade los. Ist noch ein Rest von deinem köstlichen Lammeintopf da?« Sie betraten die Küche, mit einem tiefen Seufzer ließ sich Bertha auf einen Stuhl fallen. Marittel stellte ihr einen Teller dampfende Suppe hin. »'ne heiße Suppe, die brauch ich jetzt«, schmatzte Bertha. Marittel ließ sich am anderen Tischende nieder. Sie wischte sich die Hände an der Schürze ab und räusperte sich.

»Was ist los, Marittel?« Bertha hielt im Schlürfen inne. »Schmatz ich dir wieder zu laut? Das geht nicht anders mit den neuen Zähnen. Komm erst mal in mein Alter.«

Marittel schüttelte den Kopf. »Hat sie seine ...« Sie hüstelte delikat, »... sein kleines Problem rausgekriegt?« Die Frauen sahen sich an.

»So ist es wohl«, Bertha widmete sich angestrengt ihrem Eintopf. Sie hätte es gern dabei bewenden lassen, aber Marittel war noch nicht fertig. »Ist ja auch ein ganz schöner Schock für eine Frau«, seufzte sie, »wenn einem der eigene Mann das Frausein streitig macht.«

Bertha ließ den vollen Löffel wieder in die Suppe plumpsen. »Auch als Frau ist meine Maria immer noch Manns genug«, sagte sie und sah ihre Haushälterin strafend an. »Und wenn er Spaß an so was hat, laß ihn doch. Schließlich ist er Künstler, die ticken anders als wir.«

Marittel griff in die Keksdose, die immer griffbereit auf dem Fensterbrett stand, und nahm sich einen Vanillekringel. Sie spürte ein Zuckertief, wie sie es nannte, eine durch zu wenig Zucker im Blut hervorgerufene schlechte Stimmung. »Eins noch, Frau Baumgarten«, sagte sie, während sie sich vom Tisch wegstemmte.

»Und das wäre, Marittel?« Bertha schob den leeren Teller von sich.

»Ich würde meinen Sohn nicht immer Maria nennen«, sagte Marittel und räumte den Teller ab. »Schließlich hat er auch den schönen Männernamen Josef.« Nach diesen Worten verließ sie die Küche, um Bertha Ruhe zum Nachdenken zu geben.

Josef – Bertha sprach den Namen lautlos vor sich hin. Josef. Warum auch nicht? Auf Maria konnte sie in Zukunft wirklich verzichten. Schließlich hatte sie jetzt zwei Frauen im Haus. Eine große und eine kleine. Das mußte reichen.

35

Raimund öffnete die Tür einen Spalt und blinzelte durch die gestraffte Sicherheitskette. »Herr Baumgarten!« Er tat sehr erstaunt, auch in ihm schlummerte ein unentdeckter Schauspieler. »Was verschafft mir die Ehre?« Er hakte die Kette ab und öffnete die Tür. »Ich bin nicht auf Besuch vorbereitet«, erklärte er den Zustand seiner Wohnung, die wie immer einer besseren Müllhalde glich. Raimund war nämlich der lebende Gegenbeweis für das weitverbreitete Vorurteil, daß alle Schwulen ganz besonders ordentlich und etepetete seien. Nur im Beruf war er pingelig.

»Ist Gina bei Ihnen?« Baumgarten blieb im Flur stehen, weil es ihn wenig lockte, ein Hindernishüpfen in Richtung Küche über schmutzige Wäscheberge, volle Mülltüten und allerlei Undefinierbares anzutreten.

»Gina?« Raimunds Gesicht war ein einziges Fragezeichen. »Was sollte die denn bei mir?«

Wie aufs Stichwort ging die Schlafzimmertür auf, und Ludo trat heraus. Um seinen leicht bronzegetönten, sehr durchtrainierten Körper, eine Tatsache, die Baumgarten trotz allem nicht entging, hatte er ein kleines, ein sehr kleines Gästehandtuch geschlungen. »Wo bleibst du denn?« fragte er schmollend. Allerliebst, wie Raimund fand, der wieder zurück in sein wohlig zerwühltes Bett wollte.

Plötzlich brannte in Baumgarten eine Sicherung durch. War es der Anblick zweier so selbstverständlich liierter Schwulis, wo er selbst seine kleine Marotte so angestrengt verborgen hatte? War es die Angst um Gina? Der Druck von Hügel? Wohl alles. »Verarsch mich doch nicht!« brüllte er und wollte

ins Schlafzimmer stürmen, stolperte auf dem Weg dahin über Raimunds altes Surfboard, fluchte, riß die Tür auf. »Gina, komm raus!« rief er wie besinnungslos, es war ihm egal, was für eine lächerliche Figur er abgab, als er unters Bett linste, die Schränke aufmachte, das Fenster öffnete. »Gina, ich kann dir alles erklären!« Seine Stimme wurde laut, hysterisch.
Raimund und Ludo standen im Türrahmen und beobachteten ihn. »Wo sollte sie denn Ihrer Meinung nach sein?« fragte Raimund sanft. »Im Kleiderschrank? Hinter der Gardine? Mein Bett ist doch besetzt.«
Baumgarten merkte, daß er sich geirrt hatte. Raimund hatte ganz offensichtlich keine Ahnung, wo Gina steckte.
»Tut mir leid«, murmelte er, ganz ungewohnt bescheiden. »Ich dachte, sie wäre hier.«
Tja, du ausgebufftes, ausgefuchstes Riesenschwein, da bist du leider auf der falschen Fährte, dachte Raimund, aber sein Triumphgefühl schwand dahin, als er Baumgartens erloschene Augen sah. Ginas Verschwinden ging ihm offensichtlich sehr nahe. Oder war es nur die Angst vor ihrer möglichen Rache, vor einem Riesenskandal, vor dicken Schlagzeilen: *»Die Hölle meiner Ehe – Gina Baumgarten packt aus!«* »Lieben Sie Gina?« Die Frage war Raimund herausgerutscht.
Baumgarten sah ihn an. »Mehr als mein Leben«, sagte er und ging.
Die Männer sahen ihm nach.
»Was für ein Mann«, flüsterte Ludo ehrfürchtig. »Und was für ein Schauspieler.«
»Da hast du recht.« Raimunds Blick blieb an Ludos entzückendem Bauchnabel haften, über den gerade das Handtuch aufreizend gen Fußboden rutschte. »Laß das Handtuch liegen, Schatz, und geh wieder ins Bett. Ich muß kurz mal telefonieren.«
Während Ludo ins Schlafzimmer ging, wählte Raimund

eine Telefonnummer. »Ja, Paps, ich bin's. Sind sie schon da? Gib sie mir mal.« Er wartete, ungeduldig, Ludo lag jetzt auf seinen frischgewaschenen Seidenlaken, die in Kürze nicht mehr ganz so frisch sein wür...
»Gina? Er war eben hier. Keine Sorge, diese Lippen können schweigen.«

Gina legte den Hörer auf. »Mami, war das mein Papi?« Jennys aufgeregte Kinderstimme schreckte sie aus ihren Träumen.
»Nein, das war Raimund«, sagte sie und lächelte ihre Tochter an. »Der Papi ist, also, der Papi ist auf eine ganz lange Reise gegangen, der kann in der nächsten Zeit nicht anrufen.« Was Besseres fiel ihr auf die Schnelle nicht ein.
»Können wir ihn da besuchen?« Jenny zog einen Flunsch, was Gina normalerweise zu kleinen, feuchten Mutterküssen inspiriert hätte, die Jenny leicht angeekelt wieder abgewischt hätte, aber nicht heute. Nicht an diesem Abend, wo sie gerade mit einer kleinen Reisetasche bei Raimunds Vater, dem ehemaligen Pastor Erwin Riesig, Unterschlupf gesucht hatte und die Nacht mit Jenny im schmalen Besucherbett verbringen mußte.
»Raimunds Kinderbett«, hatte der Pastor gesagt und leicht maliziös gegrinst. »Leider schmal und unbequem für Erwachsene. Ich hab's gelassen, auch wenn sich mein Herr Sohn schon oft beschwert hat.«
Das kann ich mir denken, dachte Gina und lächelte ihn dankbar an. »Vielen Dank für Ihre schnelle Hilfe«, sagte sie leise, damit Jenny nichts hörte. »Ich bleib auch nur ein paar Tage, das versprech ich Ihnen.«
Der Pastor legte Gina begütigend die Hände auf die Schultern. Sah ihr pastoral ins Auge: »Bleiben Sie, so lange Sie wollen. Mein Sohn hat mir alles erklärt.«

Was so nicht ganz stimmte. Raimund hatte zwar etwas von Lüge und Betrug und Frauenkleidern und Alibi hervorgesprudelt, aber sein Vater hatte nur Bahnhof verstanden. Aber das war oft so bei den Beziehungsdramen seines flamboyanten Sohnes. Längst hatte der Pastor es aufgegeben, auf normale Probleme zu hoffen. Auf eine zickige Schwiegertochter, auf freche Enkel. Dafür hatte er einen liebevollen Sohn, der keinen Geburtstag und keinen Vatertag vergaß, der ihn jede Woche anrief, der ihn vor allem an seinem Leben teilnehmen ließ. Manchmal mehr, als seiner expastoralen Befindlichkeit lieb war, aber immer noch tausendmal besser als die Angestrengtheit im Umgang, die seine Freunde von ihren Kindern ertragen mußten. Diese Pflichtanrufe und Pflichtbesuche, all das kannte er nicht. Raimund war gern bei ihm, trotz des schmalen Bettes.
»Wenn Sie wollen, können Sie in meinem Bett schlafen«, bot er Gina überraschend an. »Das ist etwas bequemer für Sie.« Oh, bitte nein, dachte Gina erschrocken. »Mit Ihrer Tochter natürlich.« Der Pastor hatte das Erschrecken in ihren umschatteten Augen gesehen und richtig gedeutet. »Ich werde mich auf meine alten Tage doch nicht mehr zum Esel machen.« Er lachte, ein röhrendes Altmännerlachen.
Zaghaft stimmte Gina mit ein. Nicht alle Männer sind Lügner und Betrüger, dachte sie, mein Leben wird weitergehen. Auch ohne ihn. Morgen ist schließlich auch noch ein Tag. »Vielleicht bleibe ich eine Woche«, sagte sie schließlich, »und das Bettangebot nehm ich gern an.«
Das hast du nun von deiner Gutmütigkeit, dachte der Pastor drei Stunden später, als er sich im Kinderbett seines Sohnes hin und her wälzte und beschloß, endlich doch ein gemütlicheres Gästebett anzuschaffen. Aus seinem Schlafzimmer drangen kindliche Schnarchtöne. Er stand auf. Die Tür war offen, also folgte er dem Geräusch bis ans Bett. Vor vielen

Jahren hatten seine Frau und sein kleiner Sohn in diesem Bett gelegen. Raimund hatte auch Polypen gehabt und geschnarcht. Seit dem Tod seiner Frau vor zehn Jahren hatte Pastor Riesig keine Frau mehr angerührt. Nicht, daß es an Gelegenheiten gefehlt hätte, im Gegenteil. Ein verwitweter Pastor in Eyendorf hatte durchaus Chancen bei den Eyendorferinnen von 40 bis 80. »Ein Mann mit Schicksal«, schwärmten sie, brachten selbstgemachte Kuchen, Marmeladen und Chutneys vorbei, die er alle weiterschenkte, weil er nichts Süßes mochte.

Meistens war er ganz gern allein. Die Altersschrulligkeit hatte auch bei ihm eingesetzt, er liebte seine ruhigen Tage, weil sie morgen so sein würden, wie sie gestern auch schon waren. Nur manchmal fühlte er sich einsam.

Wie jetzt, an seinem Bett, wo ihn nostalgische Gedanken an sein vergangenes Leben beschlichen. Wie in Trance setzte er sich auf die Bettkante. Mit einem Schrei fuhr Gina hoch. »Was ist, wo bin ich?« Verwirrt starrte sie den Mann an, der sich wie schuldbewußt sofort erhoben hatte. Dann erkannte sie ihn. »Was machen Sie hier an meinem Bett?« Sie dämpfte ihre Stimme, um Jenny nicht zu wecken, aber auch gedämpft klang sie noch schrill genug.

Der Pastor lächelte. »Ich geh schon wieder«, sagte er entschuldigend, »aber ich hab Schnarchen gehört, und das hat mich an meinen Sohn erinnert.«

»Raimund schnarcht aber nicht mehr«, erwiderte Gina, leicht vorwurfsvoll.

Woher weiß diese Frau, ob mein Sohn schnarcht oder nicht, dachte der Pastor, als er wieder in sein kalt gewordenes Kinderbett stieg. Und ist es im Grunde nicht ganz egal? Raimund ist alt genug, um zu wissen, wer ihm beim Schnarchen zuhört. Dann schlief er ein.

36

Die Luft im Hause Baumgarten war an diesem Morgen so dick, daß kein Messer durchkam. »Wo bleibt mein Kaffee?« kreischte Bertha, was sie sonst nie tat. Behandle deine Dienstboten wie deine Freunde, das war ihre Devise. Und Marittel war ihre Freundin, eine, die sich im Hause Baumgarten absolut gleichberechtigt fühlte. Deshalb blaffte sie nur ein »Auf diesem Ohr bin ich taub, Frau Baumgarten« zurück, nahm ihre Kaffeetasse und tauchte im Keller unter, wo sie in aller Ruhe ausmistete. Was sowieso längst fällig war.

Durch die dicke Kellertür hörte sie die lauten, erregten Stimmen von Mutter und Sohn.

»Zu dämlich, eine Frau zu halten, und zu dämlich, sie wiederzufinden. Und so was ist mein Sohn.« Das war eindeutig Bertha Baumgarten.

»Halt du dich doch da raus, Mutter. Das geht nur mich und Gina was an.« Auch durch Josef Marias Stimme rollte der Donner.

»Nur dich und Gina? Und was ist mit Jenny? Schließlich bin ich ihre Oma, wir vermissen uns, da kannst du Gift drauf nehmen.«

Ein bißchen hatte es Bertha anfangs getröstet, daß Mutter und Tochter offensichtlich nur wenig Gepäck mitgenommen hatten. Jennys neue Kleider waren alle noch da, auch das gesamte Barbiearsenal. Vielleicht, so tröstete sie sich, hat Gina nur einen Schreckschuß losgelassen.

Mit Angora auf dem Schoß saß Bertha nun jeden Nachmittag auf ihrem Biedermeiersofa und schaute sehnsüchtig aus dem Fenster. Bei jedem Autohupen, jedem Kindergeschrei zuckte sie zusammen und riß das Fenster auf. Aber nie war es Jenny. »Ich vermiß die Kleine wie mein Gebiß«, hatte sie Marittel gestanden. »Ohne sie bin ich nur ein halber Mensch.«

»Sie wird schon wiederkommen«, tröstete Marittel, aber sie klang halbherzig. Seit Ginas überstürztem Weggang waren fünf Wochen vergangen. Kein Anruf, kein Brief, kein Lebenszeichen.

Im Studio hatte Gina sich krank gemeldet, Bäder war kurz ausgerastet und hatte dann eine freie Maskenbildnerin engagiert, ein junges, sehr nervöses Huhn, das ständig in die falschen Töpfe griff und »'schuldigung« murmelte, wenn sie wieder eine Wange grün oder ein Augenlid knallrot gemalt hatte. Aber so auf die Schnelle hatte der Regisseur nichts Besseres kriegen können.

Wo war Gina?

Nur einer wußte es, und der hielt dicht.

An diesem Morgen, fünf Wochen danach, hielt es Bertha Baumgarten nicht mehr in ihrem ungemütlichen Zuhause aus. »Ich muß mal um die Ecke«, rief sie Marittel zu, die gerade vom Keller hochkam. »Warte nicht mit dem Mittagessen auf mich.«

Marittel stieß erleichtert die Luft aus, als Bertha und kurz darauf Josef Maria endlich das Haus verließen. »Ist ja nicht mehr auszuhalten hier«, murmelte sie vor sich hin, während sie durchs Haus ging und aufräumte. Angora folgte ihr auf dem Fuß. Seit Jenny nicht mehr da war, mußte sie notgedrungen wieder mit den alten Weibern vorlieb nehmen.

»Komm nach oben, Angora«, sagte Marittel jetzt, und gemeinsam gingen sie die Treppe hinauf. Wo wollen wir anfangen? Überredet, im Badezimmer. Sie betrat das Badezimmer, in dem, wie üblich, männliches Chaos herrschte.

War es genetisch bedingt, oder woran lag es sonst, daß Männer einfach unfähig waren, ihre nassen, benutzten Handtücher vom Boden aufzuheben und aufzuhängen? Alle Schubladen waren offen. Sie drückte die eine mit ihrem Oberschenkel zu, als sie stutzig wurde. Was war das? Etwas klemmte, etwas Weiches, Fleischiges. Sie zog die Schublade wieder auf. Angora miaute protestierend. Marittel ignorierte sie und griff hinein. Das gibt's doch nicht, dachte sie, als weibliche Unterwäsche en masse durch ihre leicht verschwielten Hände rutschte. Büstenhalter, Korsetts, Spitzenhemden. Und alles in Größe 50. Mindestens.
Aha, dachte Marittel. Seit Gina nicht mehr da ist, versteckt er seine Sachen nicht mehr. Es war ihm egal, wer ihm auf die Schliche kam. Sie stand vor der Schublade und überlegte. Sollte sie? Es juckte ihr in den Fingern, aber sie traute sich nicht. Soll ich, Angora? Die Katze schnurrte um ihre Beine, was Marittel als Zustimmung deutete.
»Laß man«, sagte sie zu Angora. »Das geht uns beide gar nichts an.« Sie drückte die Schublade wieder zu, spürte einen kleinen Widerstand. Ein BH-Träger hatte sich eingeklemmt. Sie zog ihn raus. Ein tolles Stück – aus lachsrosa Seide. Den klau ich mir, beschloß Marittel und machte die Schublade wieder zu.

37

Es war wieder diese gelackte Kuh hinterm Parfümtresen. Ihre sorgfältig gefeilten und bemalten Fingernägel lagen wie Trophäen auf der Glasplatte, als sie Bertha Baumgarten mit einem süßlichen »Gnädige Frau, wie schön, daß Sie sich mal wieder bei uns blicken lassen« begrüßte und im stillen dachte: Bei dir alter Schachtel ist eh nichts mehr zu machen. Aber das sagte sie natürlich nicht laut, denn Bertha war eine unsichere, deshalb sehr lukrative Kundin. Wer es geschickt anstellte, konnte ihr jede Antifaltenwundercreme aufschwatzen. Das Zauberwort hieß »unglaublich jung«, dafür würde sie alles tun. Die Kuh wußte das natürlich, sie arbeitete schließlich auf Provision: »Sie sehen wieder unglaublich jung aus«, schwärmte sie also, und es klang so ehrlich, daß sich Bertha Baumgarten äußerst geschmeichelt auf dem Stuhl vor dem Tresen niederließ.

»Ich fühl mich gar nicht so«, sagte sie bescheiden und wartete. Nicht umsonst. »Egal, wie Sie sich fühlen, gnädige Frau, aussehen tun Sie einfach umwerfend. Wie machen Sie das bloß?«

Nicht übertreiben, Gertie, dachte die Kuh, sonst kauft sie nachher nichts. »Was kann ich für Sie tun?« Während sie dies sagte, packte sie bereits ein Bataillon superteurer, superüberflüssiger Cremetiegel auf den Tresen. Nichts unter 100 Mark, sie hatte sich gerade eine Eigentumswohnung gekauft.

»Ich brauch ein bißchen Leben fürs Gesicht«, seufzte Bertha und schraubte einen Tiegel auf. Sie wird doch nicht, dachte die Kuh in leichter Panik, da tauchte Bertha bereits

ihren Zeigefinger in die Lotion (für mindestens 12 Mark) und roch daran. »Das Leben meint es im Augenblick nicht besonders gut mit mir.«
Die Kuh ignorierte den geschändeten Testtiegel. »Da hätte ich genau das Richtige für Sie«, verkündete sie strahlend und holte ein goldenes Döschen mit silbernem Deckel hervor. Kostenpunkt 250 Mark. »Gerade aus Paris hereingekommen.« Sie tupfte nur einen Hauch auf Berthas Wange, sonst kreischte die Geschäftsführerziege wieder. »Voller Liposomen, mit Fruchtsäuren angereichert, also faltenglättend, die Sie natürlich kaum haben, aber man kann ja gar nicht vorsichtig genug sein. Vitamin E natürlich sowieso.«
»Hmh«, machte Bertha. »Und das nützt wirklich?« Sie wollte sich überzeugen lassen. Sonst nie, aber in Kosmetikfragen brauchte sie eine starke Hand. Eine sanfte Diktatorin. Die Kuh spürte dies voller Vorfreude.
»Sie werden sich nicht wiedererkennen«, säuselte sie. »Besonders die Fruchtsäuren wirken Wunder.«
Sie holte eine unberührte Golddose aus dem Regal, als sie den jungen, schlanken Mann sah, der sich ihrem Tresen näherte. Schwul, das sah sie sofort; heute war ihr Glückstag. »Einen Augenblick, der Herr«, sagte sie. »Ich bin hier gleich fertig.« Bertha, die sich eigentlich noch etwas beklopfen und betasten lassen wollte, sah unwillig auf den Störenfried. Und stutzte. Er kam ihr bekannt vor, aber woher? Auch er sah sie unsicher an. Scheiße, dachte er, die alte Bertha Baumgarten, ausgerechnet. Er kannte sie von Studiofesten und zahlreichen Zeitungsberichten. Sie einfach ignorieren? Das verbot ihm seine Höflichkeit. »Wir kennen uns.« Er verbeugte sich in ihre Richtung. »Ich bin Raimund Riesig ... einer der Maskenbildner Ihres Sohnes.«
Jetzt fiel bei Bertha der Groschen. Der reizende Schwuli, der so gut schminken konnte. Der kam ihr gerade richtig.

»Das trifft sich ja äußerst günstig«, sagte sie und drückte seine Hand, daß seine Knöchel knackten. »Was halten Sie von dieser Creme hier? Macht die mich wirklich jünger?«
Raimund ergriff den Topf und studierte ihn. Die Verkäuferin musterte ihn argwöhnisch. Er wird doch nicht, dachte sie böse. »Totaler Blödsinn«, sagte Raimund und stellte die Dose auf den Tresen. »Das allerbeste für die Haut ist Linola, und die kostet zehn Mark in der Apotheke.«
Die Kuh hatte Doppelmord im Blick, als Raimund seinen Arm unter den von Bertha schob und sie mit den Worten »Ich muß auch zur Apotheke, Hämorrhoidencreme holen. Ich nehm Sie mit« aus dem Geschäft führte.
»Bitte ersparen Sie mir die unappetitlichen Details Ihres Privatlebens«, schimpfte Bertha, als sie draußen waren. Raimund lachte. »Die Creme ist für meinen Vater, der geniert sich bloß, sie selber zu kaufen.«
»Dann hoffe ich nur, daß Ihr Herr Vater kein unappetitliches Privatleben mehr hat.« Berthas Stimme klang streng. Wie meine verstorbene Mutter, dachte er, erfüllt von plötzlicher Traurigkeit, die hat sich auch immer in alles eingemischt. Und eine Sekunde lang vermißte er sie, heiß und heftig. »Seit meine Mutter tot ist, hat mein Vater überhaupt kein Privatleben mehr«, sagte er. »Leider.«
»Das tut mir leid«, erwiderte Bertha zerknirscht. »Vermissen Sie sie sehr?«
Sie standen jetzt vor der Apotheke. Im Schaufenster klebte das Plakat einer attraktiven, mittelalterlichen Frau, die Werbung für *Depends* machte, den »diskreten Nässeschutz für Erwachsene«. Gerade wollte sich Bertha darüber aufregen, daß eine Frau sich für Windelreklame hergab, als Raimund auf ihre Frage antwortete: »Mehr, als ich sagen kann.«
Und da fiel Bertha ihr eigener Kummer wieder ein. »Das

Gefühl kenne ich«, sagte sie leise. »Auch ich vermisse jemanden mehr, als ich sagen kann. Ein ganz scheußlicher Zustand.«
Raimund, der gerade die Tür öffnen wollte, hielt inne und sah die alte Dame aufmerksam an. Unter ihren Augen lagen tiefe Schatten, Furchen, die er bis dahin nicht wahrgenommen hatte, hatten sich um ihren sorgfältig geschminkten Mund eingegraben. Die elegante Bertha Baumgarten sah auf einmal wie eine traurige ältere Frau aus. »Meinen Sie Gina und Jenny?« forschte er, obwohl er es längst wußte.
Sie nickte. »Wir waren so glücklich miteinander«, gestand sie, »obwohl ich es meiner Schwiegertochter anfangs nicht leichtgemacht habe. Aber das haben wir hingekriegt. Und Jenny ...« Ihr Ausdruck verklärte sich, »Jenny ist das Wunderbarste, was mir seit der Geburt von Ma... von Josef Maria passiert ist. Ein bezauberndes kleines Mädchen.« Sie betraten die Apotheke und kauften Linola für Bertha und Hämorrhoidencreme für Raimunds Vater. »Mein Sohn hat die auch immer rumliegen«, flüsterte sie ihm zu, »das ist doch etwas ganz Normales.«
Raimund, der wußte, wozu Männer wie Baumgarten manchmal die straffende Creme benutzten, schwieg.
Als sie wieder draußen standen, sah ihn Bertha beschwörend an. »Tun Sie mir bitte einen Gefallen?« Als er nichts sagte, setzte sie noch eins drauf: »Einer alten Frau, die vielleicht nicht mehr lange zu leben hat?«
Die Masche verfehlte ihre Wirkung nicht. »Gern«, sagte Raimund.
Bertha quetschte mühelos zwei dekorative Tränen in ihre Augen. »Wenn Sie irgend etwas von Gina hören, bitte sagen Sie mir Bescheid.« Er hatte nichts anderes erwartet, also nickte er. »Das mach ich«, versprach er und kam sich ein bißchen schäbig vor.

Gestern hatte er bei seinem Vater angerufen. »Gina ist beim Arbeitsamt«, sagte der Pastor. »Sie sieht sich hier nach einem neuen Job um.«
Sie schien also wirklich entschlossen, einen ganz neuen Anfang zu machen. Sollte er sie dabei stören, indem er Bertha alles erzählte?
»Sagen Sie mir eins, Frau Baumgarten«, begann er und wußte nicht mehr weiter.
»Auch zwei.« Ein kleiner Scherz konnte nicht schaden.
»Wissen Sie, warum Gina Ihren Sohn verlassen hat?«
Sie waren vor einem Taxistand angekommen. Gelangweilte Fahrer, die seit Stunden auf den nächsten Fahrgast warteten, drückten drohend ihre Zigaretten aus. Die Drohung hieß: Wehe, du willst eine Fuhre unter 20 Mark, dann fahr ich dich gegen den nächsten Baum!
»Weil er Mist gebaut hat«, antwortete Bertha bestimmt. »Welchen ganz genau weiß ich nicht, und eine Mutter muß auch nicht alles wissen. Nur eines weiß ich: Mein Sohn liebt seine Frau. Und es tut ihm wahnsinnig leid, daß er sie, womit auch immer, so gekränkt hat. Der Junge geht am Krückstock, junger Mann, schon zehn Pfund hat er abgenommen. Lange hält er das nicht mehr aus.«
Die alte Frau überzeugt mich, dachte Raimund und faßte einen Entschluß. »Wenn Sie mir versprechen, Ihrem Sohn nichts von unserem Gespräch zu erzählen, kann ich Ihnen vielleicht weiterhelfen.«
Bertha strahlte und sah plötzlich viel jünger aus. Auch ohne Fruchtsäuren.
»Sie sind ein Schatz. Darf ich Ihnen einen Kuß geben? Auch wenn ich nur eine alte Frau bin?«
»Nur alte Frauen dürfen mir Küsse geben«, lächelte Raimund und beugte sich zu ihr herunter. Bis zu ihrem rosigen Altweiberohr. Und er flüsterte etwas hinein.

38

Was für ein außerordentlich ansehnlicher Mann, dachte Bertha, als ihr nach hartnäckigem Klingeln endlich die Tür geöffnet wurde.
»Guten Tag. Kann ich Ihnen helfen?« Auch seine Stimme klang gut.
»Ich bin Bertha Baumgarten«, stellte sie sich vor und deutete neben sich, »und das ist Marittel, meine …« sie pausierte ganz kurz, »meine Freundin. Wir möchten bitte …«
Der Pastor trat zurück. »Ich weiß schon, was Sie möchten.« Er wies mit einladender Geste ins Haus. »Treten Sie ein, Gina ist noch unterwegs. Sie wird gleich hier sein.«
Was für eine hübsche Dame, dachte er, hoffentlich bleibt sie etwas länger. Sie betraten das Wohnzimmer, das Bertha sofort in Gedanken umdekorierte. Die schweren, rotbraunen Vorhänge – weg damit. Das dunkel gebeizte Büfett aus der wilhelminischen Ära, schwer wie ein Panzer – auf den Sperrmüll.
»Gina kommt sofort«, sagte Erwin Riesig. »Kann ich Ihnen etwas anbieten?« Marittel erhob sich automatisch, bis ihr einfiel, daß sie ja gar nicht wußte, wo die Küche war. »Ein Schnäpschen für die Nerven wär nicht schlecht«, meinte Bertha, und Marittel nickte. »Oder ist elf Uhr morgens noch zu früh?«
Eine Frau nach meinem Herzen, dachte der Pastor, der sich auch gern eine kleine Sünde nach dem Frühstück genehmigte. Er ging zum Panzer und kam mit drei Gläsern und einer Flasche wieder. »Brombeerlikör«, verkündete er stolz. »Selbstgebrannt mit Früchten aus meinem Garten.«
»Na, dann Prost«, sagte Bertha und hob ihr Glas.

Nach einer halben Stunde saßen drei leicht aufgelöste Menschen im pastörlichen Wohnzimmer und unterhielten sich prächtig. Gina rief an, sie stecke im Stau. »Geht's dir gut?« fragte sie den Pastor besorgt. »Du klingst so komisch.«
Der Pastor klang komisch, weil in der Likörflasche, die zwischen ihm und den Damen stand, nur noch ein kleiner, kümmerlicher Rest übrig war. Aber das sagte er natürlich nicht. »Muß die Verbindung sein«, nuschelte er leicht verlegen und legte wieder auf.
»Sie kommt gleich«, sagte er dann zu den Damen. »Noch ein Likörchen gefällig?«
Auch Bertha und Marittel spürten den süßen Feind in ihren alten Knochen, trotzdem nickten sie. »Is ja schließlich Obst drin«, sagte Marittel. »Sooo ungesund kann's also nicht sein. Prost.«
Als Gina endlich kam, wäre sie fast zurückgeprallt, so betäubend war der alkoholische Duft, der ihr aus dem Wohnzimmer entgegenströmte.
Raimund hatte sie vorgewarnt, also war sie gewappnet. War sie es? Ihr Herz klopfte heftig, als sie die Stimmen von Bertha und Marittel hörte. Einen Augenblick lang blieb sie im Flur stehen und lauschte. Plötzlich merkte sie, wie sehr auch sie die beiden vermißt hatte. Die ihr ja, das machte die Sache erst recht kompliziert, nie etwas getan hätten. Wie auch immer – ihn, der sie jede Nacht in ihren Träumen und in ihren Alpträumen verfolgte, der sich jeden Morgen zu ihr legte, noch bevor sie die Augen aufschlug, ihn wollte sie nie wieder sehen. In ihrem ganzen Leben nicht. Was er getan hatte, war unverzeihlich. Sie mußte hart bleiben.
Eisenhart.
Sie öffnete die Tür. Sechs feuchte Augen sahen sie freundlich an.
»Gina!« rief Bertha.

»Meine Süße«, stimmte Marittel ein und gab sich große Mühe, nicht zu lallen.
Gina stand da und starrte die beiden Frauen an.
Hart.
Eisenhart.
Und dann stürzte sie auf die beiden zu. Vier weiche Frauenarme umschlossen sie, zwei weiche Frauenbusen erdrückten sie fast. Endlich, dachte Gina, endlich. Was denke ich da? Bin ich verrückt geworden?
Sie machte sich los, stand auf und drückte das Kreuz durch. »Hat Josef euch geschickt?« fragte sie.
Hart.
Eisenhart.
»Ach was.« Bertha machte eine wegwerfende Bewegung. »Das hier ist unter uns Pastorentöchtern. Sorry, Pastor, ich hab Sie jetzt mal nicht als Mann gesehen.«
»Ich betrachte dies als Kompliment«, lachte der Pastor und verschwand in der Küche, um Kaffee aufzusetzen. Ein Schlückchen Nüchternheit würde ihnen guttun.
»Wann kommst du zurück?« fragte Bertha. Nicht ob, *wann.* Angriff war oft die beste Verteidigung.
»Ich kann nicht mehr zurück«, erwiderte Gina und sah ihre Schwiegermutter fest an. »Und ich will's auch nicht mehr. Dein Sohn hat mich belogen und betrogen, ich betrachte unsere Ehe deshalb als beendet. Jenny kann euch nach der Scheidung gern besuchen, wenn es beide Seiten möchten. Mehr ist nicht drin.«
Am liebsten hätte Bertha ihrer aufmüpfigen Schwiegertochter rechts und links eine kleine, harte Backpfeife gegeben. Beide Seiten – wie förmlich und herzlos das klang! Was für einen Ton erlaubte sie sich! Aber Bertha beherrschte sich. Schließlich lagen zu Hause, schön rosa eingewickelt, ein paar neue Kleider für Jenny plus ein Wohnmobil für

diverse Barbies parat; Takt und Einfühlsamkeit mußten also, wenn nötig, herbeigezwungen werden.
»Ich weiß, daß M... daß Josef Mist gebaut hat«, fing sie an und schenkte Gina ein Gläschen vom Restlikör ein, auch ihr konnte ein besänftigender Glimmer nicht schaden. »Er hat es mir selbst gebeichtet. Aber das ist Schnee von gestern. Egal, was zu eurer, wie auch ich fand, voreiligen Eheschließung geführt hat, jetzt seid ihr ein Ehepaar mit Tochter und zwei Omas – dem mußt du Rechnung tragen. Scheidung kommt nicht in Frage!«
Wie zur Bekräftigung klopfte sie auf den Tisch, die fragilen Gläser hüpften.
»Komm zurück«, bat Marittel. Die Chefin schien mit ihrem Brachialcharme nicht weiterzukommen. »Das Haus ist so leer ohne dich.«
Gina erhob sich, leichte Likörnebel umfingen sie, aber ihre Stimme klang fest. »Tut mir leid, aber ich komme nicht wieder. Morgen bin ich beim Anwalt und reiche die Scheidung ein.«
Mit diesen Worten stand sie auf und ging zur Tür. »Es war trotzdem schön, euch mal wieder gesehen zu haben.«
Dann verschwand sie.
Bertha und Marittel sahen sich an.
»Schreib der dummen Göre einen Zettel«, befahl Bertha ärgerlich. Es war nicht der Zeitpunkt, um auf unverschämte Tonlagen hinzuweisen. Marittel holte also stumm ihren Spiralblock aus der Tasche, den sie immer bei sich trug und auf dem normalerweise Einkaufslisten standen, und schrieb:

Liebe Gina,
bevor Du Dich endgültig entscheidest, solltest Du heute abend um 21 Uhr den Fernseher anschalten.

Marittel.

Sie legte den Zettel gut sichtbar auf den Tisch, als der Pastor das Wohnzimmer mit einem Tablett betrat. Vorsichtig balancierte er Tassen, Kanne, Milch, Zucker und eine Schüssel mit Keksen. »Wo ist Gina?« fragte er, als er das Tablett abgestellt hatte. Marittel konnte gerade noch rechtzeitig den Zettel retten.

»Ich bin gescheitert«, gestand Bertha und nahm sich einen Keks, den sie sofort krümelsprühend wieder ausspuckte. »Der schmeckt ja wie Stroh!« rief sie und legte den angebissenen Rest auf den Tisch.

»Ein Geschenk von einem Gemeindeglied«, sagte der Pastor.

»Sie Ärmster«, rief Bertha aus. »Dann kommen Sie am besten mal bei mir zum Kaffeetrinken vorbei. Marittels Kokosmakronen sind ein Traum.« Dieser Stier wird bei den Hörnern gepackt, dachte sie und musterte Riesigs volles, eisgraues Haar und die lustigen Faltenkränze um seine Augen. Witwer sind die Besten. Erziehungserprobt und dankbar. Gute Kombination. »Marittel, hol noch mal den Block raus und schreib dem Pastor unsere Adresse auf. Und dann müssen wir leider los.«

»Und der ganze Kaffee?« fragte der Pastor fassungslos.

Bertha legte ihren ganzen Liebreiz in Mund und Augen. »Es ist besser, wir gehen jetzt. Gina braucht Zeit zum Nachdenken. Bis zum nächstenmal.« In der Haustür drehte sie sich noch einmal um. »Es gibt doch ein nächstes Mal, Herr Pastor?«

Warum eigentlich nicht, dachte er plötzlich in wiedererwachter Neugier auf Frauen. »Gern. Aber ich bin jetzt Pastor im Ruhestand. Ein sogenannter PIR.«

»Ist mir auch recht.« Bertha winkte und war verschwunden.

Als er ins Haus zurückging, fand er Gina am Wohnzimmertisch. »Kannst du mir sagen, was dieser Zettel bedeuten soll?« fragte sie.

Er las ihn und lächelte. »Das bedeutet, daß wir beide uns heute abend einen netten Fernsehabend machen. Oder hast du andere Pläne?«

»Was läuft denn um diese Zeit?« Sie war doch neugierig, schlug die Fernsehzeitung auf und blätterte. Klinikserie, das konnte es nicht sein, ein Liederabend auch nicht. Aha, da war's: *Menschen,* eine neue Serie des Frauensenders. Erster Gast: Frauenliebling Josef Maria Baumgarten.

»Ich habe keine anderen Pläne«, sagte sie und klappte die Zeitung wieder zu.

39

Schon wieder pudern, dachte Josef Maria Baumgarten. Es nervte ihn, daß ihm Kai Kuschel, sein unsäglich mediengeiler Manager, diese alberne Talkshow abgeschwatzt hatte. Du mußt mal wieder ein bißchen an die Öffentlichkeit, das waren seine eindringlichen Worte gewesen, gerade nach der Trennung von Gina. Alle munkeln, alle tuscheln. Außerdem sind die Dreharbeiten zu Ende, und es kann nicht schaden, wenn du ein bißchen Werbung in eigener Sache machst. Also, raff dich auf. Immer zu Hause in die Kissen weinen bringt dich auch nicht weiter.
Kuschel hatte leider recht. Nachdem Gina ihn verlassen hatte, lebte Josef wie ein Einsiedlerkrebs. Mit dickem Panzer, und jeden Abend zu Hause. Daphne, die jedes Boulevardblatt abonniert hatte (aufgeschwatzt von einem ehemaligen Strafgefangenen, auch ein Crossdresser, wie sie sagte), hatte ihn einmal abends angerufen. Komm vorbei, wir schminken und besaufen uns genüßlich. Bring dein Lieblingskleid mit. Aber selbst das hatte ihn nicht verlockt.
Alles machte ihm keinen Spaß mehr, seit sie weg war. Von Jenny ganz zu schweigen. Er konnte kein kleines Mädchen mit roten Haaren sehen, ohne daß sein Herz einen Schlag aussetzte. Gestern, als er in seine Einfahrt einbog, hüpfte eine kleine Pippi Langstrumpf die Hecke entlang. Sie waren zurückgekommen! Er kurbelte sein Fenster herunter und brüllte: »Hallo, mein Schatz!« Pippi drehte sich um – während eine aufgebrachte Frau vom Fahrrad sprang und schrie: »Lassen Sie gefälligst meine Tochter zufrieden, Sie alter Bock, Sie!« Bevor sie ihn erkennen konnte, hatte er

das Auto vors Haus gefahren und stieg aus. Er fühlte sich wie geprügelt.

Jetzt saß er hier, bepudert und geschminkt und bis auf die Knochen müde. Bertha hatte auf dem graublauen Hemd bestanden, das Gina ihm fürs Standesamt geschenkt hatte. Er wollte dieses Hemd nie wieder anziehen, aber sie war extrem hartnäckig gewesen. »Halt den Mund, Josef. Die Sachen stehen dir gut.«

Also trug er das Hemd und den rotgepunkteten Binder, den er ebenfalls von Gina bekommen hatte. Eine ungewöhnliche Farb- und Musterkombination, hatte der Maskenbildner, ein säuerlicher Mann mit Mundgeruch, bemerkt, aber Josef hatte es geflissentlich überhört.

»Mein Lieblingsgast!« Die laute, trompetende Stimme der Moderatorin Renata Fichel penetrierte seine trüben Gedanken. »Ein bißchen sehr bunt, Ihre Kleidung, aber warum nicht. Hauptsache, der Gast fühlt sich wohl.«

Ungefragt nahm sie auf seiner Stuhllehne Platz, zerwuschelte sein Haar. »Hier ist 'ne kahle Stelle, Hugo«, raunte sie dem Maskenbildner zu. »Versuch's mit Schuhcreme.« Sie lächelte Baumgarten zu: »Wir werden viel Spaß haben heute abend.« Mit diesen Worten verschwand sie. Hugo räusperte sich: »Bei ihr ist das 'ne Drohung«, meinte er. »Machen Sie sich auf alles gefaßt.«

Zwanzig Minuten später saß er, leicht nach Schuhcreme duftend, auf einem herzförmigen Sessel aus rotem Samt. Ihm gegenüber, ebenfalls auf rotem Herz, Renata Fichel.

Jetzt war er doch ein bißchen aufgeregt, schließlich sahen, so hatte ihm Frau Fichel gerade zugeraunt, rund sechs Millionen Zuschauer diese Sendung.

Das Studio war randvoll mit Publikum, das zufällig aus dem Telefonbuch ausgesucht worden war. Und so sahen die

Leute auch aus. Auf den Monitoren lief der Werbeblock, passenderweise für Monatsbinden. Eine Frau hielt eine blaugetränkte, tropfende Binde vor die Kamera, ihre Freundin eine blaue, nicht tropfende. »*Comfort* – auch für die kritischen Tage« verkündete sie stolz, als habe sie gerade den Nobelpreis für den dümmsten Werbespot des Jahres gewonnen.

»Noch zehn Sekunden, dann sind wir dran. Ich begrüße die Zuschauer, dann gehen wir gleich in die vollen, einverstanden?« Renata Fichel zischte leichte Spuckenebel in seine Richtung, sie stand offensichtlich unter Hochspannung.

»In die vollen« klang ominös, aber Baumgarten nickte tapfer. »Ruhig bleiben, mein Junge, laß dich nicht provozieren«, hatte ihm Bertha zum Abschied mitgegeben. »Wie du beim letztenmal dem Moderator an die Gurgel gegangen bist, weil er dich darauf aufmerksam gemacht hat, daß dich deine offiziellen Biographien fünf Jahre jünger gemacht haben, das war nicht so gut. Wenn dir die Galle hochkommt, zähl leise bis fünf, dann erst antwortest du.« Er hatte sie geküßt, zärtlich und mit der leichten Genervtheit des überbehüteten Sohnes. »Ich versprech's dir. Und du versprichst mir, nur zwei Liköre zu trinken. Keinen Tropfen mehr.«

»Trink ich doch nie!« tat sie empört. »Geh jetzt.«

Die Musik ertönte, die Zuschauer setzten sich aufrecht und hörten mit Tuscheln auf. Der Maskenbildner tauchte auf und puderte Fichel und Baumgarten noch einmal über. »Die rechte ist Ihre Schokoladenseite«, flüsterte er ihm ins Ohr, »aber das wissen Sie sicher.«

Es war doch immer meine linke, wunderte sich Baumgarten und drehte sich irritiert hin und her, da war die Musik schon zu Ende. Kamera auf Renata Fichel, in deren Augen es jetzt gefährlich funkelte. *Live.* Mit einem Knall öffnete sie ihre rotlackierten Lippen: »Heute abend bei uns zu Gast – Josef

Maria Baumgarten! Der beste deutsche Schauspieler nach Götz George und Jürgen Prochnow!«
Die Zuschauer applaudierten, während Deutschlands drittbester Schauspieler seinen Zitronenmund (was bildete diese blöde Kuh sich ein?) in ein strahlendes Lächeln verwandelte. »Ich freue mich auch, hier zu sein«, rief er den Zuschauern zu.
Renata Fichel raschelte mit ihren Unterlagen. »Also, gehen wir gleich in die vollen, wie versprochen. Sie haben gerade einen Film abgedreht ...«
»Richtig, Renata«, unterbrach er sie gleich, er wollte die Gesprächszügel in der Hand behalten. »Und zwar einen ganz besonderen Film mit dem Titel: *Ein Mann aus Samt und Seide.*«
»Klingt spannend.« Renata Fichel ließ sich ungern unterbrechen, *sie* stellte hier die Fragen. »Und ich höre, Sie hatten viel Spaß beim Drehen. Erzählen Sie doch mal.«
Ist ja alles ganz harmlos, dachte Baumgarten erleichtert und fing an, sein Garn zu spinnen. »Ich spiele in diesem Film einen Mann, der gern Frauenkleider trägt, wovon seine Frau natürlich keine Ahnung hat ...«

»Nein, keine Gutenachtgeschichte mehr.« Gina küßte ihre Tochter abschließend auf die Stirn und schloß die Tür. Der Pastor saß bereits vor dem Fernseher. Vor ihm auf dem Couchtisch stand ein Teller mit belegten Broten, zwei Flaschen Bier waren geöffnet, eine davon setzte er gerade leicht schmatzend ab. »Meine Essensgewohnheiten sind nach dem Tod meiner Frau ein bißchen verwahrlost«, entschuldigte er sich, »aber Bier schmeckt nur aus der Flasche.«
»Ich hab doch gar nichts gesagt.« Gina setzte sich.
»Gerade angefangen«, sagte der Pastor. »Sieht ja gut aus, dein Mann.« Das tut er wirklich, dachte Gina, und fast war

sie ein bißchen beleidigt, daß er nicht elender aussah, leidend und blaß. Aber sie wußte natürlich, wie gut man alles wegschminken konnte.

»... keine Ahnung hat«, sagte er gerade, und seine Stimme, tief, leicht rauh, fuhr ihr ohne Vorwarnung direkt ins Herz. Und unerklärlicherweise auch ein bißchen tiefer. Schnell trank sie einen Schluck Bier.

»Sie spielen also einen Mann, der sich als Frau verkleidet.« Renata Fichels Stimme klang entrüstet. »War das nicht schwierig für so einen Vollblutkerl wie Sie?« Das Publikum wieherte bestätigend.

Gott, ist das alles blöd, dachte Gina angewidert.

»Wieso schwierig?« Baumgartens Stimme hatte nie männlicher geklungen, die jahrelange Stimmtherapie war nicht umsonst gewesen. »Wozu bin ich Deutschlands drittbester Schauspieler?«

Ganz gegen ihren Willen fühlte Gina, wie die im Zorn vergrabenen Gefühle für Josef Maria langsam an die Oberfläche stiegen. Er ist nicht unwitzig, dachte sie. Ist das nicht mein Hemd, das er da trägt? Hart bleiben, Gina.

»Es gibt da ja gewisse Gerüchte«, sagte jetzt Renata Fichel, »und wir wollen Ihnen hier in unserer Sendung Gelegenheit geben, bestimmte Dinge geradezurücken.«

Also doch, dachte Baumgarten. »Gerüchte gibt es ja um jeden Promi«, konterte er kühl. »Welches spezielle Gerücht meinen Sie denn?« Er zählte bis vier.

»Das Gerücht, daß dieser Film Ihren persönlichen Vorlieben sehr nahe kommt.«

»Ich verstehe nur Bahnhof.« Jetzt war seine Stimme kalt und spöttisch. »Aber ich rede sehr gern über diesen Film. Das Drehbuch hat übrigens der immens talentierte Elmar Hügel geschrieben, Regie hat Peter Bäder geführt, mit dem

ich seit Jahren sehr erfolgreich zusammenarbeite. Man kann also wirklich sagen, wir waren eine große, glückliche Familie.« Die Kamera zeigte die gelangweilten Zuschauer. Große, glückliche Familien interessierten sie nicht die Bohne. Das wußte auch Renata Fichel, also räusperte sie sich energisch. »Wie schön für das Team«, sagte sie zuckersüß, »aber Sie haben meine Frage nicht beantwortet.«
»Wenn Sie mir eine stellen, werde ich sie auch beantworten«, lächelte Baumgarten. Da er den Kragen seines Hemdes hochgekrempelt hatte, sah man den Adamsapfel nicht, der auf seiner Kehle auf und absprang.
»Ganz konkret gefragt also – sind Sie ein Transvestit, Herr Baumgarten? Sind Sie Stammgast im Tiffany-Club? Ist das der Grund, warum Sie erst so spät geheiratet haben?«
Er hatte genau dies erwartet, also blieb er gelassen.
»Und wenn ich es wäre? Was würden Sie dann sagen? Was ist Schlimmes an einem Mann, der gern Frauenkleider trägt? Ich persönlich finde Männer schlimm, die sich an Kindern vergreifen, die ganze Völker ausrotten oder Frauen vergewaltigen, aber Männer, die eine private Vorliebe ausleben, die niemanden stört, vor allem, die niemandem weh tut? Ihr Frauen wollt doch immer, daß wir Männer uns in euch einfühlen, euch verstehen. Wie könnten wir das besser als in eurer Kleidung?«

Der Pastor stellte seine Bierflasche ab, wischte sich den Schaum vom Mund. »Da hat er ja eigentlich recht, dein Mann. Hab ich noch nie so gesehen.«
Gina spürte, wie das Eis in ihr langsam zu tauen begann. Ich find's doch auch nicht schlimm, dachte sie. Warum hast du mich bloß angelogen, verdammt! Ich hätte dich auch genommen, wenn du im Kleid zum Standesamt erschienen wärest, ehrlich.

Die Zuschauer grölten. Der Redakteur der Sendung hob den Daumen seiner rechten Hand. Sieg, hieß das, tolle Sendung, tolle Quote.
Renata Fichel lächelte säuerlich. Es ärgerte sie, wenn die Lacher auf ihre Kosten gingen, da war sie ganz kindlich-unprofessionell.
»Sind Sie sicher, daß so eine Neigung niemanden stört? Also, wenn ich mit einem Mann verheiratet wäre, der sich an meiner Unterwäsche vergreift, Crossdresser nennt man das ja wohl, dann wäre ich ganz empfindlich gestört ...«
Baumgarten lächelte mit ganz schmalen Lippen. Du kannst froh sein, wenn dich überhaupt einer nimmt, du häßliches Skelett, dachte er. »Vielleicht sind Ihre Dessous ja gar nicht attraktiv genug für einen Crossdresser.« Dabei schaffte er ein ausgesprochen freundliches Lächeln.
Die Zuschauer rasten. Touché, dachte die Moderatorin.

Gina rutschte ganz nach vorn auf die Sofakante und hielt den Atem an. Sie fühlte sich wie auf der Weihnachtsaufführung im Kindergarten, wenn Jenny auf der Bühne stand und ihren Text als Engel vergessen hatte, nur viel schlimmer. Im Kindergarten saßen nicht sechs Millionen Menschen.
Sie sah, wie sehr er sich jetzt zusammennahm. Beiß dir nicht so auf die Lippen, das sieht unsicher aus. Und drück die Furche zwischen deinen Augenbrauen weg.
»Liebe Zuschauerinnen«, sagte da Renata Fichel und sah direkt in die Kamera. »Ein kontroverses Thema: Was würden Sie sagen, wenn Sie nach Hause kommen und finden Ihren Ehemann oder Freund in Frauenkleidern vor? Wenn Sie dazu eine Meinung haben, bitte rufen Sie uns an. Unsere Telefonnummer wird jetzt eingeblendet.«

Die Moderatorin lächelte ihren Gast an. »Sie selbst sind also kein Crossdresser«, begann sie. Da klingelte bereits das Telefon auf dem Tisch vor ihr. »Hallo, ja, Sie sind auf Sendung ...«

Aus den Lautsprechern schallte eine Frauenstimme, vor dem Hintergrund einer offensichtlich sehr angeheiterten Runde. »Also, mein Alter würde ein paar auf die Glocken kriegen«, sagte sie, und die Runde grölte Zustimmung. »Und zwar kräftig.«

Volkes Stimme, dachte Fichel angewidert und legte den Hörer auf. »Das war unsere erste Anruferin«, sagte sie. »Etwas drastisch, aber wir sind ja live. Was meinen Sie dazu?«

Baumgarten wollte nur nach Hause. Er sah auf die Uhr, noch zwanzig endlose Minuten. »Ich bin froh, daß es sich nicht um meine Frau handelt«, meinte er ehrlich. »Können wir jetzt wieder über meinen Film reden? Deswegen bin ich ja eigentlich hier.«

Aber der Film interessierte jetzt keinen mehr. Das wußte die Moderatorin, so leid es ihr auch tat. Eine gute Quote war ihr wichtiger als das Wohlbefinden ihrer Gäste. »Eine private Frage noch«, begann sie, und Baumgarten fing vorsorglich an zu zählen ... eins, zwei ... »Es ist bekannt, daß Ihre Frau Sie verlassen hat.« Honig floß durch ihre Stimmbänder. »Leugnen ist zwecklos, ich bin gut informiert ...«

»Wir haben uns eine kleine Ruhepause verordnet«, erwiderte Baumgarten steif. »Warum, geht niemanden etwas an.«

»Leider sind Sie eine Person des öffentlichen Interesses«, bedauerte Fichel scheinheilig. »Deshalb noch eine Frage: Stimmt es, daß Ihre Frau Sie verlassen hat, weil Sie eben doch ein Crossdresser sind?«

Der Schlag kam so unerwartet, daß Baumgarten nach Worten rang.

Das Telefon klingelte. Fichel griff zum Telefon.
»Sie sind auf Sendung«, sagte die Moderatorin. »Ooooh, das ist ja eine Überraschung. Für Sie. Ihre Frau.«
Das Studio hielt den Atem an.
Ginas leise Stimme kam durch die Lautsprecher.
»Hallo?« Mehr als krächzen konnte er nicht.
»Ich bin's«, sagte sie.
»Geht's gut?« Ihm fiel einfach nichts ein. Nichts, was zwölf Millionen Ohren hören sollten.
»Ich wollte eigentlich mit Frau Fichel sprechen«, sagte sie.
Die Moderatorin riß ihm fast den Hörer aus der Hand.
»Hier Fichel.« Mein Gott, war das aufregend!
»Ich wollte Ihnen nur sagen, daß ich mit meinem Mann sehr glücklich bin. Ob er ein Crossdresser ist oder nicht, ist für mich völlig belanglos. Er ist ein wunderbarer Mann, und ich liebe ihn sehr. Und meine Unterwäsche paßt ihm sowieso nicht.«
Sie legte auf.
Renata Fichel schaute verdutzt den Hörer an.
Auch Josef Maria Baumgarten war sprachlos.
Er mußte zu ihr. Sofort.
»Tut mir leid«, sagte er und erhob sich. »Die Sendung ist für mich beendet.«

Als er sein Schlafzimmer betrat, saß sie auf dem Bett.
Sie sagte kein Wort. Er öffnete die Arme, sie sank hinein und seufzte.
»Kommst du zurück?« Er konnte sein Glück kaum fassen.
»Du kannst vielleicht blöde Fragen stellen«, sagte sie. »Küß mich gefälligst.«
Und das tat er.
Mittendrin schob sie ihn von sich.
»Du warst übrigens völlig falsch geschminkt«, grinste sie. »In Zukunft mach ich das.«

40

Ein Jahr später.
Das Blitzlichtgewitter der Fotografen war so heftig, daß sich Josef Maria Baumgarten und seine Frau Gina die Hand vor die Augen halten mußten, als sie die Stadthalle betraten, in der die diesjährige Verleihung des »Kinopreises '97« stattfand.
»Hier, hier, meine Richtung, bitte lächeln.« Die Presse war außer Rand und Band, und Baumgarten lächelte, bis ihm die Mundwinkel weh taten. »Gleich sind wir drinnen«, flüsterte er Gina zu. »Dann wird's ruhiger.«
»Hier sind wir«, schrie eine laute Frauenstimme, als sie die Stadthalle betraten. Er drehte sich um. Bertha und Marittel drängelten sich eingehakt durch die Menschenmassen. An Berthas Mantelzipfel klammerte sich Erwin Riesig. »Halt dich fest!« Sie drehte sich um und kniff ihn in die Wange, liebevoll und besitzergreifend. »An so was wirst du dich als mein Zukünftiger gewöhnen müssen.«
Er seufzte zufrieden. Aus Berthas Manteltasche ragte ein Briefumschlag. Er zog ihn raus, damit er nicht verlorenging. »Elmar Hügel« stand da als Absender. Während er sich in die Halle kämpfte, hob er den Umschlag hoch. Er war federleicht, nicht ganz zugeklebt. Ein bißchen Asche rieselte heraus. Ein Verrückter, dachte der Pastor und ließ den Umschlag fallen.
Endlich saßen sie. In der ersten Reihe. Die Lichter gingen aus. Nur die Bühne war erleuchtet. Renata Fichel betrat die Bühne und verneigte sich in den Applaus. Ein bißchen länger als notwendig. Dann ging sie zum Mikrofon. »Meine

Damen und Herren. Wir hatten ein tolles Kinojahr, viele gute Filme, viele beachtliche Leistungen. Fangen wir gleich an mit der Kategorie: ›Bester männlicher Darsteller in einer deutschen Produktion‹.
Drei Kandidaten kamen in die engere Auswahl. Götz George in *Der Wolkenmann,* Jürgen Prochnow in *Der Schrei der Liebe* und last, but keineswegs least, Josef Maria Baumgarten in *Ein Mann aus Samt und Seide.*«
»Ich muß dir was sagen«, flüsterte Gina, als Frau Fichel gerade einen Umschlag aufriß.
»Der Gewinner des Filmpreises 97 ist ...«
»Ich bin schwanger ...«
»Josef Maria Baumgarten für *Ein Mann aus Samt und Seide.*«
»Es wird übrigens ein Junge.«
Mit diesen Worten rückte sie ganz nah an ihn heran und knabberte zärtlich an seinem Ohrläppchen. »Ganz aus Samt und Seide. Wie der Papa.«